La casa del malecón
Francisco J. Miranda

La casa del malecón
© 2023, Francisco J. Miranda

Portada y contraportada
Concepto: Luis Grieve
Ilustración: Jassir Velásquez
Composición: Luigi Velásquez

Todos los derechos reservados.
Ninguna parte de esta publicación podrá ser reproducida, almacenada en un sistema de recuperación, transmitida bajo ninguna forma por ningún medio, ya sea electrónico, mecánico, de fotocopiado, grabación o cualquier otro, sin el previo consentimiento del autor.

Esta es una obra de ficción. Los personajes y hechos descritos en esta obra son completamente ficticios. Cualquier parecido con personas verdaderas, vivas o muertas, o con hechos reales, es pura coincidencia.

Quiero agradecer a Luis Grieve, mi querido amigo de toda la vida, por su constante apoyo y motivación, así como por sus continuas contribuciones y ayuda en general desde el inicio mismo de la aventura de escribir este libro, hasta leer el manuscrito final, y trabajar en la portada y contraportada.

Así mismo, gracias a mis grandes amigos Luis Miguel Otero y Madalina Garza por haber leído el manuscrito final, y brindarme invaluables comentarios, críticas y consejos para pulirlo y llegar a una versión final.

I
"Viejos amigos"

La cita con Sebastián

Miraflores, Mayo 2018

El movimiento de gente en el lugar era altísimo a esa hora del día, y esto me hacía sentir incómodo. Una de las cosas que nunca me han gustado de Lima es que nadie sabe respetar el espacio personal.

Mi atención se centró inmediatamente en la gente que caminaba por el primer nivel del centro comercial. Siempre le presto atención a la gente, buscando si algo está fuera de lugar. Si alguien se ve raro o está sin moverse en el medio de la circulación de los demás.

O si alguien me está mirando directamente.

Nada me pareció extraño, así que continué mi camino hacia el segundo nivel. Ya había estado en el lugar en algunas oportunidades, y sabía exactamente dónde estaba yendo, así que me dirigí hacia allí directamente.

En la entrada del café, una joven y muy guapa chica me recibió con una sonrisa.

"Buenas tardes. ¿Tiene reservación?"

"Buenas. Así es. Mi nombre es Fernando Rojas."

"Ajá. Aquí lo tengo. Mesa para dos" - dijo mirando una tablet - "Bienvenido Sr. Rojas. Sígame por favor."

Tomó un par de libros de menú y empezó a caminar hacia una de las esquinas del lado del local que daba hacia el malecón. La seguí hasta una mesa al borde de la enorme plataforma que formaba el área externa del café.

En esta época del año la parte interior estaba casi vacía. La gente quería aprovechar la vista y el buen clima, que pronto empezaría a tornarse muy frío.

La chica tomó mi orden de manera rápida y eficiente, y se retiró, siempre sonriendo.

Mi atención se centró en el mar miraflorino, que siendo visto desde allí dominaba todo el horizonte, desde el Morro Solar al sur, hasta donde da la vista en el norte, adornando así toda la vista como si se tratara de un cuadro hiperrealista.

La razón de la reunión hizo que empezara a sumirme en mis propios pensamientos y la vista se convirtió en tan sólo una decoración para mis reflexiones.

Hay gente que dice que nuestras vidas adultas son un reflejo de cómo crecimos, creando una mezcla de nuestros miedos e inseguridades, fortalezas y talentos. Algunas cosas van emergiendo en la medida que vamos pasando por diferentes etapas, e inevitablemente, envejeciendo.

Todo eso sucede de manera inconsciente. Nuestro cerebro de alguna forma va almacenando todo eficientemente.

A nivel consciente, ciertos recuerdos de la niñez, con el paso del tiempo, parecen ser casi como un sueño. Algunos detalles se olvidan, pero la idea general permanece. Uno recuerda quienes estuvieron presentes, y con cierta precisión la memoria de los hechos ocurridos, pero a veces estos son un poco borrosos.

Muchos de esos recuerdos indelebles son de los barrios donde crecí. Primero San Borja, de niño, y luego Miraflores, ya un poco más grande y donde viví la que yo llamó la 'época dorada' de mi vida.

Supongo que la pubertad y la adolescencia, con los amigos, y luego las chicas y las fiestas, son la época dorada de todo el mundo.

Obviamente, en ambas épocas, buena parte del tiempo lo pasabamos en la calle, y muchos de los mejores momentos los vivimos allí. Pero en esas calles también se dieron muchas situaciones extrañas e incluso peligrosas que fueron el motivo de muchas emociones que me siguen hasta hoy, décadas después.

Las cosas en esas épocas pasadas de la Lima de los 80s no eran de color de rosa. La economía iba en caída, y el terrorismo y el crimen iban en subida, pero todo eso no parecía afectar nuestra búsqueda de experiencias y todas las cosas que un adolescente quiere. Nada puede detener la energía de esa etapa donde uno cree que está hecho de acero y nada lo puede herir, y donde las cosas peligrosas son un reto y no un riesgo.

"Aquí está su expreso, señor."

El mesero puso la taza sobre la mesa frente a mí con una sonrisa, y me sacó de golpe de mis pensamientos.

"Gracias" - respondí, devolviéndole la sonrisa.

Tomé la taza y di un sorbo, regresando mi atención hacia el malecón, pero ahora siguiendo la línea del acantilado al nivel del centro comercial, donde podía ver un parque donde de niño había venido con mis padres y de adolescente con amigos y amigas.

Allí había un grupo de muchachos con sus bicicletas y skateboards. La 'manchita' del barrio. Chicos adolescentes pasándola bien, llenando sus jeans y sus zapatillas de huecos, o sus rodillas y codos de raspones, a la espera de las requintadas de sus padres, que bien valían la pena después de horas de diversión, probando su valentía frente a los amigos, y si había chicas en las inmediaciones, llenándoles el ojo para que los recuerden luego.

Es bueno ver que ciertas cosas no han cambiado y quién sabe si alguna vez cambiarán.

Ya cerca de mis cincuenta, empezaba a llegar a esa edad cuando uno comienza a recordar las cosas con un sentido mayor de romanticismo y añoranza. Sobre todo cuando uno ha pasado gran parte de su vida en tierras lejanas.

Si esos muchachos supieran lo rápido que pasa el tiempo y cómo van a extrañar esos momentos con sus amigos, quizás se esforzarían en disfrutar más el tiempo que tienen. Pero eso es imposible. El ser humano no funciona de esa manera. La vida se vive minuto a minuto, y la única forma de valorar realmente algo es perdiéndolo, y más aún sin la capacidad de recuperarlo.

Una voz me sacó nuevamente de mi trance, pero esta vez se trataba de una voz familiar.

"Hola, Fernando."

Una sonrisa inmediatamente apareció en mi rostro, y me paré para recibir a mi amigo.

Sebastián ya estaba empezando sus sesentas. Las arrugas, el cabello gris claro, y las amplias entradas a los lados de su frente no lo dejaban esconderlo. Vestía como siempre de manera sobria y con colores oscuros. No era muy alto, pero mostraba una parada recta casi exagerada. Su voz cavernosa y firme, sin contar un poderoso y casi ceremonial apretón de manos, hacían difícil no adivinar que Sebastián había pasado gran parte de su vida en alguna institución militar o policial.

Pero yo no necesitaba adivinarlo. Yo conocía a Sebastián desde hace mucho tiempo.

"Amigo, ¿cómo estás? Que gusto verte" - dije dándole un fuerte abrazo.

"Yo muy bien. Y bueno a ti ni te pregunto, pues con ese peso que mantienes como siempre, pareciera que tuvieras diez años menos de los que cargas."

No pude contener la risa.

"Desafortunadamente las patasas de gallo que tengo no me dejan mentir."

Sebastián soltó una carcajada.

"Sí pues, nada que hacer, ya estamos bien tíos y no hay nada que hacer al respecto."

El mesero regresó y tomó su pedido.

Pasamos al menos la siguiente media hora poniéndonos al día sobre nuestras familias, los nietos de Sebastián (para lo cual una profunda revisión de fotos en su celular fue necesaria), hablando un poco de política (que para variar estaba en estado nauseabundo), y bromeando un poco de esto y aquello.

Finalmente, cuando la plática ligera de rigor estaba agotada, Sebastián fue al grano.

"Bueno, te veo mas o menos una vez cada dos o tres años, cuando se te ocurre venir a visitar tu tierra, pero eso es generalmente por cumpleaños que marcan décadas, y otras ocasiones importantes, y ahora de pronto me llamas con casi ninguna anticipación a una cita y no me quieres adelantar nada por teléfono. A decir verdad, me dejaste un poco preocupado luego de nuestra breve conversación. Y más allá de la preocupación, con una curiosidad bárbara. Te conozco lo suficiente para saber que algo traes entre manos o ha sucedido algo importante. ¿Qué te trae a Lima, sin una fecha importante a conmemorar?"

Mi semblante cambió a uno de seriedad, guardé silencio unos segundos, me miré las manos como si ahí fuera a encontrar las palabras que buscaba, y finalmente levanté la cabeza.

Miré a mi amigo directo a los ojos.

"¿Aún piensas en la casa abandonada del malecón?"

Sebastián no respondió de manera inmediata y guardó su propio silencio por un momento.

Tuve la impresión de que una sombra gris cruzó por su rostro, y lo note visiblemente afectado por la pregunta. Podría decir que por una fracción de segundo lo invadió un profundo miedo.

"Tú sabes perfectamente que no hay manera que no la recuerde siempre, a pesar que me gustaría poder olvidarla completamente. O mejor aún, nunca haber sabido de ella en primer lugar. Pero tú y yo sabemos que lo más probable es que la maldita casa sea lo último que venga a nuestras mentes en nuestros respectivos lechos de muerte."

Se detuvo un momento y continuó.

"Pero, ¿porque la traes a colación ahora? En los últimos veinte años nunca la mencionaste. Si no me equivoco la última vez que hablamos, y brevemente de esto, fue en el velorio del Chato Enrique, luego de su trágico accidente. E incluso en esa oportunidad fue algo breve y sólo porque era tal vez imposible no mencionar el tema, habiendo él sido parte de ese capítulo de nuestras vidas de forma tan cercana."

"¿Qué cosa es lo que recuerdas?" - pregunté.

"Supongo que prácticamente todo."

"En mi caso no es así. Lo que recuerdo es muy vago. La idea general está ahí, pero no los detalles."

"Interesante" - dijo Sebastian.

"Esto no lo sabe nadie, pero cada vez más frecuentemente, cuando vuelvo a Lima, voy al nuevo parque que construyeron frente a la casona, me siento en una de las bancas, y me quedo mirándola fijamente, a veces por buen tiempo. El mismo misterio que la rodeaba en los 80s está ahí. La misma sensación en el aire de que algo ruin se ha materializado y flota en el ambiente. Y de manera creciente un fuerte magnetismo que me jala hacia ella. Casi tan fuerte como antes".

Me detuve un momento, tomé un sorbo de mi café y continúe.

"Es difícil de explicar, pero siempre me he preguntado cómo es posible que luego de todo lo que pasó, hayamos podido tener una adolescencia normal, pasarla bien, ser felices. De alguna manera es como si un velo hubiera cubierto todos esos recuerdos, y en la medida que pasan los años, el velo empezará a hacerse transparente, dejándome ver poco a poco, más y más."

Sebastián suspiró y pareció pensar.

"Supongo que para ustedes debido a su corta edad funciono de otra manera" - dijo - "En mi caso, si bien es cierto siempre he tratado de mantener esos recuerdos alejados, el tema ha estado de una u otra forma siempre presente. Sólo me queda pensar que siendo yo el único adulto, el efecto que tuvo la casa sobre mi fue diferente."

Lo escuché y asentí con la cabeza.

"En todo caso lo que siempre ha estado presente de alguna manera y en la medida que han ido pasando los años ha ido creciendo, es el no poder aceptar que nunca hayamos encontrado a Roberto. De hecho, he empezado a pensar que tal vez hubo algo que no vimos o no hicimos correctamente. Algo que podría haber cerrado el tema de su desaparición, y quien sabe, hasta solucionarlo" - dije.

"Eso no es algo sano, Fernando" - respondió Sebastián - "No puedes pasar el resto de tu vida volviendo a eso. Tienes una familia, amigos, y mucha vida por delante. No puedo creer que estés volviendo a esa página. No puedes permitir que esto se vaya a convertir en una obsesión."

Puse ambos antebrazos cruzados sobre la mesa, y me acerqué a Sebastián sobre la misma.

"¿Tú has pasado esa página? Mírame a los ojos y dime que en todos estos años no has tenido una y otra vez ganas de saber realmente qué ocurrió con Roberto."

"Por supuesto que me hago la pregunta con cierta frecuencia, y que de una manera u otra recuerdo los hechos y trato de encontrar algún error en mis ideas y acciones. Tratar de darle alguna lógica a lo que vi, escuché y sentí. Pero eso no va a cambiar el hecho que han pasado más de treinta años y que nada de lo que haga hoy va a cambiar la historia. Además, qué te hace pensar que sentado frente a la casa, recordando lo que pasó una y otra vez, vas a poder encontrar hoy lo que no encontraste en ese momento. Todo esto sin considerar que obviamente el caso, al menos como lo conoció el resto del mundo, está cerrado y sepultado quien sabe en qué archivo de qué sótano, si es que aún existen récords de él. Es algo oleado y sacramentado, mi amigo. Y obviamente como lo conocemos nosotros, es algo que no podemos compartir con nadie."

El sol había empezado a ponerse cerca del horizonte. El *sunset* miraflorino inminente. La gente que abarrotaba el cafecito al borde del acantilado empezó a voltear para dar cara al esperado momento. Muchos se pararon y se acercaron al borde del café, del lado del acantilado, cercado con un muro de vidrio y metal. La mayoría de estos últimos, turistas que nunca habían visto el atardecer miraflorino. Las luces del local empezaron a prenderse en espera del anochecer.

De pronto tuve la familiar sensación de que alguien nos estaba observando, y mire alrededor buscando entre la gente.

"¿Todo bien, Fernando?" - preguntó Sebastián.

"Sí, sí, claro" - mentí.

La verdad no quería compartir con mi amigo, al menos no aún, esa parte de la razón por la cual quería tocar este tema de nuevo. Así que simplemente retomé la conversación.

"Hace un momento dijiste que probablemente todo lo que tiene que ver con esa casa estará en nuestros últimos pensamientos al morir. Tal vez sea porque la edad me está convenciendo cada vez más que ese momento ya no está tan lejos, pero yo no quiero morir sin saber qué es lo que pasó realmente. Necesito saberlo. Necesito morir con una certeza, por más pequeña que esta sea. Y me gustaría que me ayudes a tratar de encontrar alguna respuesta definitiva."

Sebastián pareció sopesar mis palabras por un momento.

"No es que no tengamos nada que hacer, como para estar dedicando tiempo a una aventura como esta, ¿cierto?"

"Esa es una muy barata forma de tratar de convencerme" - dije sonriendo - "Si no es indiscreción, ¿qué cosa es lo que mantiene tan ocupado en estos días al Coronel de la Policía en retiro Don Sebastián Mendiola?"

Sebastián mantuvo su cara seria por un momento, y luego también se rió.

"La verdad es que estoy más aburrido que si estuviera escuchando golf por la radio. Desde que me retiré, básicamente estoy en casa, esperando que llegue el día de la semana que juego poker con un grupo de amigos, el ocasional viajecito de fin de semana a la playa, o la visita de los nietos los domingos. El resto es leer, ver una película en Netflix o dormir. A esa gran rutina se debe esto" - dijo señalando su barriga, que ya mostraba una panza que prometía un futuro en mayor crecimiento.

"Es lo que imaginé" - comenté mientras reía - "Mi vida es aún un poco más activa, pero la verdad el negocio ya no me necesita tanto. Mi hijo ha tomado muy bien las riendas del asunto, y salvo un par de viajes de vacaciones al año, estoy en el mismo plan que tú. La verdad es que el tiempo me sobra, y eso también contribuye a que mi atención se dirija hacia el pasado, los recuerdos, y la puta casa del malecón."

Esto último lo dije en un tono de voz bastante alto, lo cual atrajo algunas miradas desaprobatorias de las mesas cercanas, a lo cual no le prestamos atención.

"¿Y qué va a decir tu señora de todo esto?"

"La verdad es que hay varios temas de negocios que necesito ver en Perú, que no ocupan gran parte de mi tiempo, pero que puedo usar como excusa, y ella tiene montones de cosas que hacer, no siempre conmigo, como ver a la familia y amigas. Eso no va a ser un problema. Puedo extender mi viaje cuanto sea necesario, pero no creo que esto vaya a tomar más que unas semanas, y sólo algunas horas de los días que usemos."

"Okay, pero vuelvo a preguntar, ¿que te hace pensar que ahora podríamos lograr un resultado diferente?"

"No lo sé a ciencia cierta, pero algo me dice que los años de experiencia y el hecho de no tener los mismos prejuicios y temores que de jóvenes, harán que probablemente veamos algo que no vimos en su momento."

"La verdad es que yo creo que vimos suficiente. No estoy seguro que vaya a hacer una diferencia que volvamos al asunto de adultos."

"No estoy de acuerdo. Creo que si tratamos de recordar cómo se dieron exactamente las cosas, podríamos encontrar ideas nuevas y posiblemente hacer que funcione" - dije con seguridad.

"Eso tiene un riesgo" - dijo mi amigo seriamente - "Esa casa es un lugar peligroso."

"Lo sé, y estoy dispuesto a aceptarlo" - respondí mirándolo fijamente a los ojos.

Sebastián levantó los brazos y los trajo nuevamente sobre la mesa en un gesto que sugería derrota y aceptación.

"A ver pues, dime que tienes en mente."

Puse una mano sobre la suya y sonreí.

"Gracias amigo."

"De nada, supongo" - dijo también sonriendo.

"Oh, antes de que me olvide" - agregué - "He estado pensando en pasarle la voz a Alex. Siempre nos mantenemos en contacto. También hemos evitado el tema, y tal vez le costará participar, pero estoy seguro que al menos querrá colaborar con sus recuerdos. Su hermano Ricardo se mudo a Canadá ya hace varios años, y siendo el menor, definitivamente fue el que la sufrió más, o sea que preferiría no involucrarlo. Además creo que parte de la razón de su alejamiento, tiene que ver con mantener una lejanía con Lima. Al menos en mi caso, fue más o menos así."

"Me parece bien" - dijo Sebastián - "Si vamos a hacer esto, será bueno contar con la ayuda de Alex. Y estoy de acuerdo en que no hay razón para molestar a Ricardo."

En el curso de la siguiente hora conversamos acerca de algunos detalles importantes. El contaba con algunos registros escritos, tanto personales como oficiales de la investigación, que revisaría para identificar puntos saltantes.

Cuando terminamos se despidió con un abrazo y quedamos en ponernos en contacto pronto para volver a reunirnos y coordinar.

Lo miré caminar hacia la salida y me quedé allí solo un rato más, tratando de ordenar mis ideas sobre la reunión.

Ya era completamente de noche y el frío que trae la húmeda brisa nocturna miraflorina había obligado a los comensales a ponerse sus chompas o casacas. El cielo estaba cubierto con la eterna capa gris que cubre a Lima, visible incluso de noche.

Pagué la cuenta, y antes de salir, me paré al borde del balcón y miré hacia el parque. Los chicos de los skateboards y las bicicletas ya se habían ido, y la noche había traído consigo parejitas que ocupaban las bancas, algo iluminadas por los faroles.

Un intenso escalofrío y la misma sensación de que estaba siendo observado, me hicieron voltear rápidamente, pero no pude identificar nada ni nadie extraño.

Estaba a punto de darlo nuevamente como algo sin importancia, cuando por el rabillo del ojo, en el primer nivel, capté algo que jaló mi atención.

Entre las personas que caminaban, casi escondido por las mismas, un muchacho me miraba fijamente. Era alto, casi rubio y tendría unos quince años. La línea alrededor de su cuerpo era oscura, casi imperceptible, pero como absorbiendo la luz alrededor suyo. Sonreía, pero su boca chueca, hacía que tenga una sonrisa torcida. Una cara del pasado.

Traté de no quitarle la vista de encima mientras me dirigía hacia la escalera más cercana, caminando por el borde del barandal.

Él, moviendo sólo la cabeza, me seguía con la mirada. Lo perdí de vista un segundo en la curva de la escalera y cuando llegué al primer nivel ya no estaba allí.

La misma aprensión, cólera y frustración de siempre me inundaron, y volteé para mirar hacia el malecón.

Más allá del parque y siguiendo la línea del acantilado, imposible de ver desde ahí, la casa del malecón, antigua, abandonada, y llena de misterios, aún aguantaba el paso del tiempo.

Reflexiones

La Molina, Mayo 2018

Llegué tarde a casa. Todo el camino en el carro debo haber estado pensando en mi reunión con Sebastián, pues me pareció que el viaje de casi una hora hubiera transcurrido en sólo unos minutos. Es increíble cómo el cerebro puede funcionar de forma tal que hagamos las cosas básicamente en piloto automático.

El carro de mi esposa no estaba en el garaje, así que mire la aplicación de mapas en mi móvil, y verifiqué que aún estaba en casa de su familia. Pensé en llamarla pero me decidí a no molestarla. Si ella quiere saber dónde estoy puede hacer lo mismo.

Al entrar a la casa, caminé directamente al barcito y me serví un whisky. Abrí mi portafolio y saqué un bloc con mis notas. Me senté en la sala en mi sillón favorito, y pensé por enésima vez que tenía que llevar este mueble a mi casa en California. Era demasiado cómodo para sólo usarlo cuando venía a Perú.

Comencé a darle un vistazo rápido a las notas de las cosas que ya había planeado hacer respecto a la investigación con Alex y Sebastián.

Se me empezaron a ocurrir algunas ideas adicionales y anoté algunas cosas en el margen de las páginas para no olvidarlas.

Después de un momento empecé a sentir un poco de sueño y cabeceé por un segundo. Pensé en subir a la habitación, pero aún era temprano y quería aprovechar el tiempo.

Sentí un mareo, y me tomé la cabeza con ambas manos. Las náuseas no eran terribles, pero sí lo suficientes como para que sienta un poco de sabor a bilis en mi boca.

El siguiente sentido en despertar fue el oído. Primero fueron varios sonidos juntos, como entreverados. Luego entre ellos pude empezar a distinguir una voz.

"¿Fernando? ¿Me escuchas?" - preguntó una voz a mi lado.

"¿Estás bien?"

Ahora la voz fue mucho más clara. Era una voz muy joven. Casi de niño.

Miré hacia el lado, pero mi visión estaba algo borrosa. Me tomó unos segundos enfocarme. Finalmente, con un poco de trabajo, reconocí a quien estaba sentado a mi lado.

Era Tito, mi amigo de San Borja. Pero esto no podía ser correcto. De seguro debía estar soñando.

Seguidamente me di cuenta que a su lado, también sentado, estaba otro de mis amigos de esa época. Danilo. Este último lucía confundido. Miraba hacia el suelo, y se tomaba el estómago con ambos antebrazos. Parecía no sentirse bien.

"¿Qué les pasa chiquillos?" - dijo otra voz.

Cuando miré al que había dicho esto último, me convencí de que lo que estaba sucediendo no era un sueño, sino que tenía que ser una pesadilla.

Sobresaltado, instintivamente me puse de pie y en ese momento, por fin reconocí el lugar donde estaba.

Era el frente del edificio donde vivía Tito en San Borja, y el muchacho que nos había hablado era el 'chico de la bicicleta'.

En ese momento Danilo también se paró. Pero lo hizo lentamente. Seguía mirando hacia abajo, pero ahora parecía estar inspeccionando su cuerpo. Se miraba las palmas de las manos.

Esto no tenía sentido, pero recordé que estábamos en peligro. Y también lo que había hecho.

Lo que tenía que hacer.

Empecé a caminar hacia la rampa de subida del edificio. La que ya sabía que estaba atrás nuestro.

"¿Adónde crees que vas?" - dijo el chico de la bicicleta.

Evidentemente no le gustó que estuviese alejándome de él.

Volteé a mirarlo, como para no alertarlo, pero continué tratando de ganar distancia retrocediendo lentamente. Ya estaba a punto de llegar a la rampa que llevaba a los apartamentos.

De pronto, el chico soltó su bicicleta. Ésta cayó al piso haciendo un ruido fuertísimo, que se aseguró que no olvidara que aún tenía un fuerte dolor de cabeza.

"¡Quédate ahí!" - gritó.

Al darse cuenta que no le estaba haciendo caso, empezó a subir rápidamente los escalones en dirección mía y ya estaba por llegar al último de ellos cuando Danilo le puso una zancadilla.

El chico trastabilló y cayó todo su largo pesadamente sobre el piso de cemento. No llegó a poner las manos para aguantar la caída y se dio de cara contra el suelo.

"¡Corre Flaco!" - gritó Danilo.

Esto me sorprendió, pues Danilo nunca me había llamado 'Flaco'. No creo que nadie en San Borja me haya llamado nunca 'Flaco'.

Traté de darle sentido a esto y desconcertado, me quedé como paralizado.

Tito pasó como tromba por mi lado, rampa arriba. Danilo también hizo lo mismo, pero al pasar, me cogió del polo y me dio un jalón. Esto me espabiló y empecé a correr detrás de él.

Cuando llegamos al segundo nivel, me detuve y miré hacia abajo. El 'chico de la bicicleta', al inicio de la rampa, se estaba incorporando.

Se llevó una mano al rostro, y la miró. Estaba cubierta de sangre. Sin moverla de esa posición, levantó la cara hasta ubicarme. Sus ojos irradiaban odio, y este estaba enteramente dirigido hacia mí.

A pesar que Danilo le había puesto la zancadilla, el blanco de su saña era aún exclusivamente yo.

A pesar de su estado, empezó a esbozar una sonrisa. Una sonrisa torcida, y ahora sangrienta.

Sabía que había perdido y que no nos podría alcanzar, pero no se movía de allí. Su mirada fija en mí.

La misma mirada que nunca he podido olvidar.

"Hey, vengan aquí" - gritó Tito.

Estaba parado al lado de la puerta de su apartamento, la cual estaba abierta.

"Vamos. Entren" - dijo y entró, dejando la puerta abierta.

Caminé hacia allí y estaba a punto de entrar cuando Danilo me tomó del brazo.

Volteé a mirarlo.

"Flaco, ¿qué está pasando?" - me preguntó.

"No estoy seguro, pero mejor hablemos adentro" - le respondí mirando al 'chico de la bicicleta' que aún estaba abajo, sin moverse, mirándonos y sonriendo.

"Está bien" - dijo Danilo y entró al apartamento.

Crucé el umbral detrás de él.

La misma sensación de mareo y náuseas me invadió, y me apoyé en la pared más cercana, la cual tenía la pintura descolorida y agrietada.

No estaba en el apartamento de Tito.

Camine hacia la ventana más cercana del cuarto. En su lugar sólo estaba el hueco de la misma, el marco y el vidrio desaparecidos hace quien sabe cuanto tiempo.

Estaba en un segundo piso. Aún era de día, pero ya estaba empezando a oscurecer. Afuera, del otro lado de la calle, los faroles del malecón de Miraflores ya estaban prendidos, expectantes, para darle la bienvenida a la noche.

En algún lugar de la casa, el hombre calvo seguro sonreía. No lo podía ver, pero yo sabía que estaba disfrutando el momento.

Sentí una sensación de vértigo, y abrí los ojos inmediatamente. Algo cayó al piso haciendo un fuerte ruido.

Al mirar hacia abajo vi que era el vaso de whisky que había tenido en la mano.

Este tipo de recuerdos (¿visiones?, ¿sueños?, ¿pesadillas?) había empezado a suceder con mayor frecuencia.

Generalmente eran sobre cosas que pasaron en la casa del malecón, o al menos eso es lo que suponía. Aún eran piezas de un rompecabezas que todavía no estaban conectadas unas con otras.

Lo que sí sé es que me dejan tremendamente confundido. Este tipo de eventos y el no saber qué los genera, me motiva aún más a querer figurar el misterio de la casa del malecón. A veces el tener información parcial, es peor que no tener ninguna información.

No puedo seguir dejando que las cosas en mi vida simplemente pasen sin detenerme a analizarlas. Como le expliqué a Sebastián, por primera vez quiero entender realmente el misterio de lo que sucedió con Roberto.

No puedo seguir tratando de ser un escéptico. Tengo que estar dispuesto a tratar de abrir mi mente a distintas posibilidades.

Tal vez sea muy tarde, pero tengo la esperanza que no sea así.

Una de las cosas que sí he aprendido es que el tema clásico del bien y el mal, no es un asunto que sea simplemente blanco y negro, sino que como dice el gastado dicho, tiene un montón de tonos de gris, y en el caso de Lima esto se aplica perfectamente.

Dicen que todas las ciudades grandes son así. Con una buena cuota de maldad. Que la gente anda de mala onda por el tráfico, los ladrones, y la falta de respeto. O tal vez sea que todas esas cosas son el producto de un montón de gente apretada e interactuando en el mismo lugar, donde te cruzas muy frecuentemente con personas que, muy lastimosamente, no la están pasando bien y se descargan de una u otra manera con los demás.

Es posible, pero yo además creo que hay mucha gente con 'mala sangre', que simplemente disfruta jodiendo al resto de formas distintas.

Pero lo que nunca voy a dejar de creer a pesar de toda la verdad que pueda haber en estas reflexiones, es que también hay mucha bondad, mucha gente que brilla en el medio de la oscuridad, y ésa es razón suficiente para seguir tratando de entender.

Y cuando se trata del valor de la amistad, la esperanza no es lo último que se pierde, sino lo único que no se puede perder.

Alex

Miraflores, Mayo 1985

Un viernes al final de la jornada de clases, me dirigí a la salida, un poco más tarde de lo normal, pues ese día cuando fui a la sesión de práctica de banda, ésta se había cancelado.

Ya casi todo el mundo se había ido, pero en el camino vi a un buen número de alumnos que se habían congregado en el área anterior a la cancha de fútbol, donde habían unas bancas de cemento.

Una parte del grupo estaba alrededor de alguien que estaba tocando guitarra. La familiar tonada de 'Escalera al Cielo' sonaba en el ambiente.

El otro grupo, también en círculo, conversaba animadamente. Me acerqué con curiosidad y escuché que estaban conversando de diferentes grupos de música de la época, y mostrando sus discos.

Me acerqué un poco más, tímidamente, pues la mayoría de los reunidos eran de promociones mayores a la mía. Siendo mi primer año de secundaria, aún me estaba acostumbrando a que haya tantos alumnos mayores en los alrededores.

Noté a un grupo más pequeño, donde la mayoría tenía el pelo más largo que el resto. Los álbumes que mostraban tenian portadas coloridas, llenas de dibujos alucinantes o fotos con diseños agresivos. Éstos llamaron más mi atención.

Uno de los chicos tenía un disco de Iron Maiden, grupo que conocía porque lo pasaban mucho en la radio que escuchaba, y que tenía muchas canciones que me gustaban. Cuando noté que empezaba a guardar sus cosas en su mochila para irse, me armé de valor y con un poco de vergüenza me acerque a él y lo saludé.

"Hola, ¿qué tal? Que bacanes tus discos" - dije con cierto temor, no sabiendo qué esperar de respuesta.

El chico era un poco mayor que yo, bastante más alto, con el pelo largo, pero sin embargo tenía cara de buena gente.

"Oh. Gracias. Sí, hay varios muy buenos. ¿A ti te gusta esta música?" - respondió él de forma amigable.

"Mucho. La escucho en radio Doble 9"

"Eso. Buena voz. Esa es la única radio que escucho."

"Oye, recién te acabo de conocer y seguro esto te va a sonar recontra conchudo, pero ¿tú crees que haya algún chance que me grabes algunas canciones si es que te doy un casete en blanco? Tengo algunas grabaciones de la radio, pero suenan horrible."

"Claro. No hay problema" - dijo sonriendo.

"Pucha, sería lo máximo. Yo me llamo Fernando. ¿Y tú?"

"Yo soy Alex" - dijo él estirando la mano.

Respondí el saludo, apretando su mano de manera exagerada para parecer más grande.

Esa fue la primera vez que noté que su línea de luz era blanca y muy visible. Podía sentir su energía. No siempre es así de notorio, y pocas veces había visto una tan fuerte.

"Oye, te has quedado pegado" - dijo Alex, sacándome de mis pensamientos.

30

"Sí, *sorry*. Sino que me acordé de algo" - dije buscando una excusa y sintiéndome medio tonto.

"Oye más bien me voy yendo porque hoy me voy a casa con mi vieja, y ya me he demorado. Me debe estar esperando."

"Claro" - le dije - "Yo también voy saliendo."

Empezamos a caminar juntos hacia la salida.

"Normalmente regreso caminando con mi hermano menor. Mi jato queda cerca del cole, pero los viernes mi vieja sale temprano de trabajar y nos lleva. Su oficina está aquí a la vuelta. Mi hermano ya debe estar con ella" - dijo Alex.

"Yo también vivo cerca del cole" - le dije - "Recién me mudé a Miraflores hace unas semanas."

"No te creo" - dijo Alex - "¿Por dónde está tu casa?"

"En la Avenida del Ejército" - respondí.

"Manya. No te creo. Alucina que yo vivo por la cuadra dos".

"Yo estoy ahí no más. En la cuadra siete"

"Asu, estás cerquísima ¿Cómo te regresas tú a casa?"

"Normalmente en micro. Si es que paran o pasa alguno que no esté reventando de gente" - dije.

Ambos nos reímos.

"Si no, continuo caminando, y si ya estoy cerca ya sigo caminando no más".

"Si pues, tomar micros es una joda. Por eso prefiero latear no más. Sólo son como veinte minutos a pata. ¿No quieres que te demos una jalada?"

"Pucha. ¿Seguro? ¿Normal con tu mamá? - pregunté.

"Claro. Mi vieja es bacán para esas cosas."

El trabajo de la mamá de Alex efectivamente estaba super cerca, en el centro de Miraflores, y efectivamente también, la mamá de Alex era super buena gente. Vestía super elegante, y era muy jovial y alegre.

El hermano de Alex, Ricardo, era un año menor que yo, y aún estaba en primaria. Era recontra inquieto y hablaba todo el rato.

Ya estabamos en el carro, bajando por la Avenida Pardo.

"Oye, te iba a decir para que me traigas tus casetes al colegio, pero si vivimos tan cerca, porque mejor no los traes a la casa, y los grabamos juntos" - dijo Alex.

"Sería lo máximo" - le dije emocionado.

"Mamá, ¿puede Fernando ir a la casa mañana sábado?"

"Claro que sí. Siempre y cuando terminen todas sus tareas hoy" - respondió la señora.

Se ofrecieron a llevarme hasta mi casa, pero primero pasamos rápidamente por el frente de la suya para que supiera donde vivían.

Antes de que me bajara del carro, Alex me dio su número de teléfono para que lo llame para coordinar al día siguiente. En ese momento no lo sabía, pero conocerlo sería uno de los hechos más relevantes de mi vida.

Antes de la entrevista

La Molina, Junio 2018

Alex llegó a mi casa en la mañana. Verlo era siempre verdaderamente un placer, y sin importar mi estado de ánimo, su presencia siempre me ponía de buen humor.

Desde ese día que lo conocí, cuando tenía trece años, nunca habíamos perdido el contacto. Incluso cuando me mude fuera del país, empezamos a coordinar viajes para que él vaya para allá y cada vez que yo vengo a Perú, él es el primero en mi lista de visitas. En el intermedio hemos usado todos los métodos de comunicación disponibles. Primero teléfono, y luego Facebook, Whatsapp y videollamadas, en la medida que estos han ido apareciendo.

Esa mañana Alex vestía un polo con una imagen de Star Wars, una de nuestras películas favoritas de chicos. Quien sabe cuantos polos de películas tendrá. Cada vez que lo veo lleva uno diferente.

Luego de ponernos al día y reirnos un rato, procedí a explicarle mis planes de una manera similar a la que abordé el tema con Sebastián.

La conversación, que era supuestamente para convencerlo de participar, no duró ni cinco minutos. Me escuchó un rato, y de pronto levantó una mano pidiéndome que me detenga.

"Mi bro, a mí no me tienes que vender el tema. Cuenta conmigo al 100%. Si tú estás en esto, yo estoy en esto."

No me había hecho ni una sola pregunta.

En realidad debí haberlo imaginado.

"Sabía que podía contar contigo" - le dije sonriendo.

"¿En qué soy bueno? ¿Qué es exactamente lo que necesitas de mí? - preguntó.

"Además de aportar con tus recuerdos, lo más importante es que seas un par extra de ojos y oídos en las conversaciones que tendremos con otras personas. Tu eres de las pocas personas en mi vida, que además de haber vivido de primera mano las experiencias con la casa del malecón, sabe sobre mis..."

No sabía exactamente qué palabra usar.

"¿Tus visiones?" - ofreció él.

"No sé si son exactamente eso. Pero bueno, no tenemos que ponerles un nombre. Tú sabes a qué me refiero. En todo caso, para entender mejor qué pasó con Roberto en la casa del malecón, creo que tengo que regresar a mis recuerdos de niñez. Antes de mudarme a Miraflores"

"¿Por qué? - preguntó.

"Hay muchas cosas que me sucedieron en San Borja que estoy seguro que tienen relación, o están conectadas de alguna manera con lo que vivimos juntos."

"¿Te refieres por ejemplo al anciano y al chico de la bicicleta?"

"Así es. Tú ya sabes esa historia. Estoy seguro que les conté algunas de las cosas raras de mi antiguo barrio luego de la desaparición de Roberto, pero no estoy seguro con cuánto detalle. Cuando conversemos con otras personas quiero que tú tomes tus propias notas y que luego intercambiemos ideas. No conozco a nadie con más agudeza que la tuya para los detalles, y estoy seguro que vas a pescar cosas que a mi se me han pasado."

"Entiendo" - dijo riendo - "Yo voy a ser tu Watson."

"Supongo que sí" - dije riendo también - "Aunque la verdad es que no se si yo califico como Sherlock".

Esto es algo que siempre me ha gustado de Alex. No importa cual sea la situación, su buena vibra y buen semblante siempre son reconfortantes.

"La persona que veremos hoy es Tito" - continúe - "Una vez que me mudé a Miraflores sólo lo vi un par de veces más de chicos. Mi viejo se dio el trabajo de llevarme para allá algunas veces después de la mudanza, porque no tenía amigos en el nuevo barrio. Pero una vez que eso cambió, la edad y la distancia se encargaron de que nos perdieramos el rastro. Hace unos años lo ubiqué en Facebook, y desde ahí hemos mantenido un contacto esporádico. La última vez que lo vi fue hace un par de años en uno de mis viajes por aquí."

Alex pareció pensar un rato.

"¿Y cuál es la excusa para la reunión de hoy?" - preguntó finalmente.

"Le dije que estaba escribiendo una novela, y que iba a usar algunos pasajes de mi niñez en la misma."

"No te creo, bro ¿en serio?" - dijo Alex.

"Ajá. En serio."

"¿Y para él, yo qué hago acá?" - preguntó.

"Tú eres mi co-autor. Dado tu background en cine, cae perfectamente."

"Pucha. No estoy seguro que eso vaya a funcionar."

"Si va a funcionar" - le dije - "Es una mentira piadosa. Si bien es cierto él compartió varios de los acontecimientos más relevantes en San Borja, no sabe nada del tema de la desaparición de Roberto y la casa del malecón, y no sabe nada sobre mis temas. No estoy seguro como procesaría esa parte de la información. Tú sabes. La mayoría de la gente cree en estas cosas, hasta que empiezas a hablar seriamente de ellas."

"Sí sé a lo que te refieres" - dijo Alex.

"En todo caso, ya no queda mucho tiempo para que llegue. Tú solo sígueme la corriente. Toma notas y si crees que tienes que intervenir, hazlo pero para indagar, no para ofrecer nada que nos venda."

"Okay bro. Okay" - dijo moviendo la cabeza, un poco dubitativo, pero al mismo tiempo sonriendo.

Tito

La Molina, Junio 2018

Tito llegó unos minutos después.

"Estimado" - dije abrazándolo - "Que gusto verte. Que bueno que hayas podido venir."

"Por supuesto" - respondió Tito - "Siempre es un placer. Además el tema me pareció interesantísimo."

"Que bueno. Ya hablaremos de eso. Pero antes que nada déjame presentarte a Alex. Él es un gran amigo, también de la juventud."

Ambos intercambiaron saludos y luego de sacar del camino las conversaciones triviales de rigor, abordé el tema.

"¿Qué les parece si empezamos?"

"Claro, no hay problema" - respondió Tito.

Alex también asintió.

"Así que has decidido volverte escritor" - dijo Tito.

La cara de incomodidad de Alex, y la presencia y palabras de Tito me hicieron sentir un poco mal de estar haciendo esta pantomima, pero recordé la necesidad de hacerlo y tiré para adelante.

"Así es, y con la ayuda de Alex estoy seguro que puedo convertir varias de mis experiencias de vida en una buena historia. Él sabe mucho de cine y trabaja con guiones."

"Chévere" - dijo Tito.

Alex sólo sonrió.

"Y me dijiste que quieres que te ayude recordando detalles de algunas cosas que nos pasaron en San Borja."

"Así es" - respondí.

"Okay. Comencemos" - dijo Tito con emoción - "La verdad es que desde que me llamaste he estado pensando en el asunto. Ojalá que realmente pueda ayudar."

"Estoy seguro que nos vas a ayudar un montón. ¿Qué te parece si empezamos por la descripción del edificio donde vivías? Era un edificio raro, ¿no?"

Tito me miró medio confundido.

"¿Raro?" - preguntó.

"Sí, me refiero a que tenía una forma única que no he vuelto a ver en ninguna parte. Su diseño era bastante particular."

"Oh, sí claro" - dijo Tito - "Su arquitectura era algo extraña."

"¿Qué lo hacía tan particular?" - preguntó Alex.

"La mayoría de edificios son moles verticales de cemento con muchos pisos en un terreno relativamente pequeño. Y generalmente tienen una puerta de acceso principal. Este edificio tenía solo tres pisos, estaba construido en un terreno muy amplio y el acceso era a través de unos escalones que conectaban la calle con una rampa curva de unos 30 metros de largo que subía desde la calle a los departamentos que se encontraban en el segundo piso" - expliqué.

Tito también puso sus dos centavos: "Además, de un lado de la rampa, desde la calle, había un acceso hacia un jardín que ocupaba la parte frontal del primer piso, y desde ese nivel, por la parte trasera, se llegaba a departamentos que estaban un poco debajo del nivel de la calle y también por medio de unas escaleras, a los de los otros pisos. Debajo de las escaleras había un pasaje por el cual se llegaba a un enorme jardín posterior."

Cuando terminó su parte de la descripción, Tito pareció volver de un viaje astral.

"*Wow*. Que tal *flashback* recordar el edificio" - dijo aún sumido en sus recuerdos - "Sabes que lo demolieron hace unos años."

"Sí, lo noté cuando pasé por allí hace un tiempo. Me pareció triste. Ahora toda esa zona está llena sólo de locales comerciales"

"Así es. Una pena" - dijo Tito, y continuó - "¿Te acuerdas todo lo que jugábamos en esos jardines? Chapadas, matagente, todos esos juegos clásicos. Pero el lugar era principalmente perfecto para jugar a las escondidas. Estaba lleno de recovecos, y las diferentes escaleras permitian moverse rápidamente en diferentes niveles del edificio."

Sonreí, también sumiéndome en esos recuerdos de niñez.

"¿Y de qué género va a ser la novela?" - preguntó Tito.

"Misterio. Pienso que muchas de las anécdotas de las cosas que nos sucedieron se prestan para agregarles detalles interesantes, y darles un giro hasta sobrenatural" - respondí.

"Ah. Entonces me imagino que vas a escribir sobre el fantasma del jardín de atrás del edificio."

El comentario no me tomó de sorpresa, sobre todo ahora que le había dicho que la novela era de misterio, pero inicialmente el tema no me pareció tan relevante como otras ocurrencias que quería explorar.

"No había pensado en incluirlo, pues yo nunca lo vi, y además nunca le encontré una relación con las otras cosas que pasaron que son más centrales al tema de la historia que estaba pensando" - dije improvisando una respuesta.

Noté que Alex tomaba notas.

"Danilo dijo que lo vio" - dijo Tito - "¿Te acuerdas?"

"Sí. Claro" - respondí.

Volteé y miré a Alex.

"Danilo era un amigo del barrio de San Borja, al cual no he vuelto a ver desde esos años. No creo haberte hablado de él."

Volví mi atención a Tito.

"Creo que Danilo dijo que lo vio un día que estábamos jugando a las escondidas, ¿no? El fue a esconderse en el jardín de atrás. Regreso corriendo a toda velocidad y estaba pálido como una hoja de papel" - dije recordando.

"Exacto. Nadie le creyó. O no queríamos creerle" - dijo Tito riendo, y agregó - "Pero lo que sí es cierto es que nadie nunca volvió a jugar en esa zona del jardín."

"Es verdad" - dije riendo también - "Por si acaso."

Luego de un momento, Tito se puso serio.

"¿Te acuerdas de la señora bien viejita? ¿La del tercer piso de atrás?" - me preguntó.

Hice un poco de memoria.

"¿La que vivía sola?"

"Esa misma. A veces venía a visitarla una familia que tenía un hijo. Creo que era su nieto. Algunos fines de semana lo dejaban a dormir, y salía a jugar con nosotros."

"Sí, ya me acordé de eso. Pero no me acuerdo de su nombre."

"La verdad yo tampoco. Pero lo que sí me acuerdo es lo que la viejita nos dijo una vez cuando nos vio jugando allí atrás con su nieto" - dijo Tito.

Me quedó mirando como esperando que comentara sobre el tema.

"Pucha la verdad no me acuerdo de eso. Tal vez yo no estaba ese dia" - le respondí.

"Que raro. Podría jurar que sí estabas."

Alex seguia tomando notas.

"Pero bueno, ¿qué dijo la viejita?" - pregunté con genuina curiosidad.

"A grandes rasgos básicamente dijo que no quería que juguemos en la parte de atrás del jardín. Dijo que era una zona con mala energía o un lugar de maldad, o algo así. Y que esas zonas atraen cosas malas. A gente mala."

Alex me pasó la voz, y me mostró algo que había escrito en su bloc de notas. Yo había pensado lo mismo. Era algo que ya habíamos escuchado antes, hace mucho tiempo, pero refiriéndose a otro lugar.

"Toma nota de eso, y lo desarrollamos más tarde" - le dije a Alex.

"Recuerdas algo más con respecto a eso" - le pregunté a Tito.

"No con respecto a la viejita, pero lo que sí recuerdo es que yo creo que mi viejo también vio al fantasma o lo que sea que había allí atrás" - continuó - "No me lo dijo directamente, pero recuerdo una vez que lo encontré al pie de las escaleras que llevaban de nuestro piso al jardín de atrás. Estaba actuando raro."

"Pero es que tu viejo de hecho creía en todas esas cuestiones de fantasmas y espíritus" - le dije.

"¿Por qué lo dices?"

"¿No te acuerdas de las historias que nos contaba de vez en cuando?"

"Sí, pero eran solamente historias de terror de pueblo. Él era de provincia, y además viajaba mucho manejando por la sierra como parte de su trabajo de ventas. Esas historias son clásicas de esas zonas."

"Así es. Pero él las contaba como que le hubieran pasado a él. Hay una de ellas que nunca he podido olvidar. Con la que tuve varias pesadillas."

"El viejo era la cagada" - dijo riendo - '¿Cuál de las historias?"

"La de la procesión."

Tito inclinó la cabeza hacia un lado, como tratando de recordar.

"¿La procesión con la gente de blanco?" - agregué tratando de hacerle recordar.

"No, la verdad no la recuerdo" - dijo Tito finalmente - "¿Cuál era esa?"

"Okay. Según él, una noche ya tarde, llegó manejando a un pueblo pequeño. Iba buscando un hostal o albergue para dormir, pues ya estaba cansado. No había nadie en la calle, el pueblo parecía desierto, así que iba manejando despacio mirando a los edificios y tratando de ubicar algún transeúnte. De pronto vio iluminación a lo lejos, así que se dirigió hacia allá. Luego de avanzar un rato, la pista se abrió en lo que parecía una especie de plaza central. La plaza era muy pequeña, como correspondía al lugar. La luz venía de un grupo más o menos grande de personas, mujeres, hombres y niños, pero lo característico era que todos iban vestidos de blanco, e iban llevando velas y cirios de distintos tamaños. Inmediatamente pensó que todo el pueblo estaba allí, celebrando en procesión algún tipo de fiesta religiosa. La gente no parecía prestarle atención al hecho que un automóvil estuviera moviéndose cerca de ellos. Pero dijo que le pareció de mal gusto tocar la bocina o gritar desde su ventana. Así que paró el carro, bajó y se dirigió a la gente, buscando hablarle a alguien para preguntar por algún hotel. Cuando hizo esto, el grupo se detuvo y todos voltearon a mirarlo casi al unísono. Estaba a punto de hablarle a alguien cuando vio, entre las personas, un espacio vacío en medio de todos, como si el grupo estuviera escoltando algo. Pero lo que vio no fue la estatua de una virgen o un cristo, sino dos hombres, pero a diferencia del resto, vestidos de negro. Uno de ellos era alto, y usaba un sombrero. Lo raro era el color de su piel. Muy rojizo. El otro, que fue la razón por la cual se le pararon los pelos y regresó corriendo a su carro, era como un enano, tambien con piel de color rojiza, pero en lugar de brazos y piernas tenia como muñones que sobresalian de las mangas y el pantalon, y no tocaba el piso. Era como que flotara. Según nos dijo, subió a su carro y salió del pueblo a toda velocidad y no dejo de manejar por horas hasta que amaneció."

"Asu, que tal historia" - dijo Alex.

"Ahora que la contaste, creo que sí la recordaba, pero no con tanto detalle" - dijo Tito.

"Sólo nos la contó una vez, como muchas otras, pero no sé porque esta en particular es la que más recuerdo" - le dije.

"Pero justamente esto de las historias es lo que me hace pensar que él sí vio lo que sea que había en el jardín."

"No entiendo. ¿Por qué lo dices?" - pregunté.

"Porque si lo del jardín de atrás hubiera sido una historia más, me la hubiera contado como tal. Y

43

probablemente hubiese sido algo tétrico, lleno de detalles de terror y algún personaje raro. Pero nunca lo hizo. Sólo nos dijo a mí y a mi hermano Gerardo que no quería que fuéramos al jardín de atrás y menos de noche. Cuando le preguntamos por qué, nos dijo que era porque al no tener salida, si alguien de afuera con malas intenciones entraba al edificio, allí nos tenía atrapados. Pero esa explicación me pareció soló una excusa para mantenernos fuera de allí."

"Bueno, en todo caso, pensando de forma un poco noica, tenía razón que algo así podría pasar" - comenté.

"Sí claro, pero sigo pensando que fue sospechoso como se dio. Yo creo que él sí creía que había allí algo extraño. Algo que no era un ladrón o un loco. Yo pienso que él creía que era algo como lo de sus historias, pero de verdad."

En ese momento Alex de pronto intervino en la conversación.

"Y dime Tito. ¿Tú crees en estas cosas? ¿Cosas como las de esas historias?"

La pregunta me pareció muy a boca de jarro y miré a Alex un poco sorprendido. Y él me miró de regreso con la cara que solía poner cuando estaba tramando algo.

Tito se detuvo a pensar un momento y finalmente respondió - "No estoy seguro si creo o no, en todo caso no creo que sean lo que la gente comúnmente llama fantasmas. Tú sabes, espíritus, almas en pena, esas cosas. Pero sí creo que hay algo más, no se como llamarlo, alguna energía o tal vez otra realidad paralela o dimensión que se cruza con la nuestra. No lo sé exactamente, pero hay demasiada gente que tiene experiencias de ese tipo, como para que no haya algo ahí. Tal vez algún día sepamos que es."

"Interesante" - dijo Alex - "Supongo que yo también creo algo similar a lo que has descrito."

Puso su bloc en un ángulo, como para que yo pueda verlo. En él había escrito con letras grandes: "Ábrete con él. Dile la verdad."

No estaba seguro que eso fuera una buena idea. Pero Alex continuó mirándome y el tema se estaba haciendo medio evidente.

"Ya va a ser hora del almuerzo" - dije buscando una salida - "Alex, acompáñame a la cocina para que me ayudes. Ahorita volvemos, Tito."

"Okay" - dijo Tito, pero en su mirada pude ver que había notado algo.

Ya en la cocina, cerré la puerta. Alex habló antes de que yo pudiera decir algo.

"Mi bro, vas a tener mucho más éxito en lo que estás haciendo si Tito sabe, al menos parcialmente, la verdad de este asunto. Creéme."

"No estoy seguro."

"No tienes por qué decirle todo. Sólo con lo que te sientas cómodo. Es un amigo tuyo de la infancia, y claramente es una persona abierta a este tipo de ideas" - dijo, y agregó - "Además algo me dice que no está completamente convencido de tu historia del libro."

Regresamos a la sala luego de un momento. Yo aún estaba algo dubitativo respecto a lo que iba a hacer. La mirada y la sonrisa de Tito al verme regresar, hicieron que me decida, así que tomé al toro por las astas.

"Tito" - dije pasando saliva - "No he sido completamente honesto contigo."

"¿Cómo así? - preguntó.

"Bueno, la razón de esta reunión no es exactamente una entrevista para escribir un libro."

"¿Entonces?"

"Tiene que ver con una especie de investigación que estoy haciendo y en la que Alex me está ayudando, pero su resultado no será la publicación de la misma en ninguna forma" - le dije y agregué - "Te pido que me disculpes."

"No tienes porque disculparte" - dijo poniendo una mano sobre mi antebrazo - "Tus razones debes haber tenido. No se por qué, pero la historia del libro no me cuajaba completamente, pero preferí no decir nada y respetar lo que me estabas diciendo."

"Te lo agradezco."

"Bueno, supongo que si me estás diciendo esto es porque has decidido decirme la razón real. Aunque creo intuirla."

Iba a empezar a hablar, cuando Alex intervino.

"Me gustaría que Tito nos diga que es lo que intuye antes de que tú le expliques."

Asentí y miré a Tito.

"Si bien es cierto eramos chicos, hubieron muchas cosas que sucedieron, específicamente con relación a ti que siempre me parecieron raras" - dijo Tito mirándome - "Cosas que por ser niños pasaban piola, pero que al recordarlas con el paso del tiempo, no eran… digamos normales. Siempre me causaron mucha curiosidad."

"¿Cómo cuáles?" - le pregunté.

"La mayoría tienen que ver con todo lo que pasó con el chico de la bicicleta, pero hubieron otras cosas aisladas, como lo que nos contaste que te pasó el día del robo en la panadería."

"¿El robo en la panadería?" - preguntó Alex.

"Sí, es algo que supongo que no te debo de haber contado. No había razón para hacerlo, y a decir verdad ni recordaba habérselo contado a Tito."

"Fue una de muchas cosas que nos contaste. Supongo que siendo niño contabas estas cosas naturalmente a tus amigos, y no pensabas mucho en cómo se escuchaban. Pero recordándolas de adulto, sólo hay dos opciones. O tenías una imaginación muy activa, o realmente te ocurrían cosas muy raras sin explicación. Al menos no evidente."

"No pensaba que recordaras cosas como esas."

"Claro que las recuerdo. Supongo que por alguna razón personal estás queriendo indagar en ellas. La verdad si no es lo que quieres, no tienes por qué decírmelo. De igual forma te ayudaré en lo que pueda."

"Gracias amigo" - le dije honestamente.

"Okay. No me pueden dejar con la duda" - dijo Alex de pronto - "¿Que sucedió en la panadería?"

Tito y yo reímos.

"Es algo en lo que no pensaba hace mucho, pero ahora que lo recuerdo si tiene algunas similitudes con otras cosas que han pasado. Pero no estoy realmente seguro de que tenga alguna conexión" - dije haciendo memoria.

Todos los días a la hora del lonche, mi responsabilidad terminando la tarde era ir a la panadería a comprar pan fresco para la comida de esa hora y para el desayuno del día siguiente.

La panadería estaba sólo a una cuadra de la casa, pero del otro lado de la avenida. Era una rutina fácil y que hacía con gusto, pues me encantaba comerme un pan caliente, recién salido del horno, caminando de regreso.

Además de pan, la panadería vendía mantequilla artesanal, pasteles y otros productos similares y a esa hora del día generalmente estaban muy ocupados y el local tenía mucha gente que o estaba esperando pedidos o se encontraba haciendo la cola para comprar el pan.

Cuando llegué me paré en la cola detrás de cuatro o cinco personas. El sólo estar parado allí, era parte de la razón por la que me gustaba ir allí. El olor a pan recién hecho llenaba todo el recinto.

Parecía que todo transcurriría de manera normal, hasta que de pronto se empezaron a escuchar gritos.

En ese momento yo estaba distraído, mirando hacia uno de los estantes de atrás, supongo que mirando los pasteles o los otros dulces.

Cuando volteé buscando el origen de los gritos, un hombre estaba parado sobre el mostrador, al lado de la caja registradora, blandiendo un revólver. Era uno de esos con cañón corto y completamente cromado. En la otra mano llevaba una bolsa negra grande de plástico, como las que se usan para la basura.

"Todo el mundo al piso, ¡carajo!. Saquen sus billeteras y déjenlas a su lado. ¡Y miren al piso!" - gritó el ladrón, mientras movía el brazo con el revólver de un lado a otro.

Al lado de la caja, del otro lado del mostrador, Don Armando, el dueño de la panadería, se tomaba un lado de la cara con una mano. Una línea de sangre corría por su mejilla y su cuello.

"Tú" - dijo dirigiéndose a Don Armando - "Saca todo el dinero de la caja y ponlo en la bolsa."

Todas las personas de mi lado del mostrador estaban en el piso. Varios ya habían sacado sus billeteras de sus bolsillos o carteras.

El ladrón volvió su atención hacia los clientes, mientras Don Armando ponía el dinero en la bolsa. Cuando sus ojos se posaron en mí, se quedó mirando y apuntando con el revólver.

Yo me había quedado paralizado y aún estaba parado. Mi mirada fija en el arma. Supongo que el susto me había puesto en algún tipo de shock.

"Chiquillo de mierda. Dije que se tiren al piso" - me increpó.

Yo seguí tan quieto como antes, pero ahora que me había hablado me quedé aún más pegado y ahora mirándolo a la cara.

"¿Por qué me miras así? Deja de mirarme. ¡Échate en el piso, carajo!" - gritó nuevamente. La mano con el revólver temblando. El dedo en el gatillo. El hecho de que haya sido un niño no parecía hacer diferencia para él en ese momento.

De pronto, alguien me tomó de la mano y me jaló. Miré hacia ese lado, y vi a una mujer, que estaba de cuclillas a mi lado mientras me jalaba, y me miraba directamente a los ojos. Tenía una leve sonrisa en sus labios, una sonrisa que decía que todo estaba bien. Una línea de luz blanca, muy clara y fuerte alrededor de ella. Nunca dijo nada, pero por alguna razón su mirada y su sonrisa me tranquilizaron. Así que me eche al lado de ella en el piso, mis brazos flexionados en frente de mi, mi cara oculta en ellos.

Escuché algo de movimiento, la voz del ladrón, unas veces más, dando instrucciones. La última de ellas diciendo que todos se queden donde estaban.

Un momento después, no se cuanto exactamente, alguien puso su mano sobre mi cabeza.

"Niño, ya puedes pararte" - dijo una voz de mujer.

Me incorporé y miré a esta persona, esperando ver a la señora que me había salvado, pero no era ella. La otra señora era más joven, y era asiática, pues tenía los ojos rasgados.

"Que bueno que finalmente decidiste hacerle caso. Podría haberte disparado" - dijo la desconocida.

"Fue gracias a la señora que me jaló" - le dije.

"¿Qué señora?" - me preguntó.

"La que estaba al lado mío. La señora chinita" - dije, mientras la buscaba entre el resto de la gente.

"Yo era la que estaba al lado tuyo, no había nadie más" - dijo mirándome con extrañeza.

"Esa definitivamente es otra de tus historias" - dijo Alex - "Tito tiene razón. Son difíciles de olvidar."

No me quedó otra cosa más que sonreír a su comentario.

"Supongo que luego con el tiempo me debo haber vuelto más cuidadoso respecto a guardarlas con más celo" - dije.

"Supongo que sí" - dijo Tito - "Pero tiene sentido que de niño haya sido normal compartirlas con tus amigos. Hay una inocencia natural de chicos, que vamos perdiendo con el tiempo."

"¿Qué edad tenías cuando pasó eso de la panadería?" - preguntó Alex.

"Calculo que unos ocho o nueve" - respondí.

"Claro pues. Tito tiene razón. A esa edad que te vas a estar preocupando de cómo suenan las cosas. Las cuentas como son" - dijo Alex.

Tenía razón. Para mi eran como aventuras. Y las contaba con la emoción del momento.

"Bueno" - le dije a Tito - "En todo caso, el primer episodio con el chico de la bicicleta no necesitaba contártelo. Ése lo viviste conmigo."

"Tú me lo has contado a mí, pero me gustaría que lo recuerden juntos" - dijo Alex - "Para ver si hay algún detalle importante que se pueda haber pasado."

El chico de la bicicleta

San Borja, Agosto 1984

El día en cuestión nos encontrábamos sentados en los escalones que llevaban de la calle a la rampa de subida del edificio, luego de haber estado jugando en el jardín. Estábamos todos cochinos y sudados, ya casi listos para despedirnos e irnos a nuestras casas. De hecho varios de los chicos y chicas que vivían en ese mismo edificio ya se habían ido pues era cerca de la hora del lonche. Sólo nos habíamos quedado Tito, Danilo y yo.

Un conocido Datsun rojo se estacionó casi frente a nosotros, y de él bajó el papá de Tito con su maletín de trabajo. Tito que estaba sentado a mi lado, se paró y fue a saludar a su viejo.

"Hola chicos, ¿cómo están?" - nos preguntó.

Lo saludamos sonriendo. El señor era super buena gente. Varias veces nos había invitado a tomar lonche con Tito y su familia. Le gustaba contar historias y anécdotas, y siempre andaba de buen humor.

Pasó entre nosotros sacudiendo el pelo de ambos afectuosamente. Antes de llegar a la rampa se detuvo y nos miró.

"Tito, ya va a oscurecer o sea que te quiero ver en la casa pronto. Y ustedes ya deben ir a sus casas también."

Asentimos y prometimos hacerlo.

Él continuó su camino dirigiéndose a su departamento, que era uno de los que tenian vista directa a la calle en el segundo piso.

Estuvimos allí unos minutos más conversando y riéndonos quien sabe de qué. A esa hora el número de personas caminando por la calle se reducía considerablemente, pues muchos de los negocios se preparaban a cerrar sus puertas, la gente terminaba de regresar de sus trabajos y las familias se preparaban para el lonche.

Mientras hablábamos y reíamos tuve la sensación de que alguien nos estaba mirando. Empecé a buscar con la vista, e inmediatamente vi a un anciano que nos miraba directamente. Estaba parado casi en la vereda, entre dos carros estacionados, a unos diez o quince metros de donde estábamos. Vestía un saco marrón y pantalones blancos, pero no de manera elegante. Más bien parecía bastante humilde. Se le veía muy viejo, el pelo cano y con una expresión como de añoranza. Pensé que tal vez el vernos le recordaba su propia niñez y que estaba perdido en sus recuerdos.

Danilo me dijo algo y desvié mi atención. Cuando volví a mirar hacia el lugar donde vi al anciano, este ya no estaba allí.

Imagine que debía de haber seguido caminando hacia su casa y ya no volví a pensar en el tema.

Pero en ese momento súbitamente sentí una sensación rarísima, como si un escalofrío me hubiera pasado por todo el cuerpo, e inmediatamente después como un vacío en el estómago y unas fuertes náuseas.

Estaba a punto de decirles a mis amigos que me sentía mal, cuando, tal como vino, casi todo el malestar se fue. Pero lo más raro de todo es que de pronto sentí como si todos mis sentidos estuvieran en estado de alerta.

No acababa de sentir todo esto, cuando de pronto, un chico de unos quince o dieciséis años, al cual no conocía, llegó en su bicicleta, y paró justo frente a nosotros al pie de los escalones.

Era muy alto y delgado, de pelo casi rubio. Su cara, de un blanco casi pálido, y sus ojos azules con una intensa mirada. Desde que llegó estaba sonriendo, pero tenía una sonrisa rara. Una sonrisa torcida.

Todos nos quedamos mirándolo, con curiosidad, esperando a ver que quería. Inicialmente pensé que podía ser un amigo de Gerardo, el hermano mayor de Tito, que también era como de su edad, pero Tito mostraba la misma cara de sorpresa y no lo saludó, lo cual indicaba que tampoco lo conocía.

Finalmente, luego de un momento, la boca con la sonrisa torcida empezó a hablar.

"Hey, ¿qué hacen aquí? - dijo y nuevamente la sonrisa se estampó en su cara.

"Nada. Sólo haciendo tiempo para ir a casa" - respondió Tito.

"Ah. Yo vivo por aquí también. Voy por todos lados en mi bici" - dijo bajando la mirada hacia su bicicleta, en la cual aún estaba sentado.

Todos la miramos. Era una bicicleta linda. Roja y con los manubrios, asiento y otros detalles en negro.

"Puedo hacer caballitos y saltar sobre las veredas" - agregó - "¿Ustedes han montado bici?"

"No" - respondí yo.

"¿Te gustaría montarla?"

"Sí. Sería mostro."

"Tal vez te la podría prestar."

Una mezcla de sentimientos me invadió en ese momento. Por un lado expectativa, pero por otro desconfianza.

El chico, aún sonriendo, se mantuvo callado por un momento. Llevó su mano a un bolsillo y sacó una cajetilla de cigarros. Sacó uno, lo puso en un lado de su boca y lo prendió con un fósforo, el cual tiró al piso aún prendido.

Todos miramos la escena con cierta fascinación. Estábamos acostumbrados a ver fumar a adultos. La mayoría de nuestros padres lo hacían en esa época. Pero ver a un muchacho hacerlo era extraño, y más extraño aún que sea uno que estaba con nosotros.

"¿Han fumado alguna vez?" - nos preguntó.

Le dijimos que no.

"¿Quieren probar?"

Silencio.

"Al que le dé una pitada al cigarro, le puedo prestar mi bicicleta" - dijo, aún sonriendo. Y luego de mirar a todos centró su atención en mí.

Era como si pudiera sentir su mirada intensa. Sus ojos eran los que habían hecho que desde que llegara y nos empezara a hablar, mis alarmas internas hayan empezado a sonar. Ahora esas alarmas estaban a mil por hora de forma constante.

Yo intuía que mis amigos, de una u otra manera, estaban tan asustados como yo. Todos teníamos entre once y doce años, y si bien es cierto eramos algo inocentes, hay ciertos sentimientos que a uno le vienen instintivamente.

Desde que llegó el chico de la bicicleta, era evidente que habiéndose estacionado frente a nosotros, nos cortaba el paso hacia la calle.

Había estado tratando de ganar nuestra confianza y ahora nos estaba ofreciendo un cigarrillo o lo que sea que realmente tuviera.

Todas las historias que habíamos escuchado de nuestros papás y nuestros profesores sobre no hablar con extraños, las drogas y esas cosas, estaban allí, presentes en nuestras cabezas diciéndonos que algo andaba mal, y que no debíamos confiar en él.

Todos permanecimos callados.

"Vamos, no sean mariquitas. Denle una pitada. Es muy rico" - dijo nuevamente mientras exhalaba humo por la boca y la nariz.

Hizo esto varias veces como si se tratara de un truco que realizaba para el disfrute de una audiencia.

Estaba aún sentado en su bicicleta, pero había cierta tensión en sus brazos, que me hacía pensar que a pesar de su pose relajada en realidad estaba listo para actuar, para saltar como un felino si alguno de nosotros trataba de hacer algo.

La tensión se sentía en el ambiente, y estaba seguro que él podía percibir que estábamos asustados, y algo en su cara y en esa sonrisa me decía que lo estaba disfrutando. Que ese miedo ajeno era como una droga que él venía a buscar.

"Yo ya tengo que irme a mi casa. Es tarde, y mis papás me esperan" - dije mientras me paraba.

Empecé a bajar las escaleras hacia la calle, moviéndome hacia un lado del chico.

Todo ese rato había estado hablándonos de frente con los brazos apoyados en el timón. Ahora usando los pies se puso de forma paralela a nosotros, cortando mi paso.

Con el cuerpo erguido. La tensión en sus brazos era ahora evidente.

Por primera vez noté claramente lo grande que era en relación a nosotros, pero más importante que eso fue que noté claramente la línea oscura que bordeaba su cuerpo. No solamente era gruesa, sino que parecía estar jalando energía hacia él. Drenando a los que lo rodeaban.

Me detuve y volteé para volver hacia el lugar donde estaba sentado, pero en lugar de sentarme, pegué la carrera hacia la rampa que llevaba al segundo piso.

Pude escuchar el sonido de la bicicleta golpeando el piso, y su grito demandando que me detuviera. Yo seguí corriendo como alma que lleva el diablo. Podía escuchar los pasos de su carrera detrás mío. Llegué al segundo piso, doble hacia el departamento de Tito, llegué a la puerta y empecé a golpearla con todas mis fuerzas.

Mire hacia el lado mientras hacía esto. El chico se había detenido en la salida de la rampa, a unos metros de mí.

La puerta se abrió casi inmediatamente y salió el papá de Tito.

"¿Qué pasa Fernando? - preguntó con cara de preocupación ni bien me vio.

Siguió mi mirada y mi dedo acusador hacia el chico de la bicicleta que mantenía su distancia.

Entre mi mirada de miedo, y la sonrisa torcida del muchacho que lo miraba con una tranquilidad escalofriante, entendió que la situación, cualquiera que fuese, no era buena.

"¿Dónde están los demás? ¿Tito?" - gritó mirando a los alrededores.

Al escuchar la voz de su papá, Tito mostró su cara al lado de la parte baja de la rampa, y un segundo después salió Danilo. Supuse que aprovechando la distracción de mi huida, se habían escondido en el jardín interior. El papá de Tito, luego de verlos, me puso detrás de él y empezó a avanzar hacia el chico. Con cada paso que daba el chico retrocedía también mientras que empezaba a bajar la rampa.

"¿Te gusta fastidiar a niños pequeños, no? ¿Eres un abusivo? ¿Por qué no vienes aquí conmigo?" - le iba diciendo mientras avanzaba paso a paso, lentamente.

El chico de la bicicleta mantenía la distancia, bajando la rampa poco a poco. A cada paso que daba el papá de Tito, él daba uno hacia atrás. Pero siempre mirándonos directamente y sin que se le vaya la sonrisa de la cara.

Sus ojos intensos, ahora tenian un destello de furia que aún luego de décadas recordaría claramente. Era como ver a un predador al que se le había escapado la presa, la que había subido a un árbol muy alto para él y que no podía alcanzar.

Finalmente, ya en los últimos metros, cerca del nivel inferior, se movió rápidamente hacia su bicicleta, se subió a ella, y antes de irse, sabiendo que no lo podrían alcanzar, volteó una vez más. Me miró directamente y sonriendo, hizo un gesto que no había visto antes, pero que entendí perfectamente.

Levantó un poco la cara mostrando el cuello, y pasó el dedo índice de una mano frente al mismo como cortándolo. Luego, empezó a pedalear y desapareció entre los carros de la avenida.

"Recuerdo que para ustedes lo que yo había hecho fue casi heroico. " - dije sonriendo - "La verdad es que no estoy seguro si cuando corrí, lo hice pensando en cuál sería el desenlace. Sólo actué. No sabía si es que me seguiría, aunque creo que de alguna manera intuí que eso pasaría. Pero siempre tuve un sentimiento de culpa por haber corrido y dejarlos allí con el chico de la bicicleta. Afortunadamente nadie salió herido."

Tito inmediatamente aclaró lo que pensaba.

"Te puedo asegurar que el tratar de ir a buscar a un adulto fue la decisión correcta. Sea lo que sea que iba a pasar si no hacías nada, muy probablemente no hubiera sido nada bueno."

Sonreí, agradecido por el comentario.

"Yo nunca vi al anciano" - dijo Tito - "Y en realidad nunca supe nada de él hasta el final, cuando tú nos contaste acerca de lo que pasó el día del accidente y mencionaste haberlo visto antes."

"No eres el único que no puede ver algunas cosas que él sí puede" - dijo Alex.

Tito me miró, y me sentí un poco incómodo.

"En todo caso" - continuó Alex - "Ya vamos a llegar a los hechos posteriores con el chico de la bicicleta y el desenlace con el accidente, pero he tomado algunas notas y me gustaría hacerte algunas preguntas."

"Claro" - respondió Tito.

"Lo que te dijo tu papá, sobre no ir a la parte de atrás del edificio, según tú porque vio lo que sea que había allí ¿Fue antes o después de que conocieran al chico de la bicicleta?"

Tito pensó un momento.

"La verdad no estoy seguro" - respondió finalmente.

"No es tan importante. Solamente quería determinar si era posible que haya sido algo que nació de su temor por ese acontecimiento" - dijo Alex.

"Eso podría tener sentido" - dijo Tito - "Todos esos años realmente nada particularmente serio había pasado, más allá de algún accidente menor jugando, raspones o heridas, o alguna pelea infantil de esas que empiezan cuando nos empezamos a hacer un poco más grandes. Todos queríamos dárnosla de valientes y machitos, pero la verdad es que éramos super inocentes."

"Así es" - dije yo - "Y en un sólo día cambió todo eso, y los siguientes meses vivimos mirando sobre nuestros hombros, alertas como no lo habíamos estado nunca antes. Supongo que lo mismo debe haber sucedido con nuestros padres. Cuando le contamos a tu papá lo que había sucedido, nos dio un sermón acerca de los peligros de la calle. Luego, uno a uno, nos llevó a nuestras casas y les contó brevemente a nuestros padres lo que había pasado."

"Y por las siguientes dos o tres semanas se nos prohibió jugar afuera" - completó Tito - "Sólo podíamos estar dentro de las casas, y en la mayoría de casos, nuestros papás nos dejaban y nos recogían. De alguna forma, más que el chico de la bicicleta, para nosotros el principal problema eran las restricciones que se nos habían impuesto."

"Y por eso no les contamos a nuestros viejos sobre mi siguiente encuentro con el chico de la bicicleta" - dije.

El segundo escape

San Borja, Septiembre 1984

Habían pasado unas semanas desde el encuentro con el chico de la bicicleta, y no todo había vuelto completamente a la normalidad, pero ya los ánimos se habían relajado un poco. Había sido un encuentro casual con un chico abusivo, el papá de Tito lo había asustado y pensábamos que probablemente no lo volveríamos a ver.

En el colegio habían mandado una tarea de formación laboral que teníamos que entregar el lunes, y mi papá me dio plata para comprar los materiales en la librería del barrio.

Ésta quedaba a dos cuadras de la casa, cruzando del otro lado de la Avenida de la Aviación. No era un camino largo.

Llegué a la librería, compré las cosas que necesitaba y salí dispuesto a hacer la caminata de regreso. Justo al salir vi algo que me dejó como paralizado en la puerta del establecimiento.

Frente mio a sólo unos metros estaba el chico de la bicicleta, sentado sobre la misma. La misma mirada intensa, y siempre con la sonrisa torcida estampada en la cara. Hizo un ademán con la mano como para que me acercara a él.

No le hice caso y atemorizado, empecé a pensar en qué hacer.

Esta cuadra de la avenida a esta hora tenía una circulación considerable de gente, así que pensé que si caminaba no se atrevería a hacerme nada. Así que comencé a caminar pegado al lado de las tiendas. Al voltear a mirarlo vi que él avanzaba paralelo a mi por la vereda a tan sólo unos metros.

Al llegar a la esquina con la calle Las Artes me di cuenta que si cruzaba de este mismo lado de la avenida, pasariamos a la siguiente cuadra donde no habían tantos locales comerciales, y por lo tanto casi no había gente, y por otro lado no podía cruzar al otro lado de la avenida, pues el chico me cortaba el paso.

Así que estando en esa encrucijada, me detuve sin saber qué hacer.

Algo llamó mi atención en ese momento del lado del que había venido. Entre toda la gente que caminaba, estaba parado un anciano. Lo que me llamó la atención de él es que a diferencia de todas las demás personas, estaba simplemente estático sin hacer nada. Sólo mirándome fijamente.

Me pareció reconocerlo. Vestía un saco marrón y pantalón blanco, y podría haber jurado que era el mismo señor que nos había estado mirando sentados en los escalones de la entrada del edificio el día que vimos al chico de la bicicleta por primera vez.

Eso llevó mis pensamientos de regreso al chico de la bicicleta, que se había detenido conmigo, aún manteniendo su distancia, y seguía mirándome.

Volví a mirar hacia la gente y ya no pude encontrar al viejo del saco marrón.

Cuando volví a mirar al chico de la bicicleta, este metió la mano al bolsillo, sacó un cigarrillo y lo puso en su boca, dejándolo allí colgando de lado, pero sin prenderlo, lo cual le daba a su maldita sonrisa un aspecto aún más siniestro.

Sentí de pronto un escalofrío y náuseas. Supuse que eran los nervios de la situación.

En ese momento, una de las personas que caminaba por la calle se detuvo, me miró, miró al chico de la bicicleta y se me acercó. Era un hombre de mediana edad, no muy alto, que vestía un terno gris.

"Me parece que estás en problemas" – me dijo directamente.

Asentí con la cabeza sin saber que decir exactamente.

"No tengas miedo. Cuéntame qué pasa."

De la manera más clara y rápida que pude le expliqué la situación. Mientras le hablaba, él miraba al chico de la bicicleta, el cual no se había movido ni medio centímetro y seguía mirándome de la misma forma, con el cigarrillo en la boca y no se inmutó en lo absoluto de que estuviera hablando con un adulto.

Cuando terminé de contarle mi historia con el chico, el señor lo confrontó.

"¿Qué quieres? ¿Por qué estás molestando a este niño?"

El chico no dijo nada, pero continuó haciendo exactamente lo mismo. Parecía casi una estatua, pero con la diferencia que su sonrisa se había convertido ahora en una más amplia, como si estuviera disfrutando aún más de la situación.

"¿A dónde vives?" - me preguntó el hombre.

"Aquí cerca" - respondí, apuntando en la dirección que estaba mi casa.

"Okay. Vamos para allá" - dijo y empezó a caminar. Al ver que no me movía, puso su mano sobre mi hombro y se agachó un poco para hablarme directamente a la cara.

"No te preocupes. Conmigo vas a estar a salvo. No te va a poder hacer nada."

Empecé a caminar con él en dirección a mi casa. El no dijo nada mientras caminábamos. Su atención parecía estar en nuestros alrededores, y en el chico de la bicicleta, que nos venía siguiendo siempre manteniendo su distancia.

Cuando llegamos al frente de mi casa, le indiqué que allí vivía y cruzamos la pista. Cuando llegamos del otro lado, el chico de la bicicleta venía llegando pero retrasado, pues en lugar de cruzar por el jardín central de la avenida había dado la vuelta por el corte de la bocacalle anterior.

Yo estaba aterrorizado en ese momento, y sólo podía pensar en que ahora el chico conocía donde vivía.

El hombre volteó en la dirección que venía el chico. Este nuevamente se detuvo a varios metros. El hombre no dijo nada pero lo quedó mirando largamente. Después de un momento, se acercó al borde de la pista, donde había una piedra de tamaño regular y la levantó.

Cuando el chico de la bicicleta se percató de sus intenciones, dio la vuelta y se marchó en la dirección que había venido. Cuando ya estaba a buena distancia, miró para atrás, y nos hizo adiós con la mano, siempre sonriendo.

El hombre tiró la piedra al jardín exterior de mi casa, y me llevó hasta la puerta.

"¿Tienes llave?" - me preguntó.

Negué con la cabeza.

Toco el timbre, y unos segundos después la empleada de la casa, Manuela, abrió la puerta. No pareció prestarle mucha atención al hecho que un adulto que no conocía, estaba en la puerta conmigo.

"Llama a tus papás. Me gustaría hablar con ellos" - dijo, dirigiéndose a mí.

"El señor no está. Ha salido. Dijo que no demoraba" - dijo Manuela.

El señor me miró y pareció estar pensando en algo. Supuse que estaba tratando de decidir si debía esperar o no.

"Tengo que volver a la cocina. He dejado algo calentando" - dijo Manuela y se retiró, dejando la puerta abierta.

Finalmente, el hombre me dijo: "Tengo que irme, pero es importante que le cuentes a tu papá lo que pasó hoy día. ¿Okay?"

"Sí, claro. Okay" - respondí yo.

Me miró por un par de segundos más. No supe interpretar su mirada. De pronto, súbitamente y sin decir nada, dio la vuelta y empezó a caminar hacia la calle.

Cuando ya iba a llegar a la vereda, corrí hacia él para darle el alcance. Debió haber escuchado mis pasos pues volteó antes que llegara a él.

"Muchas gracias" - le dije.

No sabía qué hacer exactamente, pero al final extendí mi mano.

Se sonrió, y en lugar de darme la mano, me tomó de la cabeza, me acerco hacia él y me dio un abrazo.

Me soltó, y dio un paso hacia atrás.

"No tienes nada que agradecer. Cuídate mucho, Fernando" - dijo, y se fue caminando rápidamente.

Tuve la impresión de que se le quebró un poco la voz cuando me dijo eso último.

Cuando entré a la casa, recién caí en que el desconocido me había llamado por mi nombre y yo no recordaba habérselo dicho.

Salí nuevamente y corrí hasta la vereda, pero al mirar hacia el lado de la calle por el cual se había ido no había nadie.

Supuse que lo más probable es que sí le hubiera dado mi nombre mientras caminábamos a la casa y simplemente no lo recordaba.

Un rato después llegó mi papá.

Manuela al parecer no pensó que fuera importante mencionar al señor. Imaginé que debió haber asumido que era el papá de algún amigo que me había traído de su casa. Lo cual ya había pasado antes, aunque generalmente eso sucedía sólo si era casi de noche.

Cuando él me preguntó cómo estaba, le respondí que bien. No tenía intención de contarle algo que lo más probable era que me metiera en problemas, sin que yo haya hecho nada malo.

Luego del almuerzo, trabajé un rato en mi tarea del colegio, y le pedí permiso para ir a la casa de Tito.

"¿Estás seguro que podrás acabar a tiempo tus tareas?" - me preguntó.

"Sí claro. Tengo todo el día de mañana para hacer lo que me falta" - respondí.

"Los domingos son para descansar, no para trabajar" - me dijo.

"No me falta mucho" - le dije poniendo la mejor cara de súplica posible.

"Está bien. Pero no regreses tarde."

Me despedí y salí inmediatamente a la casa de Tito.

El abrió la puerta.

"Pasa, estamos viendo tele con Danilo."

Entré, y me cercioré que no había nadie en las inmediaciones.

"Ha pasado algo que les tengo que contar" - dije en voz baja.

"Vamos a mi cuarto" - dijo Tito.

Cuando llegamos ahí, entramos y Tito junto la puerta.

"¿Qué pasó?" - preguntó Danilo.

En voz baja les conté con detalle lo que había sucedido al salir de la librería, cómo el señor desconocido me había ayudado, y que el chico de la bicicleta nos había seguido hasta mi casa.

"Huevón, ahora ya sabe donde vives" - dijo Tito.

"Sí, eso me tiene preocupado, pero igual también sabe que paramos por aquí, y que al menos uno de ustedes vive en este edificio" - les dije.

"Sí pues" - dijo Danilo - "Eso es verdad."

"Oye, y crees que ha estado bien no decirle nada a tu papá?" - preguntó Tito.

"La verdad no se que ganaría diciéndole algo. Se va a preocupar, no va a poder hacer nada, y va a volver a castigarme dejándome salir poco, por algo que yo no tengo la culpa."

"Que huevada" - dijo Danilo - "Ese pata de la bicla nos está cagando la vida."

Tito en ese momento puso cara de sorpresa. Estaba mirando a mis espaldas, hacia la puerta del cuarto.

Volteé a mirar hacia allí, y vi que ahí estaba Gerardo, el hermano mayor de Tito, apoyado contra el marco de la puerta, la cual estaba un poco más abierta de lo que la habíamos dejado.

Gerardo tenía quince años, no era muy alto, pero era bien agarrado. Pesado, sin llegar a ser gordo. Generalmente tenía cara de pocos amigos, pero siempre había sido buena onda con nosotros.

Ese día su cara de pocos amigos era menos amigable que de costumbre.

"Ese pata del que están hablando, ¿es el mismo que los estuvo fastidiando aquí en el edificio?" - nos preguntó.

Nos quedamos todos callados.

Yo no sabía cuánto había escuchado y no quería hablar de más.

"No ganan nada escondiendo el asunto. El pata ese sabe donde vives" - sentenció mirándome a mí, y agregó mirando a su hermano - "Y también sabe donde vives tú."

"Gerardo, por favor no le digas a nadie. Si les dices a tus papas, ellos van a hablar con mi papá, y ahí sí voy a estar en problemas por no haber dicho la verdad. Me va a castigar el doble por haberle mentido" - dije con voz suplicante.

Se quedó pensando un rato.

"Hay algo en lo que tienen razón" - dijo finalmente - "Decirle a los viejos no va a solucionar nada. Pero nosotros sí podemos hacer algo."

"¿Qué cosa?" - le pregunté.

"Me tienen que prometer que si lo vuelven a ver, vendrán a buscarme inmediatamente" - dijo.

La propuesta sonaba totalmente razonable. No solamente no me metería en problemas con mi viejo, sino que además estábamos ganando un aliado.

"Claro" - dije inmediatamente - "Te lo prometo."

Miró a Tito y Danilo. Esperando.

Ambos dieron sus respectivas promesas.

"¿Cómo es el pata?" - preguntó Gerardo.
Le di una rápida descripción.
"Okay. También le voy a avisar a todos mis amigos que estén moscas por si ven algún gringuito en bicicleta por el barrio."
"Gracias" - le dije.
"Pero es importante que estén con los ojos bien abiertos, y que me avisen al toque si lo ven. Hasta ahora no le he hecho daño a nadie, y no podemos esperar a que lo haga para hacer algo" - dijo Gerardo.
Todos asentimos.

———◦———

"Casi me había olvidado de eso" - dijo Tito.
"Así es como Gerardo sabía del tema, y entraría luego en la historia" - dije.
"¿Pero sabes qué?" - dijo Tito.
"¿Qué cosa?"
"Cuando terminaste de contar este segundo encuentro con el chico, en la parte de la conversación que todos tuvimos con Gerardo, nuevamente se ha mencionado que hasta ese momento no había habido ningún herido, y que Gerardo incluso lo confirmó" - dijo Tito.
"¿Y qué hay con eso?" - pregunte - "Es verdad."
"No. Estás equivocado" - afirmó Tito con seguridad en su tono de voz.
"¿En qué?" - pregunté extrañado.
"Sí hubo un herido".
"¿Quién?" - pregunté.
"Yo" - dijo Tito.

"A qué te refieres. ¿Herido cómo?"

"Era algo que iba a mencionar mientras contabas el primer relato, pues me llamó la atención que no lo recuerdes, pero no le di importancia. Pero ahora que lo dijiste nuevamente y sobre todo que estas diciendo que Gerardo tampoco lo sabía, ya no tiene sentido" - dijo Tito.

Me quedó mirando como esperando a que dijera que ya lo había recordado, pero no dije nada pues no tenía idea de lo que estaba hablando.

"Okay" - continuó él - "Sí bien es cierto estoy seguro que a grandes rasgos el primer encuentro con el chico, abajo en el edificio, sucedió como tú lo has descrito, has omitido que cuando el chico empezó a correr detrás tuyo, al pasar a mi lado me empujo muy fuerte y al caerme me golpeé la cabeza contra el muro, abriéndome un tajo en la frente. De hecho hasta puntos me tuvieron que poner."

Mi cara de confusión debió haber dicho absolutamente todo.

"¿Tú no recuerdas nada de eso, Fernando?" - preguntó Alex.

"No, pero es extraño" - respondí - "Ahora que Tito lo ha dicho, y lo estoy pensando mejor, tengo la sensación de que sé a qué se refiere, pero de alguna manera es… ¿cómo lo puedo explicar? Es como si hubiera soñado sobre esto, y que en el sueño las cosas se hubieran dado un poco diferente. Como que ciertos detalles hubieran cambiado."

"¿La sensación?" - dijo Alex - "O sea, ¿no es un recuerdo?"

Antes de que yo pudiera responder, Tito nos interrumpió.

"Bueno" - dijo - "En todo caso, esto no es algo que sea sólo una sensación, fue real y tengo la cicatriz para demostrarlo."

Al terminar de decir esto, volteó hacia su lado izquierdo y con la mano derecha se sujetó el pelo sobre la frente, mostrándonos esa área de su cara.

Ambos miramos con detenimiento.

La cara de Tito se puso más seria al ver que no decíamos nada.

"Está ahí, miren bien. Ahora ya es sólo una rayita, pero está ahí, casi a la altura de las raíces del cabello" - dijo señalando el área con uno de sus dedos.

"Ahí no hay nada" - le dije aún mirando.

Tito miró a Alex.

Alex negó con la cabeza.

"¿Qué cosa?"

Tito comenzó a tocar esa área de su frente con sus dedos. Pude notar que su cara de seriedad se empezó a transformar en una de preocupación, y luego de ansiedad.

"¿Dónde está tu baño? Necesito un espejo" - dijo incorporándose súbitamente.

Le di las indicaciones y enrumbo hacia allí rápidamente.

Miré a Alex.

"¿Crees que sea la casa del malecón?" - dijo él.

No estaba seguro, pero empecé a pensar que tal vez sabía a lo que se refería.

Un momento después Tito regresó. Su semblante era uno de completa confusión.

"Ahora si me tienen que decir claramente que cosa es lo que está pasando aquí" - dijo.

Traté de darle orden a mis pensamientos.

"A decir verdad nosotros tampoco sabemos enteramente lo que puede haber pasado, pero tengo algunas sospechas" - respondí, no sabiendo realmente que más decir.

"En gran parte es por eso, por querer entender cosas como estas, que Fernando decidió hacer estas entrevistas" - agregó Alex.

Tito se quedó callado un momento.

Parecía estar pensando.

"¿Por qué dijiste en gran parte? ¿Cuál es la otra parte?" - le preguntó Tito a Alex.

"Creo que es mejor que Fernando responda a eso" - respondió él.

Ya con todo lo que había pasado y se había dicho, decidí que no había nada que perder en dejar que Tito sepa al menos un poco más.

"Cuando Alex y yo éramos adolescentes, perdimos a un amigo. Su nombre era Roberto. Su desaparición sucedió cuando nos interesamos en una casona antigua en Miraflores, en el barrio al que me mudé, en la zona del malecón de la Marina" - dije.

Me detuve a ver la reacción de Tito.

El no dijo nada y me siguió mirando como esperando que continuara.

"En una de las oportunidades que entramos a la casa, desapareció y nunca lo volvimos a ver. Su cuerpo nunca fue encontrado."

"No entiendo, ¿Se refieren a que murió?" - preguntó Tito.

"No lo sabemos. Simplemente desapareció" - respondió Alex.

"Y para que puedas siquiera empezar a comprender cómo sucedió la desaparición, necesitas mucha más información y eso va a tomar más que sólo media mañana y una tarde" - agregué.

"Y el que sepas el cómo, no necesariamente explica lo que le pueda haber sucedido. Nosotros mismos aún estamos tratando de entenderlo" - dijo Alex interviniendo nuevamente.

"Okay, podemos coordinar otras citas para tener más tiempo" - dijo Tito - "Pero, independientemente de cómo haya sucedido, la gente no desaparece así simplemente. ¿Cómo es que los demás, es decir los padres de su amigo, la policía, aceptaron algo así?"

"En esa época hubo un secuestro por nuestro barrio. El de un chico de más o menos nuestra edad. Se llamaba Bruno. No era muy amigo nuestro pero nos lo cruzábamos de vez en cuando cuando saliamos a montar bicicleta o skate por el malecón. En todo caso, para no hacer la historia larga, no mucho después de que sucedió ese secuestro, se dio la desaparición de Roberto. Oficialmente, él también fue secuestrado y nunca se le encontró" - expliqué.

"Pocas personas saben realmente cómo ocurrieron las cosas. Además de los amigos que parábamos juntos, hubo un policía que también supo la historia tal y cómo sucedió. El fue el que nos recomendó que no le contáramos a nadie la verdad, y el que finalmente llevó la investigación a la conclusión de que Roberto fue secuestrado" - agregó Alex.

"¿Y por qué haría algo así? - insistió Tito.

A estas alturas yo estaba poniéndome nervioso, y empezando a pensar que había sido una idea terrible compartir todo esto con alguien de fuera del círculo. No porque haya juzgado mal a Tito, pues estaba seguro que era un buen tipo, pero podría haber leído mal la situación en general de cómo alguien externo, alguien que no vivió nuestra historia, nos juzgaría a nosotros y el tema en general.

"Porque él también experimentó lo mismo que nosotros en la casa del malecón" - dijo Alex.

Guardó silencio dándole tiempo a Tito de procesar la información.

"Con esas experiencias, él sabía que nosotros no habíamos hecho nada malo, y que si nosotros contábamos las cosas como sucedieron, nadie nos creería y pensarían que estábamos inventando una historia sin pies ni cabeza para ocultar algo o más probablemente que nosotros hayamos tenido que ver en la desaparición de alguna forma y que estábamos ocultando un crimen."

"Y adicionalmente que si él contaba lo que experimentó con el fin de apoyarnos, lo más probable era que hubiera perdido su trabajo y terminado en un manicomio" - completé.

Tito pareció sopesar todo esto.

"Entiendo" - dijo después de un momento, y continuó - "Bueno, en realidad no entiendo, pero puedo hacerme una idea de la situación y por qué se tomaron esas decisiones."

Sentí un gran alivio al escucharlo decir eso.

"Gracias por tu comprensión amigo" - le dije - "Fue una época muy difícil para nosotros."

"Si no les molesta, me gustaría saber más de Roberto y lo que sucedió en la casa del malecón" - dijo Tito - "Y si de algo sirve me ofrezco a ayudar todo lo que pueda en esto que están haciendo. A decir verdad, luego de lo que ha pasado hoy, a mi también me gustaría llegar al fondo de todo esto."

"Claro que sí" - respondí.

"Okay. Pero primero comamos algo. Creo que necesitamos un *break*. Ya se nos ha pasado la hora de almuerzo y por bastante" - dijo Alex.

"Buena idea" - dije - "Y luego te iremos contando sobre el barrio de Miraflores, y las cosas que sucedieron."

Roberto

Miraflores, Abril 1985

"¿De quién es esta lonchera?"

La pregunta se escuchó entre los gritos y la algarabía que había resultado de la ausencia del profesor de Matemáticas. El profesor sustituto aún no había llegado, y como era de suponerse, el caos reinaba en el salón de clases.

Levante la mirada de mi cuaderno, en el cual estaba dibujando alguna sonsera, y vi a uno de los alumnos al frente de la clase, parado sobre la tarima que usan los profesores para dictar sus cursos. Sostenía mi lonchera en frente de él. Su brazo completamente extendido.

No recordaba haber visto a este alumno en años anteriores. Tal vez era un repitente o nuevo en el colegio. No había cruzado palabra con él en los pocos días del nuevo año escolar, pero por su actitud supuse que era uno de los 'bacancitos' de la clase.

Me paré y me dirigí hacia él, caminando entre los pupitres, con cierta cautela.

"La lonchera es mía" - le dije.

Noté que la atención de todos en el salón estaba centrada en nosotros dos.

"Aquí la tienes" – dijo él, haciendo un ademán para que me acercara a recoger la lonchera.

Antes que pudiese agarrarla, la soltó.

La lonchera cayó al piso, se abrió y todos sus contenidos se desparramaron por el suelo. Una manzana rodó casi hasta la puerta del salón.

La explosión general de carcajadas no se hizo esperar.

La sangre me subió rápidamente al rostro, y en un par de segundos ya tenía agarrado de las solapas al muchacho que me había jugado la broma. Con bastante esfuerzo logré empujarlo hasta que su espalda golpeó el pizarrón en la pared.

Él era claramente más fuerte que yo, y aparentemente más versado en el oficio, pues de un momento a otro ya le había dado vuelta a la situación, y ahora yo estaba casi sin poder moverme, atrapado entre un brazo a la altura de mi cuello y otro que me sostenía el brazo izquierdo.

Mientras luchaba por zafarme, escuché que el muchacho me decía casi en un susurro, como para que sólo yo lo escuchara – "Cálmate flaquito, fue sólo una broma."

Estábamos en ese forcejeo, cuando se escuchó una potente voz en el salón.

"¿Qué está pasando aquí?"

Se hizo un silencio total de forma inmediata.

"Sr. Rivas, suelte a ese alumno" - la fuerte voz provenía de un anciano parado en el dintel de la puerta.

El otro muchacho me soltó inmediatamente.

El anciano, que parecía echar rayos y centellas por los ojos, no era muy grande ni robusto, pero comandaba una tremenda autoridad. Todos lo habíamos visto en los días anteriores y sabíamos que su nombre era Andrés. El hermano Andrés. Director de normas educativas, y reconocido por su carácter fuerte, y como todos los directores de normas, por su capacidad para suspender, expulsar y en general hacerle a uno la vida difícil.

"Ustedes dos, caminando conmigo. Síganme" – dijo el hermano Andrés. Dio media vuelta y empezó a caminar hacia el patio central.

Yo, que me encontraba asustado pues generalmente no me encontraba en este tipo de problemas, salí del salón a paso redoblado detrás del hermano, y detrás mío el 'Sr. Rivas', quien me alcanzó a la carrera.

Detrás de nosotros los alumnos de la clase hacían el cántico de "uyuyuyuyuyuy", proferido en situaciones donde hay problemas o para meter candela, lo cual sólo ayudó a que me asustara más.

"Tranquilo flaco" – me dijo Rivas en un tono bajo, como para no ser escuchado por el hermano, quien caminaba unos pasos delante de nosotros.

"No va a pasar nada" - continuó - "Tú sólo sígueme la corriente. Andrés es pura finta, en el fondo tiene un corazón muy blando."

Al decir esto sonrió pícaramente.

Yo lo mire, aún molesto, volví la mirada al frente y seguí caminando siguiendo al hermano.

Cuando llegamos al edificio, el hermano Andrés señaló unos asientos en una salita de espera.

"Esperen aquí" – nos dijo firmemente, y entró a la que supuse era su oficina.

Me senté todavía asustado. En lo único en lo que podía pensar era en el tremendo castigo que me llevaría en casa. Mi padre no entraba en bromas con estas cosas.

"Estamos fregados" – le dije a Rivas – "Nos van a suspender, y todo va a ser por tu culpa."

"No chochera, lo que te dije te lo dije en serio. No va a pasar nada. Sólo déjame hablar a mí y sígueme la cuerda."

No respondí nada.

Después de un rato que pareció interminable, escuchamos la voz del hermano.

"Sr. Rivas, pase aquí con su compañero" - se escuchó desde la oficina.

Entramos y permanecimos parados frente a su escritorio. Yo con un nudo en la garganta y asustado. Mire a Rivas. Se le veía canchero y fresco, pero tenía puesta cara de inocente.

"A ver, cuéntenme qué pasó. ¿Por qué estaban peleando?"

Rivas tomó la palabra antes que yo pudiera decir nada.

"¿Peleando? No, hermano, no pasó nada. Estábamos solamente jugando aquí con mi amigo. Usted sabe, cosas de chicos."

El hermano Andrés, miró a Rivas a la cara con una pequeña dosis de desdén. Luego centró su atención en mí. Yo automáticamente evité hacer contacto directo con su mirada.

"¿Es eso cierto, Señor....?"

"Rojas, hermano. Fernando Rojas."

"Okay, Señor Rojas. ¿Es cierto lo que dice su compañero?"

Pase saliva con cierta dificultad.

"Sí es cierto, hermano. Sólo estábamos jugando, no estábamos peleando."

El hermano Andrés nos inspeccionó visualmente por unos segundos. Finalmente, emitió un suspiro con cierta impaciencia.

"Está bien. Les voy a creer esta vez. Quiero ver que se den la mano y luego se pueden ir. No quiero volver a verlos en una situación así. Los juegos de manos son de villanos y acaban mal. Sr. Rivas, ya sabe que tengo siempre un ojo puesto en usted."

Nos dimos la mano, nos despedimos del hermano y caminamos fuera del edificio.

Ya en el patio, Rivas extendió nuevamente su mano hacia mí.

"Me llamo Roberto. Disculpa lo de la lonchera. Sólo estaba vacilándote."

Devolví el saludo con algo de reticencia.

"Está bien. No hay problema" - dije y empecé a caminar hacia el salón.

"No seas resentido, flaco. Tienes que tener un poco más de correa y sentido de aventura" - dijo siguiéndome.

Paré y lo miré con la intención de decirle algo más.

Él me estaba mirando haciendo 'ojitos'.

No me quedó mas que reirme.

Toda esa situación llevó a que los siguientes días pasaramos varios de los recreos juntos, jugando canicas, fulbito y conversando.

Así es que supe que efectivamente, Roberto había repetido el 1er. año de secundaria, y su conducta lo había llevado a tener varios encuentros cercanos con el hermano Andrés.

Eventualmente, el tema de donde vivíamos salió en una de las conversaciones. Le conté que hasta hacía unas semanas atrás vivía en San Borja, pero que me acababa de mudar a Miraflores, a la Avenida del Ejército.

"No te creo" – dijo Roberto. "¿Por qué cuadra del Ejército?"

"En la cuadra 7. En la misma avenida."

"¡Manya!. Yo vivo a la espalda de la cuadra 8. ¡Somos vecinos, flaco!" - dijo riendo.

Eso dio inicio a que empezara a ir frecuentemente a su casa, y que gracias a eso conociera a muchos nuevos amigos en la zona de por ahí.

"Se escucha como que Roberto era un buen pata" - dijo Tito.

"Así es" - respondí - "Era uno de esos compadres que para afuera quería dar la imagen de bacán, pero en el fondo era muy buena onda. Sobre todo era muy gracioso. Siempre andaba jodiendo y haciendo bromas."

"Un tiempo después de eso, Fernando y yo nos conoceríamos" - dijo Alex - "Roberto había estado en mi promoción antes que se lo jalen de año y también era del barrio, o sea que nos conocíamos y todos empezamos a parar en la misma mancha."

"Al comienzo todo fue normal, pero eventualmente empezamos a notar ciertas cosas raras que pasaban en los alrededores del barrio y en particular en el malecón" - dije.

"En realidad, la mayoría de ellas empezaron a hacerse más frecuentes desde que tú llegaste. Incluso con la misma casa del malecón" - dijo Alex.

"¿A qué te refieres?" - preguntó Tito.

"A que era como que la presencia de Fernando, activara e incluso intensificara ciertas cosas" - respondió Alex.

Se detuvo un momento a pensar.

"Todos sabíamos que había cosas raras que sucedían alrededor del barrio. Habladurías más que nada. Pero fue Fernando el que empezó a ver ciertas cosas y tan importante como eso, a hablar sobre ellas."

"Fernando, ¿tienes idea de cuándo es que por primera vez empezaste a tener estas experiencias?" - preguntó Tito.

"Más o menos" - respondí.

Era una tarde en San Borja como cualquier otra. Mi mamá y yo caminábamos de regreso a casa, luego de hacer algunas compras en una tienda cercana.

Yo estaba nervioso porque había alguien que nos estaba siguiendo. Pero no me sentía así principalmente porque nos estuviera siguiendo, sino porque sentía que había algo que no estaba del todo bien respecto a la persona que nos seguía.

No lo recuerdo bien, pero supongo que a pesar de mi corta edad, yo estaba al tanto de que lo que estaba viendo era algo que no debería estar viendo. Algo que tal vez nadie más veía.

En un momento dado ella se percató de que yo estaba mirando una y otra vez hacia atrás.

"¿Qué pasa Fernandito? ¿Todo está bien?"

La primera respuesta que le di fue evasiva. Así que se detuvo, se inclinó para estar a mi nivel y mirándome fijamente a los ojos me preguntó nuevamente si todo estaba bien.

Supongo que por que era mi madre y tenía confianza en ella de forma natural, le dije que alguien nos estaba siguiendo desde hacía un par de cuadras atrás.

Ella miró sobre mi hombro.

"¿Quién?" - me preguntó.

"Un viejito" - le contesté.

"¿Aún está allí?"

Volteé con algo de temor, miré para atrás y volví a mirarla a ella.

"Sí. Está parado mirándonos."

Se incorporó, me tomó de la mano y empezamos a caminar.

Caminamos las pocas cuadras que faltaban, sin que ella diga nada más. Cuando llegamos a la casa, miré hacia el lado de donde vinimos y ya no había nadie.

Ya adentro, recuerdo que yo estaba un poco asustado, pensando que había hecho algo malo y que ella estaba molesta conmigo. Mi mamá entró a la cocina, sacó unas bebidas y me llevó a la sala de televisión.

Mientras servía las bebidas, empezó a hablar.

"Cuando tenías casi cuatro años, tu abuelita Nena, mi mamá, murió. ¿Te acuerdas de ella?" - dijo sonriendo mientras me alcanzaba mi vaso.

Sin decir nada, asentí.

"Yo estaba muy triste, y por muchos días, cuando tu papá se iba a trabajar, yo cerraba la puerta de mi cuarto y lloraba por su partida."

Se detuvo y dio un sorbo a su bebida.

"Eso acabó un día, que tú entraste a mi cuarto y me dijiste que tu abu Nena te había visitado, y te había dicho que me digas que no tenia porque estar triste. Que ella estaba bien y contenta."

Me quedó mirando para ver mi reacción.
Yo no le dije nada.
"Si alguna vez ves algo y estás asustado, o simplemente quieres hablar del tema, puedes hablar conmigo. No creo que sea bueno que hables con alguien más de eso, pero conmigo puedes hacerlo cuando quieras."
Esto me lo dijo, aún sonriendo, casi como si fuera la cosa más normal del mundo. Era obvio por sus palabras que estábamos hablando de algo raro, pero ella lo hizo sentir como que a ella no le pareciera nada raro.
Prendió la televisión, y vimos un programa. No me comentó nada más del tema y yo tampoco hablé más de eso.

"Después de esa oportunidad, nunca conversamos más del asunto. Nunca tuvimos la oportunidad. Lamentablemente, ella falleció no mucho tiempo después" - dije recordándola - "Aún era muy joven, pero tenía una enfermedad congénita rara."
Mis dos amigos permanecieron callados.
"Nunca supe si para ella esa conversación pareció algo normal porque también tenía o tuvo experiencias similares" - continúe - "O porque tenía el conocimiento de ellas de alguna forma. O simplemente porque fue su forma de dejarme saber que nada estaba mal conmigo y que podía confiar en ella."
"El viejo que viste, ¿era el mismo que empezaste a ver desde el día del primer encuentro con el chico de la bicicleta?" - preguntó Alex.

"No lo recuerdo. Esto fue varios años antes de eso. Tal vez lo pensé en su momento, pero la verdad no estoy seguro de haber hecho la conexión de una cosa con la otra" - respondí.

"¿Hay algún otro de esos personajes que hayas visto más de una vez, o alguno que otra persona haya visto además de ti?" - preguntó Tito.

"Sí, más de uno" - respondí - "Pero el primero y el más importante fue uno que Roberto también vio, y el que de hecho fue la razón por la cual Sebastián, el policía, creería nuestra historia en su momento."

Empecé a hacer memoria.

"La primera vez que lo vi fue poco después que empezara a parar con Alex, Roberto y los demás."

El hombre calvo

Miraflores, Junio 1985

El primer incidente extraño que valga la pena resaltar desde que me mudé a Miraflores, pero antes que la casa del malecón entre en nuestras vidas, ocurrió unas semanas antes de las vacaciones de invierno del 85, un viernes por la noche.

Ya se había hecho costumbre que los fines de semana pasará la mayoría del tiempo donde Alex, y regresara tarde en skate o bicicleta, dependiendo de cuáles hayan sido los planes del día.

El día en cuestión, ya cerca de la media noche, crucé la Avenida del Ejército, monté en el skate y agarré velocidad en el mismo.

Casi a la mitad de la tercera cuadra había una sección que no tenía fachadas, sino que era un amplio muro de lo que suponía era la parte de atrás de una casa enorme a la que se entraba por el lado del malecón.

Cuando llegué a esa zona de pronto sentí algo raro, como un escalofrío, y súbitamente de entre las sombras salió un hombre a unos metros delante mío, como si me estuviera cortando el paso.

Casi me caigo del skate, pero pude maniobrar y parar justo delante de él.

El hombre era muy alto, completamente calvo y vestía todo de oscuro. No era joven ni tampoco viejo. Supuse que tendría cerca de cincuenta años. Sus ropas eran un poco raras, y de noche no podía estar seguro si eran de un marrón muy oscuro o completamente negras. Usaba una bufanda, también oscura.

"Disculpa que te haya asustado" - me dijo inmediatamente. Inicialmente pensé que me estaban tratando de cuadrar para robarme, pero también pensé que si fuera el caso, en lugar de salir de esa manera, podría haber esperado a que yo esté más cerca y empujarme para que me caiga o algo así.

Obviamente la situación me inspiraba desconfianza, pero la verdad se le veía un tipo bien, y su forma de hablar era educada.

"No hay problema. Hasta luego" - le dije.

Seguidamente empecé a moverme hacia un lado para pasar.

El también se movió hacia ese lado y me cortó el paso nuevamente.

"No te vayas, por favor. Tal vez me puedes ayudar. Quería preguntarte algo" - dijo.

Mantuve mi distancia. Me llamó la atención su forma de hablar. Parecía tener un acento en su voz, que no supe distinguir.

"¿Qué cosa quiere?" - le pregunté, siempre estando a la defensiva

"Estoy buscando una casa" - contestó.

"¿Una casa? ¿Tiene la dirección?"

"No. Pero queda en el malecón de la Marina, pero ya he estado por ahí buscándola y no la encuentro. Hay muchas casas que no recuerdo."

Me detuve a pensar un momento.

"Tal vez los señores de la bodega de Don Máximo le puedan dar información. Pero a esta hora la tienda va a estar cerrada. Podría volver por la mañana."

"No puedo esperar a mañana. Tengo que encontrar la casa esta noche. ¿Me ayudarías a buscarla?"

En ese momento pensé que en el caso que la situación con este tipo se fuera a las manos, yo estaba definitivamente en desventaja, así que sería mejor no llevarle la contra cuando él podría tratar de sujetarme.

"Okay. Está bien" - le dije.

"Gracias. Eres un buen chico. Cuando lleguemos a la casa si quieres puedes entrar conmigo y te puedo invitar algo como agradecimiento."

No respondí nada, pero hubo algo respecto a esto último que dijo... tal vez la forma en la que lo dijo, que no me gustó nada.

Empezamos a caminar juntos hacia la esquina, pero lo hice asegurándome de mantener mi distancia.

Cuando llegamos a la esquina volteó a mirarme y visiblemente redujo la velocidad de sus pasos como para no permitir que me quede atrás al entrar a la bocacalle.

Al llegar casi a su lado estiró el brazo, en lo que pareció ser un intento 'amistoso' de poner su mano sobre mi hombro, y fue ahí que usando el skateboard, que había llevado cargando todo ese tiempo bajo el brazo, le di un golpe en la pierna, e inmediatamente y sin mirar atrás, pegué la carrera hacia la siguiente cuadra de la avenida.

Yo estaba convencido que con el factor sorpresa, la ventaja que le había sacado y la velocidad a la cual yo podía correr a esa edad, no había ninguna posibilidad de que me pudiera alcanzar, pero por un largo rato pude sentir pasos detrás mío, y no muy lejos de mí.

Nunca volteé a mirar y seguí corriendo tan rápido que pensé que si me hubieran tomado el tiempo, probablemente hubiera batido algún récord.

Cuando crucé la bocacalle que daba a mi cuadra, por primera vez caí en la cuenta de que ya no escuchaba nada. Ya no habían pasos.

Por primera vez mire hacia atrás y a pesar que no vi a nadie, no quería llevar a nadie hasta donde vivía, así que para asegurarme, seguí trotando y pase frente a mi casa. Llegué a la esquina y doblé como quien va a bajar hacia el malecón, pero me detuve allí un par de metros detrás del muro de la casa de la esquina.

Después de unos segundos, aún asustado, saqué la cabeza y miré mi cuadra. No había nadie.

Estaba ya a punto de salir de allí, cuando sentí un escalofrío nuevamente, y miré hacia atrás. Por una fracción de segundo pensé ver a alguien parado en la intersección de esa calle y la paralela, pero luego de parpadear, no había nadie.

Debían ser mis nervios.

Corrí a mi casa, entré, fui de frente a mi cuarto y no hablé del tema con mi viejo. No quería que se asustara y que estuviera preocupado. O que por eso me cortara las salidas.

Luego de unos minutos de pensar en lo ocurrido, me quedé dormido. Recuerdo haber estado aterrado de tener pesadillas con el hombre calvo vestido de negro, pero si así fue no lo sé, pues en la mañana desperté sin recordar mis sueños.

Ya era como media mañana del día siguiente cuando me di cuenta que los casetes en blanco de mi papá se habían acabado, y quería grabar más discos en la casa de

Alex. Así que fui a la tienda de la esquina a ver si ellos tenian algunos.

Era una bodega pequeña, pero bien surtida, y como todas las tiendas de la época, debido a los robos, enrejada por seguridad.

Detrás del escaparate estaba el dueño de la tienda leyendo un periódico. Era un señor ya maduro. Estaba ya un poco canoso. Era descendiente de japoneses y muy buena onda.

Su madre, una señora viejísima, que parecía tener al menos cien años, estaba sentada a su lado, tapada con una cobija, a pesar que no hacía frío. Generalmente estaba con los ojos semicerrados, y siendo estos rasgados, nunca sabía si estaba despierta o dormida. Muy rara vez decía algo, y siempre que lo hacía se dirigía sólo a Don Máximo, y en un tono de voz muy bajito, haciendo imposible entender lo que decía desde esa distancia. Yo estaba casi seguro que posiblemente no hablaba español.

Ambos ya me conocían bien pues los visitaba frecuentemente a comprar cosas para la casa.

"Buenos días Don Máximo. Buenos días señora"

"Hola Fernando. ¿Qué necesitas?" - preguntó Don Máximo, dejando de leer su periódico.

La señora no se movió, pero como siempre, noté que sus ojos rasgados se movieron en mi dirección por unos segundos.

"¿Usted vende casetes de música en blanco?"

"No, eso no tengo" - dijo moviendo la cabeza.

"¿Tiene idea de donde pueden venderlos por aquí?"

Don Máximo pensó por un par de segundos, tomándose el mentón mientras lo hacía.

"Se me ocurre que tal vez en la librería de La Mar. ¿Sabes dónde está?"

"Sí. Que buena idea, Don Máximo. Usted es lo máximo" - dije riendo - "Hasta luego."

Don Máximo devolvió la sonrisa y la despedida, y volvió a seguir leyendo su periódico.

Estaba por irme cuando recordé lo que había sucedido la noche anterior.

"¿Don Máximo?"

"Sí, Fernando" - dijo mirándome sobre el borde de la hoja del periódico.

"Por casualidad ¿no habrá venido por aquí alguien pidiendo direcciones para llegar a una casa?" - pregunté.

"No creo. ¿Por qué lo preguntas?"

"Ayer en la noche, cuando iba caminando de regreso, un hombre parecía estar perdido y estaba pidiendo ayuda para llegar a una casa por el malecón" - respondí.

Cuando terminé de decir esto, noté que los ojos de la señora estaban mucho más abiertos que de costumbre y me miraba fijamente.

Le dijo algo a Don Máximo, siempre con la voz bien bajita.

"Mi mamá pregunta si recuerdas como era el hombre."

"Claro. Estaba vestido de oscuro. Era muy alto y no tenía pelo."

Un destello de terror apareció en la mirada de la anciana. Noté que el semblante de Don Máximo también cambió.

La señora le dijo algo más a su hijo.

"Fernando, escúchame bien. Es preferible que no estés afuera en la calle en horas muy avanzadas, y especialmente nunca en el malecón por la noche."

La señora le dijo algo más.

"Hay lugares que atraen gente mala. Si vuelves a ver a ese hombre, no hables con él, ni te acerques a él, simplemente ándate lo más rápido que puedas" - agregó Don Máximo.

La forma en la que lo dijo, combinada con los ojos de la anciana que no dejaba de mirarme fijamente con esa mirada llena de miedo y preocupación, hicieron que me corriera un escalofrío por el cuerpo.

"¿Ustedes conocen a ese señor?" - pregunté.

"Eso es todo lo que podemos decirte, y ahora por favor andate, tengo que llevar a mi mamá dentro de la casa."

Pensé en decir algo más, pero me di cuenta que no era una buena idea.

Mientras pensaba en todo esto, me dirigí a la librería, que estaba a sólo unas cuadras, pregunté por los casetes en blanco y efectivamente ahí los vendían. No eran de la mejor marca, pero eran decentes y era algo que podía pagar con mi propina.

Sin embargo no podía dejar de pensar en eso de 'hay lugares que atraen gente mala' que dijo Don Máximo.

Era algo que había sonado muy extraño.

En todo caso traté de sacar el tema de mi cabeza, y feliz con mi compra, regresé a casa y vi algo de televisión para distraerme. Justo después de la hora de almuerzo, Roberto pasó por mí y nos fuimos juntos donde Alex en nuestras bicicletas.

Como era costumbre Alex nos abrió la puerta del garaje para que podamos dejar las bicicletas allí, y entramos a su casa por atrás, pasando por la cocina, y la puerta de vaivén que llevaba al área social.

Entre la sala y el comedor había un espacio pequeño, como para poner un bar, pero en vez de este había estantes a ambos lados, y en la pared del fondo un equipo de música con un tocadiscos encima. Allí, al pie del equipo, era donde nos sentabamos a escuchar música, y ya estaban ahí Ricardo y un pata llamado Enrique, que estaba en la misma promoción de Alex en el colegio.

Enrique, que era muy bajo para su edad, era más conocido como el 'Chato'. Conocía a Alex desde que empezaron el colegio, y habían crecido juntos, casi como primos. Vivía también en este lado de Miraflores, pero un poco más abajo, más pegado a Magdalena. Se movía siempre en su bicicleta.

Finalmente Alex propuso escuchar algo de música, y abrió uno de los estantes donde estaba su colección de discos. Eligió uno de Black Sabbath y lo puso en el tornamesa.

"Aquí están los casetes en blanco" - le dije a Alex.

"¿Qué quieres grabar?" - preguntó.

Luego de mirar algunos discos, elegí qué grabar y dejamos el equipo corriendo.

Fuimos al segundo piso donde estaba la sala de televisión, y elegimos uno de los tantos juegos de mesa que Alex y Ricardo tenían.

Mientras empezábamos a arreglar el tablero, pensé que era un buen momento para comentar lo que me había sucedido.

"No saben lo que me pasó anoche" - dije en mi mejor tono de misterio.

"¿Qué fue?" - preguntó Alex.

Les conté con lujo de detalles sobre mi encuentro con el hombre calvo. Todos escuchaban atentamente y de pronto Roberto me interrumpió.

"Ese pata es medio conocido. Yo lo he visto un par de veces. También de noche. ¿Estaba usando una bufanda negra?"

"Sí, es ese mismo ¿Y qué pasó cuando lo viste?" - pregunté.

"Siempre lo he visto un poco de lejos. Me di cuenta que me estaba mirando, e incluso como que quería caminar hacia mí, pero siempre zafé culo antes que pudiera acercarse."

Se detuvo y pareció dudar antes de decir lo siguiente.

"No sé, como que es un poco tétrico y el tema de la bufanda lo recuerdo porque una de las veces que lo vi era verano, aún hacía calor de noche, pero igual la llevaba puesta."

"Así es. Raraso el tío" - dije yo - "A mí también me dio esa mala vibra."

"Yo creo que quería llevarte a su casa para llenarte de humo la cocina" - dijo el Chato Enrique riendo a carcajadas.

"Sí pues, con ese peinadito que tienes tal vez pensó que pateas con ambas piernas" - agregó Alex.

Todos empezaron a reírse a carcajadas.

Al comienzo como que me piqué, pero al final me uní a las risas de todos.

Esperé a que pasara la chacota, y se dejaran de reir.

"En todo caso fuera de bromas, creo que tenemos que tener un poco de cuidado en la noche" - dije serio.

"El único que tiene que tener cuidado eres tú. Yo creo que el tío sólo quiere contigo" - dijo Roberto.

Las risas empezaron de nuevo.

Me di cuenta que nadie iba a tomar en serio el asunto. A esa edad el miedo no existe. Y si existe uno no lo muestra frente a los amigos.

Así que me uní a las risas, manteniendo la correa, y ya no volví a hablar del asunto. Ni comentar lo que me dijeron Don Máximo y su mamá. Ya después de un rato el tema estaba olvidado y continuamos con nuestros juegos de mesa y la música. Más allá de esa conversación, el día fue uno como cualquier otro.

"Esa fue la primera vez que vi al hombre calvo, y lamentablemente no sería la última" - dije.

"Lo que es interesante" - dijo Tito - "Es que Roberto, y presumiblemente, la señora de la tienda y su hijo también lo habían visto."

"Así es. O por lo menos eso es lo que creo" - dije.

"¿A qué te refieres?" - dijo Tito

Alex intervino.

"Otra de las razones por las cuales estamos haciendo esto, es porque tanto Fernando como yo no tenemos todos los recuerdos respecto a todo lo que pasó muy claros."

"El estar haciendo ésto me está ayudando a que vuelvan más claramente algunas cosas" - dije.

Tito asintió, pero tuve la sensación de que no entendía exactamente a qué nos referíamos. Y no lo podía culpar.

"En todo caso" - dije - "Inicialmente el hecho que otras personas hablen del hombre calvo me hizo pensar que se trataba de simplemente una persona que caminaba en las noches por esa zona, tal vez un enfermito o un pervertido."

"¿Por qué dijiste que inicialmente?" - preguntó Tito.

"Porque después sucederían cosas que me harían sospechar que no era una persona, digamos en el sentido normal de la palabra."

"¿A qué te refieres?"

En ese momento Alex intervino nuevamente.

"Creo que ya la hora exige que dejemos esa conversación para otro día. Pero tengo una idea."

"¿Cuál?" - pregunté.

"¿Por qué no empezamos nuestra siguiente reunión en San Borja? Me gustaría ver el lugar donde estaba el edificio" - dijo Alex.

"¿Para qué?" - preguntó Tito.

"No sé exactamente qué pienso lograr, pero el estar como quien dice 'en locación' me parece que nos ayudará a ahondar un poco más en el tema del supuesto fantasma del jardín y la idea ésta de que era un lugar con esa carga negativa, o lo que sea que dijo la señora esa. Recuerden que Don Máximo y su mamá dijeron más o menos lo mismo."

"Okay, por mí está bien" - dijo Tito - "Es una oportunidad para visitar el viejo barrio."

Ambos me miraron como esperando mi aprobación.

"Claro. Está bien" - dije.

Pero por alguna razón no me sentía muy bien respecto a la idea.

Regreso a San Borja

San Borja, Junio 2018

El lugar donde había estado el edificio de Tito era ahora ocupado por un edificio comercial de tres plantas.

No había un solo espacio de estacionamiento frente al mismo, y tuvimos que avanzar una media cuadra más para encontrar uno.

La cuadra entera era irreconocible, todas las residencias habían sido reemplazadas por algún tipo de negocio, incluyendo la casa donde crecí, en donde ahora había un local de venta de autos. Luego una florería, una tienda de ropa, una cevichería y finalmente el edificio en cuestión que parecía ser una mueblería en la primera planta, y oficinas en los otros pisos.

"¿Qué le pasó a este vecindario?" - pregunté casi sin querer en voz alta.

"Lo que le ha pasado a medio Lima" - dijo Alex.

Lo único que había quedado igual desde los 80s, eran una ferretería y una bodega. Ambos lugares estaban a un lado del edificio, y ambos me traían muchos recuerdos.

Aún estábamos sentados en el carro.

"Bueno. Ya estamos aquí" - dije Tito dirigiéndose a Alex - "¿Cuál es el plan?"

"No tengo ninguno en particular. En realidad, gran parte de la idea simplemente era visitar la zona para ver si eso de alguna manera ayudaba con sus recuerdos" - respondió.

"Creo que va a ser difícil que entremos al nuevo edificio, y preguntemos si es que algo raro ocurre en el mismo" - dije.

"Señor, buenas tardes, ¿por casualidad sabe algo de un fantasma que aparece aquí en las noches? - dijo Tito riendo.

Alex y yo nos unimos a las risas.

Todos dejamos de reír luego de un rato, y permanecimos en silencio.

"Se me ocurre algo" - dijo Tito.

"¿Qué cosa?" - preguntó Alex.

"Fernando, ¿te acuerdas del hijo del dueño de la bodega del lado?"

Pensé un momento.

"Más o menos" - dije - "Me parece que era un poco mayor que nosotros. ¿Ayudaba a su viejo en la tienda los fines de semana?"

"Ese mismo. Se llama Israel, y hasta la última vez que vine por aquí, él seguía con el negocio de la familia" - dijo Tito.

"Aguanta" - dije - "¿No es él el que estuvo allí el día de la pelea?"

"Ajá, ése mismo" - dijo Tito

"¿Qué pelea?" - preguntó Alex.

"Uy, eso es historia para otro día" - dije.

Alex me hizo una mueca.

"Bueno ¿Pero qué estás pensando respecto a Israel?" - le pregunté a Tito.

"Bueno, él es una persona conocida con quien conversar de lo que ha ocurrido en la zona desde esa época. Podemos picarlo un poco y ver si sabe de algo raro."

"Suena bien. No tenemos nada que perder" - dijo Alex.

Nos dirigimos a la tienda, que estaba a tan sólo una media cuadra.

Al entrar vimos que no había clientes en la tienda. Detrás del mostrador había dos hombres. Uno ya bien entrado en sus cincuentas, conversaba con el otro bastante más joven.

Reconocí inmediatamente a Israel. Tenía muchos más kilos y bastante menos pelo, pero su cara no había cambiado mucho.

Increíblemente la bodega en sí no había cambiado casi nada desde los 80s. Salvo los productos de marcas nuevas, y un par de anaqueles que habían sido remodelados, era como una fotografía del pasado.

Tito se acercó al mostrador.

"Israel, ¿cómo estás?" - dijo dirigiéndose al mayor de los dos hombres.

Éste volteó, se notó que no lo reconoció inmediatamente, pero dos segundos después ya estaba sonriendo.

"Tito, ¡pasu!, que sorpresa hermanito. Tiempo que no venías por acá."

"Sí, han pasado unos años."

"¿Y qué haces por el viejo barrio? ¿No me digas que has venido hasta aquí sólo para saludarme? - dijo Israel riendo.

Tito también rio, y nosotros hicimos lo mismo.

"Estamos por aquí porque Fernando está de visita" - dijo Tito mirando hacia mí - "Vive en el extranjero, y viene a la patria después de mucho tiempo, y quería ver, como tú le llamas, el viejo barrio. ¿Te acuerdas de él?"

Extendí la mano para saludarlo. Israel devolvió el saludo. También le presenté a Alex.

Saludó a Alex, pero tenía su mirada puesta en mí, tratando de recordarme y de pronto fue claro que sabía quien era.

"Claro. Tú eres el 'colorao' que vivía aquí nomás, un poco más abajo en la cuadra" - dijo sonriendo.

"El mismo" - dije - "Me mudé a Miraflores cuando tenía como trece años"

"Asu, ha pasado un huevo de tiempo. Pero de ti nunca me voy a olvidar" - dijo.

"¿Por qué lo dices?" - pregunté, aunque suponía cual sería la respuesta.

"Primero, porque nunca me voy a olvidar del día que Gerardo le sacó su puta madre al patita ese que los estaba jodiendo."

Miré a Alex.

"Gerardo es el hermano mayor de Tito. Y esa es la pelea a la que nos referíamos hace un rato."

"Ah. Okay" - dijo Alex.

Volteé nuevamente hacia Israel.

"Sí, sí recordaba que tú estuviste ahí ese día" - dije.

"¿Y cuál es la otra razón?" - preguntó Alex de la nada.

Todos lo miramos con curiosidad.

"Dijiste que esa era la primera razón por la que nunca olvidarías a Fernando. ¿Cuál es la segunda? - completó Alex.

"Este patita es bien mosca" - dijo Israel sonriendo - "Está prestando atención a todo."

"Ese es Alex en resumen" - dije sonriendo.

Israel miró su reloj.

104

"¿Saben qué?" Voy a tomarme un break para conversar con ustedes. No todos los días aparece gentita de esas épocas. Podemos ir a un barcito que está aquí no más y tomarnos unas chelas. ¿Qué dicen?"

"Aceptamos sólo si permites que yo invite" - le dije.

"Este flaco cada vez me cae mejor" - dijo Israel riendo.

Antes de salir, le dio instrucciones al muchacho que estaba con él, dejándolo a cargo. En una breve presentación, supimos que era su hijo.

"¿Pasandole la posta a la siguiente generación?" - dijo Tito.

"Sí. Mi viejito me dejó el negocio a mí, y algún día será del cachorro." - dijo Israel con orgullo.

Caminamos al bar, que efectivamente estaba sólo cruzando la pista. El lugar no era muy grande. Tenía una barra y unas cuantas mesas. El ambiente estaba a media luz. Pedimos unas cervezas en la barra y el bartender nos dijo que podíamos elegir la mesa que queramos. A esa hora éramos los únicos allí.

"¿Qué recuerdas de ese día? - preguntó Tito.

"Yo estaba ayudando en la tienda, cuando de pronto empezó un tremendo chongo en la calle" - dijo Israel.

———◦———

Ese día habíamos estado jugando en la casa de Tito. Danilo también había estado ahí. Ya haciéndose tarde salimos de regreso a nuestras casas, en direcciones opuestas.

Cuando ya estaba a punto de pasar frente a la bodega, vi que sentado en la puerta del local, el chico de la bicicleta estaba tomando una gaseosa y fumando un cigarrillo.

Si no hubiera sido porque estaba conversando con otro chico, sentado al lado de él, de seguro me hubiera visto.

Yo había parado en seco, y retrocediendo un par de pasos quede escondido detrás del muro que separaba las tiendas del edificio.

No había forma de que pueda pasar sin que me vean, así que arranque corriendo de regreso a la casa de Tito.

Tito me abrió la puerta extrañado. Su hermano Gerardo, que había estado sentado viendo tele en la sala, aún estaba ahí. A pesar de mi promesa no estaba seguro de que quisiera avisarle que había visto al chico.

Le hice señas a Tito para que saliera al lado de la puerta.

"¿Qué pasa?" - me preguntó.

"El chico de la bicicleta está en la bodega del lado."

"¿En serio?"

"Sí, y no sé qué hacer. No puedo pasar por ahí porque me va a ver. ¿Me puedo quedar en tu casa un rato más, hasta que se vaya? - pregunté.

"Espérame" - dijo Tito.

Entró a su apartamento.

"Gerardo."

"¿Qué quieres? Estoy viendo la tele."

"¿Te acuerdas del chico ese que para en bicicleta? El que nos ha estado fastidiando."

Aparentemente Tito no tenía ninguna reserva en hacer valer su promesa.

Gerardo inmediatamente puso su atención en su hermano y se paró.

"Sí, claro que me acuerdo. ¿Qué hay con él?"

"Fernando lo acaba de ver. Está aquí nomás en la tienda del lado."

En medio segundo Gerardo ya había salido del departamento. Me cogió del brazo y poco más y me carga en vilo.

Yo corría detrás de él lo más rápido que podía. Muerto de miedo por lo que podía pasar. En cuestión de segundos ya habíamos bajado a la calle y llegado a la bodega.

El otro muchacho ya no estaba, pero el chico de la bicicleta aún estaba sentado en la puerta de la bodega, fumando un cigarro.

"¿Ése es? - me preguntó Gerardo.

"Sí. Ése es" - respondí un poco temeroso.

Justo en ese momento el chico de la bicicleta miró hacia donde estábamos parados. Claramente me reconoció, pero sus ojos se movieron inmediatamente hacia Gerardo, que ya estaba moviéndose rápidamente hacia él, como un toro corriendo hacia una capa roja.

Pero en este caso la capa roja no tuvo tiempo de moverse y Gerardo se lo llevó de encuentro como si se tratara de un tacleo de fútbol americano.

Ambos cayeron al piso pesadamente, el chico de la bicicleta se llevó la peor parte porque cayó primero, con todo el peso de Gerardo sobre él (que llevaba muy buenos kilos encima).

El chico de la bicicleta se escurrió y empezó a gatear, pero mientras trataba de incorporarse, Gerardo ya se había parado, y empezó a seguirlo dándole de patadas donde cayeran. El otro seguía tratando de escapar, aún tratando de pararse. Pero una tras otra, las patadas continuaban. En las piernas, el estómago, el pecho.

Finalmente, cuando ya lo había llevado literalmente a puntapiés hasta un pasaje que quedaba al lado de la zona de las tiendas, uno de los golpes pescó al chico en la cara y este cayó de espaldas quedando tirado en el piso boca arriba.

Gerardo no daba señales de que iba a parar, y avanzó sobre él aparentemente para seguir golpeándolo.

Yo me había quedado paralizado.

En ese momento, apareció el hijo del dueño de la bodega, quien cogió a Gerardo por atrás.

Gerardo forcejeó con él, se soltó, volteó y pareció que iba a írsele encima ahora a él.

"Hermanito, ya déjalo. Ya perdió. Lo vas a matar" - dijo el muchacho poniendo las manos arriba, indicando que no quería problemas.

Tito, al que no había visto pero que también había estado ahí, tuvo que intervenir.

"Gerardo, tranquilo. El no te ha hecho nada" - dijo.

Por fin Gerardo pareció empezar a tomar control de sí mismo.

"Karateca el Gerardo, me acuerdo" - dijo Israel riendo.

Le dio un sorbo a su cerveza.

"Así es. Cuando éramos niños nos dio algunas clases de karate en el jardín del edificio" - dije.

"¿Y que paso al final, luego que tú interviniste?" - preguntó Alex.

"Gerardo por fin entró en razón cuando vio las caras de ustedes dos" - dijo Israel refiriéndose a Tito y a mí - "Ambos estaban en shock. Todo el asunto debe haber durado menos de un minuto, pero fue super intenso."

"¿Qué pasó con el chico? - preguntó Alex.

"No pasó mucho rato hasta que volvió en sí. Gerardo le dijo que si volvía a saber que nos había estado fastidiando, que si volvía a ver su cara cerca de nuestras casas, lo iba a matar" - contesté.

"Sin decir nada se fue cojeando hasta su bicicleta, la recogió y zafó inmediatamente" - completó Tito.

"No supimos nada de él por algún tiempo" - dije - "Hasta que decidió que quería vengarse."

"Y esa es la segunda razón por la cual nunca me voy a olvidar de Fernando" - dijo Israel mirando a Alex.

Para Octubre de ese año, el chico de la bicicleta no era cosa completamente del pasado. No había pasado tanto tiempo, pero luego de lo que pasó con Gerardo sentía cierta seguridad.

Ese fue el mes en el que vi la que sería mi primera bicicleta. Estaba en exhibición en la puerta de la ferretería que quedaba en la misma cuadra de mi casa, al lado de la bodega.

Desde que la vi, me enamoré de ella. Estaba completamente cromada. Tenía el asiento elongado con un tubo doble al final del mismo, y el timón en forma de "V" con unos mangos rojos.

Un día convencí a mi papá para que vaya a verla conmigo. En esa época el viejo trabajaba desde casa, y llegando del colegio (como venía ya haciendo desde hacía una semana) le empecé a hablar de la bicicleta durante el almuerzo.

Finalmente cedió y una tarde, caminamos juntos hasta la ferretería. Allí estaba, encadenada a la reja del local, con su cromado reflejando los débiles rayos del sol de la Lima primaveral.

Pude notar que le gustó mucho desde que la vio. La revisó cuidadosamente, se acercó al mostrador y preguntó por el precio. El encargado dijo una cifra. Mi viejo agradeció y caminó hacia fuera del local. Yo siguiéndolo muy de cerca, expectante.

"Me parece que está un poco cara" - dijo mientras caminábamos de regreso a casa.

Supongo que mi cara debe haber dicho mucho porque inmediatamente agregó - "Pero si traes buenas notas a fin del año escolar, sería un buen regalo de Navidad."

Sonreí de oreja a oreja, y le prometí que traería excelentes notas. Me dio la mano como cerrando un trato, y yo le di un fuerte apretón, tratando de demostrar seguridad.

Faltaba el último bimestre para que terminara el año escolar. Si bien es cierto mis notas generalmente eran buenas, esos últimos dos meses me esmeré mucho más.

De hecho ayudaba mucho que cada vez que pasaba frente a la ferretería, allí estaba siempre la bicicleta, como un caramelo colgando un poco alto, obligándome a saltar para alcanzarlo.

Luego de muchos años, al recordar sobre esto, recién me pregunté cómo era posible que no la hubiesen vendido en esos casi dos meses. Estoy seguro que mi papá la separó esa misma semana y les pidió que la mantuvieran en exhibición para mantenerme en suspenso.

Y de hecho funcionó, pues mejoré todos mis promedios.

El día de Navidad, la bicicleta estaba al lado del árbol. Y de todos los regalos que he recibido en mi vida, ése fue definitivamente uno de los que más feliz me hizo al momento de recibirlo.

Sin embargo, sólo tuve la bicicleta dos semanas.

Desde que la recibí salía a montarla todos los días, al menos un rato.

Recuerdo claramente que el día en cuestión era el último del año. La cuadra donde vivía no tenía una calle intermedia. En su lugar había un pasaje que conectaba la avenida con la calle paralela. Mi ruta habitual era subir por la bocacalle más cercana y regresar por el pasaje.

Cuando ya estaba por entrar al pasaje sentí una sensación de náuseas, pensé en detenerme, pero me dije a mi mismo que ya pasaría.

Ya a medio camino en el pasaje, de bajada hacia la avenida, vi que dos muchachos entraron al pasaje en dirección opuesta. Ambos llevaban sudaderas con capuchas, mismas que tenían sobre sus cabezas.

Cuando estaba a punto de llegar a ellos, se abrieron como para darme paso, pero en el momento en que pasaba entre ellos me tomaron cada uno de un brazo. Yo quedé forcejeando y pataleando en el aire. La bicicleta continuó sola por unos metros y cayó en la vereda.

Me lanzaron a un lado y me golpeé la cabeza al caer, pero no muy fuerte. Cuando miré hacia arriba por fin pude ver sus caras.

Eran el chico de la bicicleta, y el otro muchacho con el que estaba conversando antes que Gerardo le pegara al lado de la bodega.

Yo estaba aterrado. No sabía qué era lo que pretendían hacer, hasta que el chico de la bicicleta me dio una patada en el estómago.

"Okay loco, ya vámonos" - dijo el otro muchacho.

Como respuesta el chico de la bicicleta me dio otra patada, esta vez pude poner los brazos para protegerme, pero igual me dolió tremendamente.

La línea de luz oscura alrededor de su cuerpo estaba más fuerte que nunca, y esto me asustó más de lo que ya estaba.

"Loquito, ¿qué estás haciendo? es solo un niño. Ya te vengaste. Vamonos" - insistió el otro muchacho.

El chico de la bicicleta metió la mano al bolsillo de sus jeans. Sacó sus cigarrillos y prendió uno, exhalando todo el humo sobre mi cara.

"Tal vez podemos quemarlo un par de veces" - dijo.

Empezó a mover el cigarrillo entre sus dedos tomándolo como si fuera un lápiz.

"Tú realmente estás loco" - dijo el otro muchacho.

Dio la vuelta y se fue corriendo.

Lo seguí con la vista hasta el final del pasaje, hasta que dobló la esquina.

Miré al chico de la bicicleta, quien se agachó y puso el cigarrillo cerca de mi cara.

"Con esto vas a aprender" - dijo.
Cuando pensé que me iba a quemar, cerré los ojos, pero de pronto escuche sus pasos alejarse rápidamente. Al abrir los ojos vi que montó mi bicicleta y se fue pasaje abajo, a toda velocidad.
Unos segundos después escuche el ruido de una frenada de un carro y un golpe.
Desde donde estaba, sentado en el piso del pasaje, pude ver que todo el tráfico se detuvo y la gente empezó a bajar de sus carros.

"Según lo que escuché yo ese dia" - dijo Israel - "Trató de cruzar la pista de la avenida a toda velocidad en la bicicleta."

"Supongo que sabía que estaba en problemas por haberme pegado, de pronto le dio miedo lo que estaba haciendo y para evitar problemas trato de zafar antes que llegue alguien y lo vea" - dije yo.

Tito y Alex me miraron furtivamente.

"¿Tú que hiciste?" - me pregunto Israel.

"Me levanté y me fui directo a mi casa. En este caso no había forma de ocultarle a mi papá que algo había pasado, mis rodillas y mis codos tenian rasguños y estaba todo cochino. Además regresé sin la bicicleta" - dije.

"¿Y qué pasó?" - preguntó Alex.

"Le conté lo sucedido. Él se cercioró de que estaba bien. Recuerdo que le dije que teníamos que ir por la bicicleta. El me dijo que me quedara en la casa y que él iba a ir a ver qué había pasado. Cuando regresó me dijo que una ambulancia se había llevado al chico, que iba a estar bien y que no había nada que hacer por la bicicleta, que estaba totalmente arruinada."

Me detuve y tomé un sorbo de mi cerveza.

"Le dije para ir por ella de todas formas, pero me dijo que no. Que no valía la pena. Luego entendí que lo que quería era evitar que nos involucremos en lo que había pasado."

"Que locura" - dijo Alex.

"Hubo una cosa que recuerdo claramente de todo lo que me dijo mi viejo ese día, entre todas las líneas del sermón sobre los peligros de la calle" - dije, aún sumido en mis recuerdos.

"¿Qué?" - preguntó Tito.

"Me dijo que mí mamá decía que Lima era una 'ciudad de corazón oscuro'. Yo no recuerdo habérselo escuchado. Supongo que debe ser porque era muy chico y ella no decía ese tipo de cosas delante mío" - dije aún un poco ensimismado.

Todos permanecieron en silencio, como dejándome nadar en mis recuerdos.

"En todo caso" - continúe - "Al poco tiempo de eso nos mudamos a Miraflores. Supongo que mi papá quería asegurarse que estemos lejos de todo lo que había pasado en ese barrio. Y nunca supe más del chico de la bicicleta."

"Yo sí supe que le pasó" - dijo Israel.

Tito se atoró con su cerveza, y tosió un par de veces. Los tres volteamos a mirar a Israel inmediatamente. Expectantes.

"Unos años después de que ocurrió todo eso, yo iba caminando un poco más arriba en la avenida, como quien va a la Javier Prado. Seguro estaba yendo a recoger algún encargo de mi viejo para la bodega. Era algo que hacía varias veces a la semana."

Ahora fue el turno de Israel de tomar un largo sorbo de su cerveza.

"En dirección opuesta venía una señora llevando a un hombre joven en una silla de ruedas. Lo reconocí inmediatamente. Tendría ya unos veinte años, pero se notaba que estaba como paralizado de un lado del cuerpo. Ustedes saben, como que un brazo lo tenía doblado pegado al cuerpo y la pierna del mismo lado como colgando."

Pase saliva sin saber qué decir.

Israel continuó.

"Pero lo que más me impactó de verlo ese día fue su cara. El lado derecho, el mismo del brazo y la pierna doblados, estaba como caído. La mitad de su boca estaba como torcida. Ese lado de sus labios apuntando hacia abajo. Parecía como si tuviera una sonrisa media chueca."

Tito me miró intensamente.

"Necesito ir al baño" - dijo Israel - "Mucha chela."

Cuando se fue, mis dos amigos me miraron inmediatamente.

"Mierda. Me ha cagado lo que nos ha contado del pata de la bicicleta" - dijo Tito.

"A mí también" - dije.

"Oye Fernando. Ahora que Israel no está aquí, puedes decirnos. Dejaste algo afuera en ese relato, ¿no? Del día del accidente" - preguntó Alex.

Lo dijo casi afirmándolo.

"Por supuesto. La razón por la que el chico de la bicicleta no me hizo nada en el pasaje es porque el viejo del saco marrón lo detuvo. Cuando estaba por quemarme, de pronto puso cara de espanto, mirando sobre mi hombro.

115

Volteé a mirar lo que él estaba mirando, y allí estaba el viejo. Movía los labios, pero yo no escuchaba nada. Pero estoy seguro que el chico de la bicicleta sí. De un momento a otro pasó de estar como paralizado a correr hacia mi bicicleta con una desesperación extrema. Trastabilló un par de veces, levantó la bicicleta y salió coheteado."

Alex y Tito me miraban fascinados.

"Y eso no fue todo. La razón por la que se metió al tráfico de la avenida, es porque el viejo apareció delante de él cuando ya iba saliendo del pasaje. En vez de doblar en dirección a la vereda, esquivó al viejo y con la tremenda velocidad que llevaba, no pudo frenar y se fue de frente a la avenida."

Me tomé un par de segundos para decir lo siguiente.

"El viejo había estado un momento a mi lado, y al segundo siguiente estaba parado en la salida del pasaje cincuenta metros más abajo."

Después de un momento de permanecer en silencio, procesando mi adición al relato, Alex por fin habló.

"Qué hay de lo de la sonrisa chueca" - dijo - "Según ustedes ya tenía esa sonrisa torcida desde que lo vieron la primera vez."

"Así es" - dijo Tito - "Y el sólo pensar en eso me aterra y me confunde todavía más que saber que mi cicatriz desapareció."

Don Pedro

San Borja, Junio 2018

Israel regresó del baño unos minutos después, y al parecer había hecho una parada por la barra, pues venía con otra jarra de cerveza.

"Esta ronda la pongo yo" - dijo llenando los *chops* que estaban sobre la mesa.

Todos le agradecimos.

"Pobre chico. El pata era una joyita, pero igual me dio pena verlo así" - dijo Israel.

"Es verdad. Aunque algunos dirían que es una especie de karma instantáneo" - dijo Tito.

"Sí pues. Si no hubiera regresado a hacer de las suyas luego que tu hermano le dio su lección, eso no le hubiera pasado" - dijo Alex.

"Oye Tito, y hablando de Gerardo, ¿qué ha sido de su vida?" - preguntó Israel.

"Viviendo en Argentina hace mil años. Ya hasta con nietos. Siempre le fue muy bien. Siempre fue muy chambero."

"Que bueno. Pucha que bestia, todo el mundo está viviendo afuera del país" - dijo.

"Sí, sobre todo gente de su edad. Eran solamente unos años mayores que nosotros, pero suficientes como para hacer una diferencia. A esa generación la cagó bien feo el gobierno de Alan. Todos estaban pateando latas al terminar el colegio" - dijo Tito.

Mientras Israel y Tito conversaban, Alex me mostró de lado algo que había escrito en su bloc de notas: '¿el fantasma del edificio?'. Y movió la cabeza hacia Israel como instándome a que le pregunte.

Él se debió haber dado cuenta por mi expresión que no tenía idea de cómo llevar la conversación hacia éso sin que se escuche rarísimo, así que él intervino.

"Oigan, esta historia del chico de la bicicleta me parece alucinante" - dijo - "¿Hay alguna otra cosa interesante que haya pasado aquí en el barrio cuando eran chicos?"

Yo me quedé callado sin saber qué decir y al mismo tiempo con vergüenza de meter ese tema en la conversación.

Tito sí pescó la oportunidad en primera.

"Nada, lo demás fueron cosas de chicos. Lo típico. Lo único interesante para nosotros eran las historias que se contaban en el edificio. Sobre el jardín de atrás. Pero eso son sonseras" - dijo.

Israel mordió la carnada.

"¿Qué historias?" - preguntó.

"Historias que contaban los chicos o los vecinos. Diciendo que algo o alguien aparecía en las noches en el jardín de atrás."

"¿Ustedes creen en esas cosas? - preguntó Israel.

Por la forma en que lo preguntó parecía que él tenía un interés especial en hablar del tema, pero que tampoco quería ser el primero en hablar abiertamente sobre el asunto.

"Yo sí creo" - dijo Alex.

"Yo también" - dijo Tito siguiéndole la corriente.

Israel me quedó mirando.

Yo permanecí callado.

Mis dos amigos me miraron abriendo los ojos muy grandes.

"No hay razón por la cual no creer que sea posible" - dije yo, improvisando algo - "Además es un tema interesante."

"¿Y tú crees en esas cosas?" - le preguntó Tito a Israel.

"No estoy 100% seguro, pero de que algo raro pasaba en el edificio antiguo y de que sigue pasando en el nuevo edificio que está ahora allí, no tengo dudas" - dijo.

"¿Por qué lo dices?" - preguntó Alex.

"Cuando tú trabajas en una bodega estás conversando con mucha gente de los alrededores todo el tiempo. Además, estar ahí todo el día sentado es aburrido y cuando llega alguien que le gusta hablar y contar cosas, es una buena forma de pasar el tiempo" - y agregó mirándome - "Sobre todo si los temas son interesantes."

Los tres lo quedamos mirándolo como invitándolo a continuar.

"La primera vez que escuché del tema fue porque había una señora que vivía en el edificio, que siempre venía a la tienda. En al menos dos oportunidades que yo recuerde, le contaba a mi papá que su departamento miraba directamente al jardín de atrás del edificio y que ella siempre veía a un espíritu caminar por allí. Honestamente, el asunto me asustó en el momento, pero era una señora viejita y pensé que seguro estaba inventando el tema."

"¿En algún momento describió lo que había visto?" - preguntó Alex.

Pude haber jurado que un escalofrío recorrió el cuerpo de Israel.

"Sí" - dijo - "Y ésa es la razón por la cual ahora creo más en esas cosas."

"¿Cómo así?" - le pregunté.

"Cuando lo describió la señora, no pasó de ser simplemente información que me asustó en su momento, pero como dije, algo que ella podía estar sólo diciendo. Pero años después, cuando habían demolido el edificio y estaban empezando a construir el edificio nuevo, dos de los trabajadores de la construcción pararon a comprar luego de su día de trabajo. Aparentemente uno de ellos había estado trabajando como guardián un tiempo. Quedándose a dormir en la construcción. Y ése le estaba contando al otro que había visto a alguien caminar en la noche en la parte de atrás de la construcción. Yo me metí en la conversación, y le dije que alguien antes había dicho lo mismo, y le pedí que lo describiera."

"Y la descripción era la misma" - dijo Tito.

"Exactamente la misma. Un hombre de mediana edad, con pantalones oscuros y camisa blanca. Hasta ahí no había mucho en particular, pero también agregó que el hombre usaba tirantes y un sombrero. Esto ya era mucho más específico. Dijo que primero pensó que alguien se había metido, un ladrón o algún vagabundo buscando un sitio para dormir, pero cuando lo enfrentó, se dio cuenta que no se le veía normal. Según él se veía casi como una persona normal, pero habían ciertas cosas que le hicieron pensar que era un fantasma."

"¿Cómo qué? - preguntó Alex.

"Sus ropas se veían como si fueran de otra época, y según él dijo que era como si pudiera ver su aura, sólo que esta era oscura" - dijo Israel.

Alex tomaba notas de manera solapada.

"En todo caso" - continuó Israel - "¿Qué tan probable es que ambos lo hayan descrito igual? No hay forma que este pata haya sabido de la otra señora que murió años antes que él viniera a trabajar en construir el nuevo edificio."

"Sí pues. Es muy poco probable" - dijo Tito - "Qué locura."

"Y éso no es lo más loco" - dijo Israel.

Todos lo miramos, expectantes.

Israel estaba a mil. Se notaba que le gustaba hablar del tema y que disfrutaba tener una audiencia para contar sus historias.

"Luego que terminaron el nuevo edificio, y abrieron la mueblería, contrataron a un señor que es como el conserje y guardián del edificio. Tiene un cuarto en el segundo piso. Ese compadre, según lo que él cuenta, no sólo ha visto al pata de los tirantes y el sombrero, sino que ha visto a toda una colección de visitantes a lo largo de los años" - dijo.

"No te creo" - dijo Tito.

"Te lo juro chochera. El tema es para cagarse de miedo."

"¿Y éso cuando fue?" - le preguntó Alex.

"Si quieren pueden hablar con él. Se llama Pedro, y aún vive en el edificio" - dijo Israel.

Israel fue con nosotros hasta el edificio. Llamamos por el intercomunicador al botón del conserje, y cuando Don Pedro supo que era Israel, bajó para recibirnos.

Israel nos presentó y le comentó brevemente a Don Pedro que Tito había vivido en el edificio anterior, y que estaba interesado en ver que habían hecho con el lugar, y conversar sobre sus experiencias en el mismo.

Antes de ir, por consejo de Israel, habíamos pasado a comprar a una pollería cercana, y le ofrecimos a Don Pedro comer juntos, así que nos invitó a pasar.

Israel se despidió de todos, diciendo que ya era hora de regresar a su tienda, y nos hizo prometer que volveríamos en otra ocasión para visitarlo.

Subimos al segundo piso donde estaba la vivienda de Don Pedro.

Este nos invitó a sentarnos en una salita muy pequeña que estaba en una esquina de un cuarto de buen tamaño. Ese era el lugar que servía como su departamento. Lo que componía el lugar eran una cama, un estante con algunos platos, un horno a microondas, un pequeño refrigerador y un pequeño baño básico, además de la salita con la mesa, lo que dupleteaba de comedor.

Las únicas decoraciones eran un crucifijo en la pared sobre la cama, un cuadro de Sarita Colonia sobre el estante, y otro de en blanco y negro de una mujer en su juventud en la mesita de la salita. Supuse que era una fotografía de su esposa.

Don Pedro ya era un señor de edad.

Según nos contó mientras servíamos las viandas, había trabajado toda su vida en construcción, y para la misma empresa. Cuando ya era muy grande para seguir haciendo tareas pesadas, el dueño de la constructora le ofreció el puesto de vigilante. Era perfecto para él pues era viudo, y sus hijos ya eran mayores. Así que estaba solo.

"Gracias por la cena. La mayoría del tiempo como solo y usualmente comidas pre-cocinadas para microondas" - dijo mientras le metía diente a una pechuga.

"No hay de qué" - le dije - "Mas bien gracias por su tiempo y su hospitalidad."

"Al contrario, es muy bueno tenerlos por aquí. Es la primera vez que recibo una visita en mucho tiempo" - dijo, y preguntó - "¿Cuál dijeron que era la razón de su visita?"

"Yo viví en el edificio que estaba aquí antes, cuando era niño" - dijo Tito - "Y mi amigo Fernando aquí, vivía en esta misma cuadra. El también venía a jugar al edificio conmigo y los otros niños que vivían por acá."

"Ah, pero el edificio ya no está. ¿Qué cosa es lo que quieren conversar conmigo?" - preguntó sin quitarle atención a su comida.

"¿Usted trabajó aquí durante la demolición del edificio antiguo?" - preguntó Alex.

"No, recién llegué para cuando empezaron a construir el nuevo, pero algunos de los que trabajaron en la demolición también trabajaron en la nueva construcción. Yo conocí a algunos" - respondió Don Pedro.

"¿Qué cosa es lo que hay en el edificio?" - pregunté.

"Todo el primer piso, desde la parte que da a la calle, hasta donde termina atrás, es una mueblería. Los dos pisos superiores son oficinas. Este lugarcito es la única área que sirve para vivir, pues se necesita un conserje, que además sirva como guardián."

"¿Y qué áreas hay en la mueblería? - preguntó Alex.

Don Pedro dejó de comer, y se puso serio.

"No estarán buscando información para robar el lugar, ¿no?"

Los tres nos quedamos callados, sin saber qué decir.

Don Pedro de pronto estalló en carcajadas.

"Les estoy tomando el pelo, pues" - dijo mientras reía.

Los tres reímos con él.

"La parte delantera es la tienda. Está toda llena de muebles en exhibición. La parte del centro son oficinas, y todo se conecta con la parte de atrás que es el almacén. Hay un pasaje al lado que lleva directamente a una puerta trasera del almacén, para que entren por ahí los proveedores" - describió Don Pedro.

"O sea que no hay ningún jardín o área abierta" - preguntó Alex.

"No, todo está techado y todo tiene piso de cemento. ¿Por qué?"

"Porque nosotros jugábamos en un jardín cuando éramos niños" - dijo Tito.

"¿Y dónde estaba el jardín?" - preguntó Don Pedro.

"En la parte trasera" - respondió Tito, refiriéndose a la parte del jardín que más nos interesaba.

Don Pedro se mostró interesado y levantó una ceja. Nos dio a todos una mirada rápida.

"Ustedes están aquí por lo que sucede en el almacén, ¿cierto?"

"¿Qué sucede en el almacén? - pregunté.

"No se hagan los tontos pues" - dijo - "Ustedes son de la televisión o de alguna revista?"

"No. No le hemos mentido. Realmente viví aquí y no somos periodistas" - dijo Tito.

"Pero si están aquí por lo que pasa en el almacén" - insistió.

"Bueno, sí. Israel nos dijo que usted le había comentado que pasan algunas cosas raras" - le dije.

"Cuando nosotros éramos niños también pasaban cosas raras en el jardín de atrás" - agregó Tito.

"Sí pues. Cosas bien raras" - dijo rascándose la cabeza - "Al comienzo yo estaba bien asustado, pero ahora ya me acostumbré. Cada vez que había un ruido o veía a alguien pensaba que habían entrado a robar. Y nada pues, sólo es la gente que entra y sale."

"¿La gente que entra y sale? - preguntó Alex.

"Sí pues. No pasa todas las noches, pero sí algunas veces al mes. Yo diría que al menos una o dos veces por semana. Salen del almacén, y otras veces vuelven."

"¿Y la gente de la mueblería también los ve?" - preguntó Alex.

"No que yo sepa. Nadie nunca me ha dicho nada. Y yo tampoco a ellos. Yo creo que no todo el mundo los puede ver. Pero si sé que no soy el único porque uno de los jóvenes que trabajó en la demolición y en la construcción, también los vio. Y no sólo salen de noche, también lo hacen de día."

"¿Y siempre son los mismos?"

"La mayoría del tiempo, sí" - dijo - "Pero de vez en cuando aparecen algunos que los he visto poco."

"Israel dijo que era un hombre con camisa blanca, tirantes y sombrero" - comenté.

"Sí, ése es el que aparece más. Yo lo llamo el 'vaquero', por el sombrero. Pero también he visto a una niña que aparece ocasionalmente. Los más raros, a los que solamente he visto tal vez dos o tres veces en todos estos años, son un anciano y una mujer".

"¿Recuerda lo que vestía el anciano?"

"Sí, estoy seguro que siempre viste pantalones claros, creo que blancos. Y un saco marrón" - respondió Don Pedro.

Miré a Alex y Tito. Podía sentir mi corazón latir a mil por hora.

"Y dígame una cosa. ¿La mujer tenía los ojos rasgados?"

Me quedó mirando como no sabiendo a qué me refería.

"¿Rasgados?" - preguntó.

"O sea era china o japonesa" - expliqué.

"Oh sí, sí, estoy seguro que era una chinita, al igual que la niña."

La sorpresa me había dejado mudo y no sabía qué decir.

Don Pedro me quedó mirando, y de pronto exclamó - "¡Tú también los has visto!"

"Sí, yo también los he visto" - respondí.

II
"La casa del malecón"

Recuerdos

La Molina, Junio 2018

Cuando uno tiene trece o catorce años generalmente no hay muchas preocupaciones, salvo las que tienen que ver con la edad misma. Reparar la llanta pinchada de la bicicleta, convencer a tus viejos que te compren un nuevo par de zapatillas, pasar los cursos del colegio, y si la chica que te gusta te dará bola.

Pero las verdaderas preocupaciones, las de adulto, suceden rara vez a esa edad. Algunos tal vez tienen que lidiar con problemas en casa, alguna enfermedad familiar, cosas que de una forma u otra suceden en la mayoría de los hogares, y que a veces te hacen madurar un poco más rápido.

En mi caso, en esa época al menos, no existían estas últimas. Al menos no en niveles realmente preocupantes. Todos teníamos otras preocupaciones necesarias debido a la realidad de Lima en esa época. Como saber por dónde caminar, a qué horas, y evitar que te cuadren los ladrones.

Ya habia terrorismo en esa epoca, pero en el 85 todavia no habiamos llegado a la cúspide del terror. Teníamos el ocasional apagón por bombazo, lo cual significaba básicamente noches muy aburridas con la casa con velas por doquier para poder ver, leer algo o hacer las tareas.

Pero eran cosas ocasionales en Lima, y nuestros padres aún no estaban totalmente psicoseados. La mayoría del tiempo éramos libres de ir y venir, quedarnos tarde afuera, e incluso de vez en cuando pasar la noche en la casa de algún buen amigo, siempre y cuando hiciéramos las llamadas telefónicas respectivas para pedir permiso. Si tus viejos sabían dónde estabas (o donde se suponía que estabas), generalmente era todo lo necesario para obtener el permiso deseado.

Nuestra zona de Miraflores no era la más 'ficha', pero era bastante tranquila, pero con algunas áreas que uno sabía que tenía que evitar, particularmente al caer la noche.

Nadie por esa zona realmente tenía un montón de plata, pero la diferencia era igualmente muy marcada. La clase media limeña está económicamente varios escalones más arriba de la línea de la pobreza.

Algunas de las zonas aledañas incluian viviendas muy humildes (quintas y casas en muy mal estado), y algunos de sus residentes prestaban servicios que todos en el barrio usaban con frecuencia. Había costureras, zapateros, mecánicos y gasfiteros. La mayoría era gente de bajos recursos pero honesta y trabajadora. Pero por supuesto, no faltaban los ocasionales amigos de lo ajeno.

Los "choros", como los llamábamos en esa época, conocían a los locales, y salvo muy raras excepciones no se metían con nosotros. Su ámbito de acción era generalmente un poco más allá de los confines de nuestra urbanización.

Desde que me mudé a ese barrio recuerdo que existía una atmósfera de 'buena vecindad' entre la gente de la zona sin importar a qué estrato económico pertenecieran.

Tengo buenos recuerdos de habernos metido algunas pichangas de fulbito o hasta haber compartido un pucho en la esquina del barrio, con elementos que no eran necesariamente los mejores del área, pero que a final de cuentas eran chiquillos como nosotros, con las mismas ganas de vacilarse y pasarla bien.

Dicho todo esto, a comienzos y mediados de los ochentas podía empezar a sentirse que la 'mala vibra' iba avanzando poco a poco, como agua de un río que se desborda, por las calles de Lima. La combinación de los problemas económicos y el creciente terrorismo, traían consigo una nube negra adicional pero diferente a la capa gris que cubre a Lima permanentemente. Y esto casi se podía oler en el ambiente.

Luego, gracias a alguien en especial que conocería, aprendería que la sensación de ese clima oscuro, tiene más implicaciones que las que uno puede imaginar normalmente. Implicaciones que a veces son difíciles de creer.

El tener amigos y empezar a salir más, y más tarde, empezó a revelar detalles y lugares que no había percibido ni visto antes. Y al tener estas experiencias y sobre todo preguntar e investigar sobre ellas con mis propios amigos y otra gente del área, empezó a revelar un aspecto siniestro de la zona, que inicialmente no había sido evidente.

Algunos de estos temas a esa edad, si bien es cierto generaban algo de temor, por sobre todo (al menos en mi caso) generaron mucha curiosidad y de alguna forma un sentido de aventura y búsqueda de emociones.

Lo que tengo claro, es que los trece y catorce años son una edad de transición entre ser un niño y empezar a creerse grande.

Las pesquisas que llevamos a cabo con Alex y Tito, dejaron mucha información, pero al margen de eso, hay una conclusión que me queda super clara: 'La gran mayoría lo niega, pero casi todos creen.'

Así como creen que el número 13 trae mala suerte o que Jesús convirtió el agua en vino, creen en fantasmas y espíritus. Y esto no lo digo con una connotación despectiva o queriendo decir que son menos por eso. Pero el mundo no es un lugar que acepte fácilmente las cosas que están fuera de la norma, y de alguna forma estas se mantienen 'bajo la alfombra'. Creo que todos conocemos personas, ya sean amigos o familiares, e incluso desconocidos con los que entramos en contacto, que parecen no pertenecer, que son raros o son tildados de locos.

No sé a ciencia cierta si sus experiencias extrañas son visiones, o apariciones o sombras de alguna realidad, pero poco a poco estoy aprendiendo que como todo responden a determinadas reglas, como ser más fuertes en algunos lugares, o más evidentes para determinadas personas.

A pesar que mi visión de la vida me sigue empujando a tratar de pensar de manera escéptica, y buscarle una explicación a todas las cosas por más extrañas que parezcan, entiendo que muchas cosas son simplemente difíciles de explicar y que en un universo como el nuestro de alguna forma todo es posible.

Me alegra tener a Tito a bordo. Inicialmente no pensé que fuéramos a ser más que Alex, Sebastián y yo, y es bueno tener a alguien más que vea el tema con ojos frescos, y sin ningún sesgo.

No pensé que la investigación fuera a evolucionar de la forma que se ha dado, y aún no veo que la información obtenida realmente está ayudando a aclarar las cosas o acercarnos a saber qué pasó con Roberto, pero de todas formas siento que mi idea inicial era la correcta.

Sí existe una conexión entre las cosas que pasaron en la casa del Malecón y lo que sucedió antes en San Borja.

Pero, ¿cuál es la conexión?

Reunión en el sur

Punta Hermosa, Junio 2018

Las playas del sur antes estaban casi desiertas en esta época del año. Pero ahora mucha gente vive en las casas de playa todo el año. Pero de igual forma, un fin de semana de verano sería mucho más ocupado.

De todas formas estos lugares siguen siendo perfectos para desconectarse de la bulla y el caos de la capital, y la casa que alquilamos era el sitio perfecto para lo que estábamos haciendo.

La gran excusa para nuestras familias fue que era un fin de semana 'sólo calzoncillos' para celebrar que estaba de visita por Lima.

Eso nos daba tres días casi completos para trabajar en tratar de unir todos los cabos posibles con la información recogida y la que estoy seguro está trayendo Sebastián.

Yo llegué primero como al mediodía del viernes, y poco después llegó Sebastián. Luego de instalarnos en nuestras respectivas habitaciones, nos dirigimos a la terraza donde estaba la parrilla.

Un texto de Alex nos dejó saber que él y Tito, que venían juntos, ya estaban cerca y que llegarían pronto.

Aproveché el tiempo para contarle a Sebastián sobre quién era exactamente Tito, y cómo y por qué se había unido a Alex y a mí para ayudarnos.

"Tito ya ha probado ser una pieza importante para lo que estamos haciendo. No sólo me ha ayudado con detalles del pasado, sino que también gracias a él pudimos recoger información importante en mi antiguo barrio, pero ya hablaremos de los detalles después. Hay bastante información que compartir contigo" - le dije.

"O sea que este amigo tuyo, Tito, es de tu entera confianza" - preguntó Sebastián.

"Sí, sin lugar a dudas" - respondí con seguridad

"Okay. Confío en tu criterio. Los temas que vamos a tratar entran en todo el detalle de lo que pasó y cómo pasó. Incluyendo mi intervención en el tema. Desde un punto de vista profesional" - dijo Sebastián, poniendo énfasis en la última parte.

"Entiendo tu preocupación, pero te aseguro que Tito es de total confianza."

Esto pareció satisfacer a Sebastián y continuó poniendo las carnes y chorizos en el asador.

El timbre de la casa sonó, y fui a recibir a Alex y Tito.

Alex vestía un polo de la película Sherlock Holmes. Lo cual fue motivo de risas y comentarios.

Luego que dejaron sus cosas en el cuarto que compartían, nos dieron el alcance en la terraza donde presentamos a Sebastián y Tito.

"¿Chelitas heladas?" - pregunté mostrando el cooler abierto..

Nadie declinó la invitación.

"Por el gusto de estar reunidos" - dije levantando mi cerveza.

Todos respondieron con un 'salud' y chocamos las botellas.

El almuerzo fue muy simpático, la comida espectacular y las bromas no faltaron. Sebastián y Tito parecieron hacer clic inmediatamente.

Una vez que terminamos y limpiamos el área, Sebastián se fue un minuto y regresó con unos folders manila.

"Bueno, es hora de empezar. Aprovechemos el tiempo que tenemos juntos" - dijo en un tono muy profesional.

Una vez detective, siempre detective, pensé.

"¿Cómo es que vamos a trabajar en esto?" - preguntó Alex.

"Supongo que exponiendo la información que hemos recogido de forma separada. Tenemos que contarle a Sebastián los detalles de nuestras pesquisas" - comenté.

"Excelente. Me parece bien" - dijo Alex.

"Si es que no les molesta a mí me gustaría escuchar toda la historia desde el comienzo" - dijo Tito - "Se que probablemente hay mucha información respecto a lo que sucedió en la casa en sí, pero a diferencia de ustedes yo conozco poco acerca de cómo empezó todo."

"Me parece una buena idea" - dijo Sebastián - "No sólo servirá para darle el contexto necesario a Tito, sino que el refrescar todo eso podría ayudarnos a identificar algo que se nos pueda haber pasado."

Alex tomó su bloc de notas y me quedó mirando. Sebastián y Tito hicieron lo mismo.

"¿Por dónde debería empezar?" - pregunté, un poco incómodo.

"Antes que tú llegaras, nosotros ya habíamos visto la casa y sabíamos que se decía que algunas cosas raras ocurrian por ahí, pero realmente todo empieza cuando tú tomaste un interés en la casa" - dijo Alex - "Empieza con la primera vez que ésta llamó tu atención."

Los Topos Anónimos

Miraflores, Julio 1985

Abrí los ojos, me apoyé en los codos sobre la cama y miré hacia el frente. Como todas las mañanas lo primero que vi fue mi poster de Iron Maiden, donde Eddie me sonreía furiosamente desde la cabina de su *Spitfire*. Este póster, como todos mis posters favoritos, estaba en la parte de atrás de la puerta de mi cuarto, para darme los buenos días.

Había reemplazado no hacía mucho a otro póster del Mundial de España 82, y esto no había sido del gusto de mi papá, que pensaba que la música que escuchaba, en sus palabras, era 'puro ruido'.

A este punto, con la excepción del encuentro con el hombre calvo, todo en Miraflores había estado saliendo muy bien y me sentía muy contento.

La mudanza había sido definitivamente un cambio muy bueno en mi vida.

Todo lo que hacía en esa época, más allá del colegio, se desarrollaba principalmente en tres áreas: la zona de la Avenida del Ejército más cercana a la cuadra 3, por donde vivía Alex; la calle de atrás paralela al Malecón de la Marina, por donde vivía Roberto; y por supuesto el malecón mismo hasta el acantilado, con sus parques y bocacalles aledañas donde íbamos todos juntos.

Pero claro, lo más importante eran las casas de los amigos, donde por una buena época la pasamos increíblemente jugando juegos de mesa, Atari, y escuchando música. El resto del tiempo estábamos montando bicicleta o skateboard, o peloteando en las calles del barrio.

Era el primer día de las vacaciones de medio año y no había tiempo que perder. Cada día de vacaciones tenía que ser exprimido al máximo, y la peor forma de perderlo era durmiendo.

El mueble de mi cuarto tenía un espacio detrás que contenía mi colección de música, que ya era bastante variada, gracias a las grabaciones de los discos de Alex. Seleccioné un casete, lo puse en mi radio-casetera, y la música de Def Leppard me acompañó mientras me cambié en la ropa del día, que 'para variar' eran un par de jeans, un polo cualquiera, y un par de zapatillas bastante desgastadas por el continuo uso de mi skateboard.

Después de tomar desayuno llamé a la casa de Alex, y éste me dijo que me apurara, que ya todo el mundo estaba llegando.

En unos minutos ya estaba donde Alex.

Todos ya estaban en la calle frente a su casa. Alex, Ricardo y Roberto en sus skateboards haciendo diferentes trucos, y el Chato Enrique sentado en el muro del jardín exterior al lado de su bicicleta.

Junto a él estaba Bruno, un chico que vivía relativamente cerca del barrio, y que habíamos conocido en el malecón. Al igual que el Chato, siempre andaba en su bicicleta.

"¿Qué hay, gente? Veo que llego justo a tiempo" - dije al llegar y me acerqué a saludar.

"Justo a tiempo para ayudar a cargar" - dijo Alex y todos se rieron.

"Bueno, no hay tiempo que perder, vamos sacando las cosas."

Alex era el líder de facto del grupo, siendo su casa el centro de operaciones del mismo, así que generalmente era el que daba las instrucciones a seguir.

La puerta del garaje de su casa estaba levantada, y a un lado del mismo habían varios pedazos de madera, de tamaños varios, y una pequeña rampa que aún estaba incompleta, y que pensábamos usar para hacer saltos y trucos con los skates y las biclas.

Ya teníamos un par de fines de semana trabajando en ese proyecto.

Empezamos a sacar todos los componentes de la rampa hacia la vereda, junto con varias herramientas. Alex empezó a dar indicaciones de lo que cada uno debía hacer, consultando un viejo libro de carpintería que había sacado de la biblioteca del colegio.

Luego de un par de horas de medir, serruchar y clavar la madera, la rampa quedó terminada. Todos intercambiamos diferentes expresiones de algarabía, chocando las manos y dándonos palmadas en la espalda.

"¿Quién va primero? - preguntó Roberto, visiblemente emocionado.

Todos miramos a Alex, como esperando un veredicto.

"¿Qué les parece un fumanchu y luego un yanquenpo entre los dos finalistas?"

Todos estuvimos de acuerdo, y luego de un par de rondas, quedamos Ricardo y yo, y finalmente Ricardo fue declarado el vencedor.

Colocamos la rampa en la pista, Ricardo tomó vuelo con su skate, llegó a la rampa, la subió y esta inmediatamente se inclinó hacia adelante por efecto de su peso, haciendo que perdiera el equilibrio, volara por los aires un par de metros y cayera de lado fuertemente en el pavimento.

Todos corrimos hacia él para ver como estaba.

"Estoy bien. Creo que no me he roto nada" - dijo tomándose el brazo.

Su codo se había raspado sobre la pista, al igual que la rodilla del mismo lado. No parecía nada serio.

"Voy para adentro a lavarme" - dijo, y se dirigió al garaje.

"No vale llorar, ah" - dijo Enrique.

Sin voltear Ricardo levantó un brazo y mostró el dedo medio.

Todos nos reimos.

"Bueno, ¿qué sucedió? ¿por qué no funcionó? - preguntó Bruno.

"Creo que es por falta de peso. No hay nada que haga que la rampa esté estable" - comenté.

"Así es" - secundó Alex - "Necesitamos poner dentro algo que le de solidez para que aguante".

"¿Podría ser arena?" - aventuró Roberto.

"No creo. Salvo que esté en una bolsa. Va a ser dificilísimo llenarla de arena de otra manera" - respondió Alex.

"¿Qué tal piedras? - dije yo - "El malecón está lleno de pedrones que pesan un huevo."

"Buena idea. Las podemos poner en una caja grande y rodarla en uno de los skates. El malecón está acá nomás, y creo que tal vez en un solo viaje lo hacemos" - dijo Alex.

Todos estuvimos de acuerdo.

Esperamos a que Ricardo regrese. Le contamos los planes y nos dirigimos al malecón.

Cruzamos la Avenida del Ejército, caminamos una cuadra adicional y llegamos al malecón. Llevábamos con nosotros una caja grande de cartón que Alex sacó de su garaje.

Todo el malecón era básicamente un terral desde la pista que seguía su ondulante forma, hasta el borde del acantilado.

Sin embargo la mayoría de piedras grandes estaban más cerca del borde. Algunas camionetas paraban de vez en cuando por allí y tiraban desmonte de construcción.

Llegamos cerca del acantilado y encontramos una de esas pilas de piedras, ladrillos rotos y pedazos de concreto derruido.

"Estos pedazos de concreto son muy grandes" - comentó Alex - "Las piedras sí pueden servir, pero la voz sería un buen pedazo de concreto que entre en la rampa."

Estuvimos unos minutos buscando, pero no encontramos nada que pareciera ideal.

"Miren" - dijo Bruno, señalando con el dedo - "Allí hay otra ruma de desmonte."

Efectivamente, unos cincuenta metros más abajo había otra pila, bastante grande, con más desmonte de construcción.

"Nada perdemos mirando" - dijo Alex.

Caminamos hacia allá, e inmediatamente vimos que ahí sí había pedazos más pequeños de concreto.

Luego de unos minutos, habíamos elegido tres pedazos de buen tamaño, pero no tan grandes como para que no entrasen en la caja.

"Estos están perfectos" - dijo Alex.

Cargamos la caja entre todos a uno de los skateboards y empezamos a rodarlo hacia la vereda del malecón, avanzando lentamente debido al tipo de terreno.

Mientras llevábamos a cabo esta operación, vi que estábamos justo frente a una casa antigua y que parecía abandonada. Se encontraba del otro lado de la pista, frente al malecón. La había visto antes, de pasada, montando bicicleta, pero nunca le había prestado realmente atención.

Era muy grande. Su frente era tal vez el equivalente a dos o hasta tres casas típicas de la zona. Tenía las paredes sucias, y en general estaba en muy mal estado.

La pintura estaba muy gastada, pero supuse que debió haber sido de color marrón claro. Las puertas y las ventanas que daban a la calle tenían sólo el marco. El jardín de enfrente estaba seco y era un terral. Un árbol muerto era el único adorno en el mismo. La casa contrastaba bastante con las casas de los lados, que estaban en estado normal.

Por alguna razón no podía quitarle los ojos de encima. Era como que toda mi atención estaba en ella, y todo alrededor estuviera fuera de foco.

Mientras la miraba noté que alguien pasó caminando tras una de las ventanas del segundo piso. Desde ahí no pude distinguir los detalles, pero por la alta estatura me pareció que había sido un hombre.

"¿Nunca habías visto la casa abandonada?"

Pegué un pequeño salto del susto.

Era Roberto, que se estaba riendo.

"¿Te asusté? Te habías quedado pegado mirando la casona."

"No, no me asustaste. Sólo me agarraste desprevenido" - respondí, tratando de salvar mi orgullo.

"¿Y la habías visto o no?" - preguntó nuevamente.

"Supongo que sí, pues he pasado por aquí algunas veces, pero no me había detenido a mirarla bien. Pero no creo que esté abandonada. Acabo de ver a alguien en el segundo piso" - respondí.

"Hasta donde yo sé nadie ha vivido allí por un huevo de tiempo" - dijo Alex, que al parecer había estado al tanto de nuestra conversación.

"Pero yo estoy seguro que alguien pasó por la ventana" - dije.

"Has visto mal" - dijo Alex.

"O tal vez es verdad que está embrujada." - dijo el Chato - "Dicen que por eso nadie la compra."

"Esas son huevadas" - dijo Alex - "La casona es antiquísima. Yo creo que debe haber sido construida hace al menos cien años. Tal vez más. Nadie la compra porque se está cayendo a pedazos."

"¿Alguna vez han entrado?" - pregunté.

"Sólo la hemos tasado de la entrada" - dijo Ricardo, con un tono que denotaba nerviosismo.

"No hay nada que hacer allí dentro" - dijo Alex.

"¿Y ustedes creen que esté embrujada realmente?" - pregunté.

"La verdad yo no sé si creer en eso o no. Pero en la noche dicen que se escuchan ruidos raros, y se ven como luces dentro" - comentó Roberto.

"Manya, que loco" - dije - "Nunca había visto una casa que la gente diga que está embrujada. Sólo en películas, claro. Cuando fui a Arequipa la última vez, mis primos en las noches contaban historias de esas que hay en todas partes sobre fantasmas, cementerios y lugares embrujados. Si quieren un día se las cuento. Hay unas bien bacanes y para cagarse de miedo."

"¿Nunca has pasado por la casa Matusita? Por allá por el centro de Lima" - preguntó Enrique.

"Sí, tienes razón. Cuentan unas historia locasas de las cosas que pasan ahí, pero esa sólo la he visto de bien lejos" - dije.

Volví a mirar a la casa, y nuevamente sentí esa sensación como que era todo lo que estaba en mi campo visual.

"No quieren ir a mirarla al toque" - dije.

Sentía que la curiosidad me estaba matando.

Nadie respondió inmediatamente.

"Tal vez otro día" - dijo Alex finalmente, pero de manera un poco cortante - "Hoy ya estamos perdiendo mucho tiempo. Aún tenemos que llevar los rocones estos para terminar la rampa."

"Uy, yo creo que alguien se está orinando" - dijo Roberto.

El era el único que se atrevía a decirle cosas como esa.

"Nada que ver" - dijo Alex - "Es sólo que quiero acabar con lo que hemos empezado."

"Vamos un toque no más" - dijo el Chato - "Al menos para mirarla de cerca. Pero de afuera nomás."

"Okay" - dijo Alex - "Pero terminemos de mover las piedras."

Llevamos a cabo la operación propuesta, y luego de un momento ya teníamos el skateboard con la caja rodando sobre la vereda del malecón. Llegamos a la altura de la casona, cruzamos la pista y nos acercamos.

Tenía un muro exterior, con dos entradas, una del tamaño de una puerta regular, y la otra unos metros para el otro lado, que era claramente la entrada de un garaje.

Miramos a través de la puerta pequeña. Entre la casa y el muro había un jardín exterior que ahora era pura tierra y no era muy ancho, y continuaba hasta un muro no muy alto, del lado del garaje. Desde ahí sólo se podía ver, que al igual que la de afuera, la entrada principal tampoco tenía puerta, sino solamente el marco, pero no alcanzamos a ver realmente ningún detalle del interior.

"¡Hey, miren esto!"

Era Bruno que había ido solo a la entrada del garaje.

Todos nos dirigimos hacia él.

El garaje era de un tipo más o menos común en esa zona. Sobre todo en las casas grandes.

Después de un medio metro desde la línea de la vereda de la calle, empezaba una bajada que llevaba hacia lo que sería una especie de sótano debajo de la casa, que servía como garaje cubierto. El ancho era poco más del de un carro.

Si la había tenido, la puerta levadiza del garaje ya no estaba, y con la luz que había se podía ver claramente una porción de la parte más cercana al exterior, pero no el fondo.

"Esta vaina está como para tirarse en los skates o las bicicletas" - dijo el Chato.

"¿Estás huevón?" - dijo Ricardo - "No me tiro ahí abajo ni cagando."

Todos nos reímos a carcajadas.

"Pero si podemos bajar a ver que hay" - les dije - "No se chupen."

"Vamos" - dijo Bruno.

Sin decir nada más, empezó a bajar.

Lo seguí haciendo un ademán con la mano a los demás para que nos siguieran.

"Alguien se tiene que quedar cuidando las cosas" - dijo Alex.

"Tienes razón" - dijo Ricardo - "Yo me quedo."

Nadie dijo nada. Ricardo era el menor del grupo, y evidentemente estaba asustado con el tema de la casa. Además era cierto que alguien tenía que cuidar los skates y las bicicletas. Supuse que todos pensaron lo mismo que yo, y que no tenía sentido fastidiarlo por eso.

Además, Alex sí estaba yendo con nosotros.

Llegamos a la entrada del garaje. Como desde arriba, se podía ver una buena parte, pero no el fondo. La parte que se podía ver, estaba completamente vacía. Avance un par de metros, y los demás me siguieron.

"Yo creo que este garaje es para dos carros. Es bien profundo." - dije.

"Oigan, ¿saben qué? - dijo el Chato - "Esta vaina la podríamos usar como una base de operaciones."

"¿Para hacer qué?" - preguntó Alex.

"No sé, aquí podriamos esconder cosas, como por ejemplo las revistas porno que no queremos que encuentren nuestros viejos."

Las carcajadas no se dejaron esperar.

"Eres un pajero" - dijo Bruno, aún riendose.

"Podriamos ser el 'Club de los Topos Anónimos'" - dijo Roberto.

Por un momento lo miramos con cara de que había hecho un chiste monse, pero después de un par de segundos las carcajadas empezaron de nuevo.

"Esa sí es la cojudez más grande que he escuchado" - bromeó Alex.

"Bueno, ¿vamos a entrar a ver que hay más adentro o no?" - preguntó Bruno.

"Creo que deberíamos volver otro día, pero con linternas" - dijo el Chato - "Igual si entramos ahora no vamos a ver un carajo."

Estábamos en esa discusión cuando escuchamos a Ricardo.

"¡Hey! ¡Chicos!. Yo creo que mejor van saliendo."

"¿Por qué? - preguntó Alex.

"Porque el 'loco botellas' acaba de aparecer en la esquina, y viene hacia acá."

El 'loco botellas' era un hombre de pelo largo, barbudo y harapiento, que siempre caminaba por el malecón. Su atuendo cochino y lleno de huecos era completado por al menos una docena de botellas plásticas vacías, que llevaba amarradas de la cintura, en una especie de cinto.

También cargaba una bolsa de yute, que llevaba sobre un hombro, y que llenaba en sus caminatas con cosas que sacaba de los tachos de basura que dejaban afuera los vecinos en los días de recojo. Era conocido porque en sus caminatas por los alrededores del barrio, de rato en rato emitía unos gritos que parecían algún tipo de queja o lamento, pero hasta donde sabíamos nunca se metía con nadie.

"No pasa nada" - dijo Alex - "El loco es inofensivo."

"No sé. Me ha visto y viene directamente hacia acá" - dijo Ricardo nervioso, y agregó - "Y acaba de empezar a correr."

Hasta donde recordaba, nunca había visto al 'loco botellas' correr, y ésto último hizo que me alarmara. Pude notar por las caras alrededor mío que el sentimiento era mutuo.

Alex empezó a avanzar hacia la salida. En ese momento Ricardo soltó su bicicleta y bajó corriendo. Había que darle crédito. En lugar de subirse a su bicicleta y zafar, vino donde estábamos los demás. Un par de segundos después, apareció el loco. Se detuvo en la vereda frente a la bajada y nos quedó mirando. El silencio de todos era absoluto.

De pronto, profirió uno de esos gritos que solía lanzar y soltó la bolsa negra que llevaba sobre el hombro, la cual cayó al piso haciendo un ruido de vidrio rompiéndose. Inmediatamente empezó a bajar corriendo hacia nosotros. El caos se apoderó de todos, y salimos corriendo en diferentes direcciones.

Era claro que no nos podía agarrar a todos, y viró en la dirección que yo había corrido.

Viendo esto, volteé y me interné en el garaje, escapando de él. En un momento dado ya no podía ver nada, y me detuve para no darme un porrazo con la pared del fondo que calculé ya debía estar cerca.

Volteé a mirar hacia afuera, sintiendo que en cualquier momento el corazón me iba a explotar, y vi al loco parado en la zona iluminada de la entrada, caminando de lado a lado, tratando de ubicarme en la oscuridad.

No podía ver a mis amigos, pero escuchaba sus gritos desde fuera. Aprovechando que el loco estaba distraído conmigo, habían podido salir a la calle. Algunos estaban insultando al loco y diciéndole que se fuera, y otros llamándome, diciéndome que corra y salga.

Por un breve momento me invadió una sensación que no me era extraña, era similar a la sensación que sentía cuando veía el borde de luz en algunas personas, pero esta vez fue muchas veces más fuerte. Era como si estuviera

148

cerca a una fuente de energía que irradiaba al mismo tiempo calor y electricidad.

De pronto por una fracción de segundo, como un flash, vi una espiral, y el siguiente segundo nuevamente estaba en la oscuridad viendo al 'loco botellas' a unos metros enfrente mío, buscándome.

Se estaba acercando y podía escuchar que hacía un ruido con la boca, como si se estuviera hablándose a sí mismo, pero de forma ininteligible.

Empecé a calcular un momento en el que el loco se pegará más a uno de los lados, y me preparé para correr hacia afuera por el lado opuesto, cuando de pronto vi a Bruno bajar corriendo la rampa a toda velocidad.

Creo que el loco debe haberlo escuchado, porque empezó a voltear, pero era demasiado tarde. Bruno ya había impactado contra él, usando un hombro, al mejor estilo de un jugador de rugby.

Bruno no era muy grande, y el loco le doblaba el peso, pero el golpe fue suficiente para que este último trastabillara, y diera varios pasos hacia adentro pero de mi lado derecho, tratando de mantener el equilibrio.

Finalmente escuché un fuerte ruido de plástico contra concreto. La caída en sí no la vi, pues había pasado la zona iluminada, pero sabía de qué lado estaba e inmediatamente corrí por el otro lado. Llegué al pie de la rampa y junto con Bruno, subimos hacia la calle, donde estaban los demás.

Entre gritos que llamaban a la huida, todos cogimos nuestras cosas a la volada. Ricardo empujó con la planta del pie la caja de las piedras, la cual cayó de lado, y también recogió su skate.

En unos segundos ya estábamos en la esquina, mirando en dirección a la casona.

"Puta madre, que tal susto" - dijo Alex, resoplando. Aún agitado por la corrida.

"Casi lo agarra al flaco" - dijo Roberto. Cuando pude recuperar el aliento, miré a Bruno.

"Gracias compadre. Me salvaste la vida."

Bruno lucía preocupado.

"¿Ustedes creen que haya matado al loco?" - nos dijo.

"No, ni cagando. Sólo se debe haber metido un buen porrazo al caerse" - dijo el Chato.

"Tú qué crees, ¿que eres un toro?" - dijo Roberto.

Ese comentario trajo una dosis de necesario humor a la situación, y todos nos reímos.

Estábamos al menos a cincuenta metros del lugar, y no había forma que el loco así saliera, nos pudiera alcanzar.

Estabamos aún riéndonos, cuando el loco salió del garaje a la calle.

"Miren, salió el loco" - dije.

Estaba caminando normalmente, y ni siquiera hizo el esfuerzo de buscarnos. Si nos vio, ni nos prestó atención. Recogió su bolsa plástica, que se había quedado en la vereda, y empezó a caminar en dirección opuesta a nosotros, hacia el lado de dónde había venido. Llegó a la esquina, cruzó al lado del malecón, y siguió caminando siempre alejándose.

Cuando ya estaba como a una cuadra y media, Alex se subió a su skate y empezó a ir hacia la casa.

"¿A dónde vas huevón?" - le dijo su hermano.

"A recoger nuestras rocas" - gritó Alex sin voltear.

Nos miramos entre todos, y lo seguimos.

Cuando llegamos ayudé a Alex a subir los pedazos de concreto a la caja y luego a su skate.

Mientras tanto los demás miraban en la dirección que se había ido el loco, quien ya estaba lejísimos y seguía caminando.

Rodamos las rocas hasta la casa de Alex, y luego de tomar todos un vaso de limonada helada, cortesía de su mamá, continuamos con el trabajo de la rampa. Metimos las rocas por un lado y reemplazamos el panel de madera una vez que estuvieron adentro.

Mientras tanto comentamos entre risas el incidente con el 'loco botellas', y felicitamos a Bruno por su valiente intervención, a nuestra manera entre bromas y vacilón.

La idea del peso, efectivamente funcionó muy bien, y pasamos el resto del día usando la rampa. A pesar de algunas caídas, nadie se rompió nada.

Luego de despedirnos, llamé a Bruno, que iba en mi misma dirección.

"Hey Bruno. Ya fuera de toda broma, gracias por lo que hiciste."

"No hay problema" - me dijo - "Estoy seguro que tú hubieras hecho lo mismo por mí."

Se despidió, subió a su bicicleta y se fue.

Cuando me quedé solo, pensé que no estaba totalmente seguro que hubiera hecho lo mismo. Sé que no me hubiera ido, pero no sé si hubiera actuado de esa forma. Pensar en eso hizo que me sintiera un poco mal.

Al llegar a casa, a pesar de las emociones del día, tanto las buenas como las malas, no pude quitarme de la cabeza la casa abandonada del malecón, y la fuerte sensación que sentí abajo en el garaje, ni la imagen de la espiral que vi por un momento.

Traté de distraerme viendo televisión y leyendo algo, pero la casona aún estaba allí, y me acompañó hasta la cama a la hora de dormir.

No fue raro que también estuviera presente cuando finalmente el cansancio me venció.

Soñé que era de noche y estaba frente a la casa, en el umbral sin puerta. Desde ahí podía ver a través de una de las ventanas del segundo piso que había luz en un cuarto. Por una fracción de segundo vi a alguien pasar frente a la ventana y la luz se apagó. De pronto escuché que alguien bajaba las escaleras. En ese momento decidí que era mejor que me fuera, pero por alguna razón no podía (¿o no quería?) irme. Los pasos llegaron al primer piso y se iban acercando a la puerta principal, frente a la que yo estaba parado. Sabía que tenía miedo, pero aún así permanecía parado allí, como si fuera una estatua.

Por el sonido que escuchaba, sabía que algo debía estar en frente mío, pero no veía nada. Cuando los pasos ya estaban cerca de llegar a mí, su velocidad aceleró, pero en ese momento sentí como un viento y un destello de luz me cegó.

Cuando desperté, la luz del sol inundaba mi cuarto, y nuevamente la sonrisa de Eddie desde su poster me dio los buenos días.

―――◦―――

"No recordaba que tu primer recuerdo de la casa fue del día que construimos la rampita" - dijo Alex - "Tengo muy buenos recuerdos de ese día."

"Yo también" - respondí - "Y la verdad es que a pesar de todo lo demás, incluido el susto con el loco, nada me los puede quitar."

Le di un largo sorbo a mi cerveza. Esta experiencia se estaba convirtiendo en un sube y baja de emociones. Memorias dulces de la juventud mezcladas en una historia con un final muy triste.

Tito y Sebastián permanecieron callados un momento dejándonos disfrutar nuestros recuerdos.

Finalmente Tito intervino.

"Está claro que desde el primer momento hubo una atracción entre tú y la casa, pero ¿qué otras cosas sucedieron que finalmente hicieron que entres en ella con Roberto?"

Pensé un poco respecto a esto.

"Es cierto que hubieron otras cosas, pero al final, y tengo que aceptarlo así me de vergüenza, todo se resumió a curiosidad pura y tal vez una necesidad de volver a sentir esa fuerte sensación que sentí en el garaje" - dije.

"Yo creo que en tu caso, esa curiosidad estuvo alimentada por las experiencias anteriores" - dijo Tito - "Como hemos visto muchas de las cosas que te pasaron en San Borja ya te habían marcado de alguna manera."

El comentario era bastante acertado.

"Así es, creo que por sobre todo lo demás, la primera motivación era una curiosidad que podríamos llamar intelectual. Una parte de mí se negaba e incluso se sigue negando a creer que estas cosas son sobrenaturales en el sentido que la gente comúnmente le da a esa palabra. Y quería encontrarles una explicación." - expliqué.

"¿Es decir que tú crees que todo esto puede ser explicado racionalmente?" - preguntó Sebastián.

"Por mi sanidad mental espero que sí. Y en todo caso, si no tienen una explicación, al menos poder entender cuales son las reglas que lo rigen." - dije.

Todos parecieron pensar en esto.

"Si tiene reglas, puede ser manipulado, y supongo que tu esperanza es que si puede ser manipulado, aún hay una esperanza para Roberto" - dijo Alex.

"Exactamente."

"Entiendo tu motivación, Fernando. Pero hay algo que quiero dejar claro. Tú no tienes porque sentirte culpable por la desaparición de Roberto" - dijo Sebastián.

"No estoy tan seguro respecto a eso" - dije.

"Ambos eran unos mocosos, y según entiendo Roberto fue tan responsable como tú de que entren en la casa" - insistió Sebastián.

"Así es" - intervino Alex - "De hecho de alguna forma él fue el que más contribuyó para aumentar esa curiosidad de la que hablas."

"¿Cómo así?" - preguntó Tito.

La niña del malecón

Miraflores, Julio 1985

En la esquina de atrás, a la vuelta de mi casa, también había una bodega. Esta no era tan antigua como la de Don Máximo, y la dueña era una mujer muy antipática llamada Rogelia. La tienda estaba muy cerca de la casa de Roberto y en esa calle jugábamos fulbito (ese que se juega usando piedras en la pista como arcos). Era el lugar donde caíamos a comprar gaseosas después de los partidos.

Cuando terminamos de jugar ese día, ya era casi hora de almuerzo y todos se fueron a sus casas. Yo pensé en pasar por donde la Rogelia a comprar algo de tomar antes de volver a la mía.

Al fondo del local, apoyada sobre el mostrador, que estaba lleno de chocolates, galletas y un sinnúmero de golosinas, se encontraba la Rogelia, una mujer regordeta, bastante baja y siempre muy maquillada. Mano en el mentón y codo en el mostrador, podría haber estado durmiendo, si no fuera porque tenía los ojos (pintados con un fuertísimo azul brillante) un poquito abiertos y una revista Vanidades en la otra mano.

A ambos lados de la tienda, creando un pasaje, había un par de congeladores que enseñaban toda la mercadería que necesita refrigeración como helados, mantequillas y embutidos.

Acalorado y bastante sudoroso por el ejercicio, pegué un cachete contra el vidrio de uno de los congeladores y quedé en esa posición con los ojos cerrados, sintiendo cómo mi temperatura (al menos facial) bajaba poco a poco.

"No hagas eso mocoso, me estás ensuciando la luna del refrigerador" - dijo súbitamente la mujer del mostrador.

"Hola Rogelia" - respondí, pero sin mover la cara del vidrio.

"Te he dicho que no hagas eso mocoso de miércoles, ahorita voy a sacar mi escoba y te voy a moler a golpes" - amenazó la Rogelia.

Me reí, despegué la cara del vidrio y caminé hacia el mostrador.

"No te pongas así pues Rogelia. Es una refrescadita nomás." - dije riendo.

Rogelia se me quedó mirando con el ceño fruncido.

"Bueno, ¿qué vas a comprar?, porque me imagino que no has entrado sólo a refrescarte con mi refrigerador".

"No pues, claro que no. Dame una Inka bien heladita".

"Que sean dos entonces. Pero el flaco invita" - dijo una voz desde la puerta.

Era Roberto.

"Habla, compadre" - le dije mientras caminaba hacia él a saludarlo - "No viniste al fulbito."

"No, me quedé dormido. Recién salí porque mi vieja me mandó a comprar unas cosas para el almuerzo" - respondió Roberto.

Miro hacia el mostrador.

"Y de paso aprovecho para joder un rato a la Rogelia."

Los cachetes de Rogelia inmediatamente tomaron una coloración rojiza, y ambos nos reímos.

"Ya saben a quien a van joder mocosos de miércoles. A su abuela."

Tomó un respiro.

"Finalmente, ¿son una o dos Inkas?".

"Dos. Y yo las pago" - respondí.

"Bien ahí, compadre. Ese es mi flaco" – dijo mi amigo sonriendo.

Nos sentamos en los escalones al lado de la puerta de la bodega a tomar nuestras gaseosas.

"Hey Roberto."

"Dime Flaco. ¿Qué hay?"

"Nada… sólo quería saber si querías hablar un poco más acerca de la casa antigua del malecón. Tú sabes, la del día del 'loco botellas'."

Me quedó mirando un momento.

"¿Qué quieres saber?"

"Bueno, a mí me gusta mucho ese tema de las casas embrujadas, y me ha dado mucha curiosidad esa casona. No sé por qué pero me pareció que algunos del grupo como que querían zafar al toque del lugar una vez que la mencioné."

Roberto miró a ambos lados, como asegurándose que nadie estuviera cerca. Se demoró un momento en responder y cuando lo hizo bajo el tono de su voz.

"La verdad" - dijo - "a mí también me atrae mucho el tema. En algún momento le pregunté a los otros chicos del barrio si alguien sabía algo de la casa, pero nadie sabe nada a ciencia cierta. Algunos dijeron algunas cosas, pero yo creo que la mayoría son cosas que se inventaron."

"¿Cosas como qué?"

"Las típicas pues. Que alguien murió ahí, o que alguien fue asesinado, que hay almas en pena. Ese tipo de cosas. Algunos dicen que la niña del malecón sale de la casona."

"¿La niña del malecón? ¿Quién es esa?" - pregunté intrigado.

"Se supone que algunos patas de por acá la han visto. Yo creo que la mayoría simplemente repiten el cuento. Es una niña bien joven que camina sola por el malecón. Generalmente después de la hora que se oculta el sol."

"Suena a historia de terror barata" - le dije.

"Sí, lo sé, pero esto de la niña sí es verdad."

"¿Cómo sabes? - le pregunté, anticipando la respuesta.

"Porque yo la he visto" - dijo con voz aún más baja - "Yo creía que alguien se había inventado esa vaina, hasta que la vi con mis propios ojos."

"¿En serio?"

"Sí, te lo juro. Esto fue ya hace un tiempo."

"¿Y qué hiciste?"

"Zafé rapidito" - dijo - "Estaba más o menos lejos, pero se me quedó mirando, y me cagué de miedo."

"No jodas" - le dije - "¿Cómo era?"

"Tendría unos nueve o diez años, supongo. Tenía el pelo negro y muy largo, suelto. Y me pareció que era chinita."

Yo estaba honestamente sorprendido, y note que los pelos de mi cuello estaban de punta.

"No me estas hueviando, ¿no?"

"Para nada. Y quieres saber el detalle más espeluznante?"

"¿Cuál?"

158

"En una mano llevaba cargado un pequeño oso de peluche."

"Ahora sí te estás inventando esa vaina para asustarme."

"No, te juro que es cierto" - dijo, y se persignó dándose al final un beso en el dedo gordo.

Ambos nos quedamos callados. Yo imaginándome a la niña con su osito.

Después de un momento Roberto continuó.

"Algunos dicen que el hombre calvo del saco negro, el que ambos hemos visto, también sale de ahí. De la casona."

"Pero no puede ser. Ese pata no era un fantasma. Lo veía igualito como te estoy viendo a ti ahora."

"A simple vista se les ve así, pero tienes que fijarte en los detalles. Como por ejemplo cómo están vestidos."

Me puse a pensar sobre ésto, y recordé que una de las cosas que me llamó la atención es cómo estaba vestido. Era como si su ropa fuera de otro tiempo. Además habían otras cosas que habían sido raras respecto a él, como su forma de hablar.

"La verdad es que si no hubiera sido porque todos fuimos juntos, y porque no podía quedar como una gallina, no me acerco a la casa ni cagando" - dijo Roberto.

"Pucha, que alucinante. Había escuchado historias locas, pero nunca de alguien que las haya vivido directamente."

Se me ocurrió algo.

"Pero es posible que sean simplemente gente, ¿no? Tal vez sea sólo una niña y tal vez el hombre calvo sea alguien que realmente va a la casa. Ese día yo vi a alguien adentro, ¿te acuerdas?"

Roberto pareció meditar sobre esto.

"¿Quién sabe? Pero fácil que así como el 'loco botellas', tal vez otra persona sin casa se mete ahí" - dijo Roberto.

Cuando lo dijo no sonó muy convencido.

"Bueno, ya me tengo que ir porque mi vieja me va a matar. Está esperando las cosas que tengo que comprar."

Roberto entró a la bodega, hizo sus compras y se fue luego de despedirse.

Su relato me había impactado y hasta asustado, pero más que nada había picado más mi curiosidad.

Terminé mi gaseosa, pero en lugar de ir a mi casa, me dirigí casi robóticamente al malecón.

Cuando ya estaba como a una una cuadra de la casona, me detuve a mirarla desde lejos. No pude notar nada diferente a lo que inicialmente había visto.

Casi instintivamente empecé a mirar hacia ambos lados del malecón y hacia el descampado, esperando ver a la niña de la que me había hablado Roberto. Aún era temprano y faltaba mucho para que se ocultara el sol, pero supongo que los nervios me estaban venciendo.

Mi intención no había sido la de ir a la casona, sino sólo de mirarla de lejos, pero después de un rato de mirar desde allí, me sentí medio cojudo y decidí acercarme un poco más.

La verdad es que estaba algo asustado, pero finalmente decidí, con cierta resolución, cruzar hacia el lado del malecón para verla directamente de enfrente.

Mire hacia el lado del tráfico para cerciorarme que no vinieran carros. No venía ninguno, así que comencé a cruzar la pista.

No había dado dos pasos cuando me detuve en seco.

Parado en la vereda, cerca de la puerta de la casa del lado de la casona, estaba un señor ya viejo, que no hacía otra cosa que mirar directamente hacia mí.

Su cara no parecía registrar ninguna expresión en particular, pero inmediatamente paré y retrocedí a la vereda aún mirándolo.

Supuse que era el vecino, y no quería que me viera entrando a la casa y pensara que iba a hacer alguna palomillada. Así que volteé, y empecé a ir hacia mi casa. Habría caminado unos diez metros, cuando me corrió un fuerte escalofrío por todo el cuerpo, y volteé para volver a mirarlo.

"Saco marrón y pantalones blancos" - pensé mientras giraba.

Ya no estaba allí.

Había pasado algo de tiempo y mi memoria me podría estar jugando una mala pasada, pero en ese momento podría haber jurado que era el mismo viejito que vi en San Borja en más de una oportunidad.

Sin darme cuenta ya estaba trotando en vez de caminar, alejándome de la casona.

"Esa fue la primera vez que viste al viejo luego de San Borja" - preguntó Tito.

"Sí. Recuerdo haber pensado que debía tratarse de una coincidencia, o que era el vecino de la casa del lado que era muy parecido, o cosas así. Pero ni yo mismo me creía esas cosas"

"¿Y cómo te afectó eso?"

"El aceptar haber visto al anciano de San Borja, ahora aquí en Miraflores, me obligaba a aceptar que esto no se trataba de algo normal o que era simplemente mi imaginación jugándome malas pasadas" - respondí.

"Sí pues" - dijo Alex - "Simplemente no había posibilidad que esta misma persona también esté por allí, que aparezca y desaparezca en un abrir y cerrar de ojos, y que eso sea algo normal."

"Exactamente. Era eso, o es simplemente que me estaba volviendo loco."

"Claro. Pero había un elemento nuevo que supongo que Fernando debió haber considerado y que le daba una nueva dimensión a todo" - dijo Sebastián.

"¿Cuál? - preguntó Tito.

"Que Roberto también vio a algunos de estos personajes" - respondió Sebastián.

"Exactamente. Y eso haría que hagamos nuestro grupo de dos respecto al tema. Se creó un lazo en común, que sólo nosotros compartíamos y que nadie más entendía."

Hubo un silencio. Todos parecieron contemplar lo que se estaba diciendo y entender un poco mejor la situación. Dos jóvenes con experiencias similares, y por ende con un interés común.

Tito se paró y fue por otra cerveza. La destapó y regresó a su asiento, donde tomó un largo sorbo.

"Imagino que lo que sigue es que decidieron entrar juntos a la casona" - dijo.

"Sí, pero sin embargo eso no sucedió inmediatamente. Tratamos una vez más de apelar a la lógica."

"Se podría decir que en algún nivel estaban tratando de evitar entrar a la casa, buscando encontrar una explicación usando medios convencionales" - dijo Alex. Me pareció que su conclusión era bastante cercana a lo que sentía en ese momento.

"¿Qué fue lo que hicieron?" - preguntó Tito.

"Algo que eventualmente nos llevaría a terminar hablando nuevamente con Don Máximo y su mamá."

El profesor Almenara

Miraflores, Julio 1985

El día lunes siguiente, como a media mañana, tomamos un micro de la línea 10 con destino al centro de Miraflores. Mi intención era ir a buscar información sobre la casa del malecón a la biblioteca pública. Luego de haber visto al anciano del saco marrón, había buscado a Roberto para contarle lo sucedido. Conversamos buen rato acerca del tema, y obviamente terminé contándole las historias de San Borja.

Roberto estaba fascinado con el asunto y fue él que propuso que tratáramos de encontrar información sobre la casa, que de confirmar que algo malo había pasado ahí, explicaría muchas cosas.

Al llegar al lugar, nuestra sorpresa fue que no podíamos sacar libros si es que no teníamos un carnet de la biblioteca, o al menos un documento de identidad. No teníamos ninguna de las dos cosas, y siendo menores de edad, para sacar un carnet hubiéramos tenido que ir con uno de nuestros padres.

Esto se podía arreglar, pero por el momento nuestros planes del día fueron truncados.

Estábamos caminando de regreso a Pardo, desilusionados y con la intención de tomar un micro de regreso a casa, cuando se me ocurrió una idea.

Nuestro colegio (que estaba a la vuelta de la esquina) también tenía una biblioteca, y allí nos conocían al ser alumnos y al menos nos dejarían sacar libros en la sala de lectura.

No sabíamos si el colegio estaba abierto en vacaciones. Aún faltaba una semana para que terminen. Pero nada perdíamos con chequear.

Para nuestra sorpresa, las puertas de la entrada principal estaban abiertas de par en par.

Llegamos hasta al patio de la zona administrativa y cuando estábamos por entrar al pasaje que llevaba al patio principal escuché que alguien nos llamaba.

Para nuestra sorpresa era 'Pichuquín', uno de los conserjes del colegio.

"Hola Pichuquín. Soy Fernando Rojas. ¿Te acuerdas de mí?"

Se me quedó mirando un momento, y finalmente dijo - "Ah sí colorao, si me pareces cara conocida. Y a este otro (dijo mirando a Roberto) también lo he visto. Pero tú aún estás en el lado de primaria, ¿no?"

"No, este año justo pase al colegio grande" - le dije con cierto orgullo.

"Ajá. ¿Y qué necesitan hoy? ¿Qué hacen aquí en vacaciones?"

"Veníamos porque queríamos ver si la biblioteca estaba abierta".

"No, no está abierta"

Supongo que debe haber visto mi cara de desilusión, porque inmediatamente agregó - "Yo tengo la llave para cuando los profesores necesitan algún libro, pero no puedo abrirla salvo que uno de ellos lo autorice. Algunos de ellos están trabajando en los salones."

Esto último me causó sorpresa. No tenía idea que los profesores fueran al colegio en vacaciones.

"Entonces, ¿podemos entrar a buscar a alguno?"

"Sí, pero derechito a los salones. No vayan a hacer ninguna travesura."

Llegamos al patio central y pudimos ver que la mayoría de puertas de los salones del primer piso estaban cerradas, pero desde donde estábamos se veían al menos dos que sí estaban abiertas.

Nos dirigimos a la más cercana.

Desde fuera vimos a un profesor que estaba dando clase a cuatro alumnos, que por su pinta seguro debían estar en uno de los últimos años de secundaria. La pizarra estaba llena de gráficas y números.

Cruzamos hacia el otro lado y fuimos a la siguiente puerta abierta. Sin ponernos frente al dintel, miramos hacia adentro. En este salón no había alumnos, sino sólo un profesor con un libro abierto sobre el pupitre, y que tomaba notas.

Con poca seguridad me animé a dar un par de golpecitos en el borde de la puerta.

El profesor volteó a mirar y aparentemente no nos vio de forma inmediata.

"¿Quién anda ahí?"

"Buenos días, profesor" - dije, por fin parándome en el marco de la puerta.

"Buenos días. Adelante."

Entramos al salón y nos dirigimos a su escritorio.

"¿Qué puedo hacer por ustedes?" - preguntó.

"Mi nombre es Fernando Rojas, y este es mi compañero Roberto Rivas. Somos alumnos del colegio. Pichuquin, el conserje, nos dijo que tal vez uno de los profesores nos podría ayudar."

Su rostro mostró cierta desaprobación, pero con el esbozo de una sonrisa.

"Supongo que por Pichuquín, te estás refiriendo al Sr. Morales. No es de muy buena educación referirse a las personas por sobrenombres."

"Disculpe. La verdad es que no sabía cuál era su verdadero nombre" - dije.

Inmediatamente pensé que con eso último no estaba ayudando a mi defensa.

El profesor sonrió.

"Bueno, no hay problema. Ahora ya lo saben ¿Y con qué es que necesitan ayuda?"

"Queríamos saber si es que usted lo podría autorizar a abrir la biblioteca para nosotros."

"Eso en realidad no va a ser muy útil un dia como hoy. La bibliotecaria no está allí. ¿Qué libro es el que están buscando?"

"No es un libro en particular. Pero suponemos que debe ser uno de historia" - dijo Roberto.

"Ajá, tenemos aquí unos amantes de la historia" - dijo con emoción, y agregó - "Bueno, a decir verdad tenemos tres porque yo también soy un amante de la misma."

"¿Es usted profesor de historia?"

"No. Bueno, en todo caso, hace mucho que no. Ahora enseño Filosofía. Pero dónde están mis modales. Ustedes me han dicho sus nombres, pero yo no me he presentado. Soy el Profesor Augusto Almenara, para servirlos" - dijo mientras extendía la mano.

Ambos respondimos el saludo.

El profesor Almenara, que yo pensé estaría en sus cuarenta y tantos años, era un hombre pequeño. Viéndolo sentado, calculé que no pasaría del metro sesenta y cinco. Usaba un bigote corto, bastante bien arreglado, y vestía un saco sport con rayas que hacía juego con una gorra plana que le daba un aspecto casi detectivesco."

"¿Y cuál es el tema o periodo histórico de su interés?"

"En este caso en particular, nuestro interés es por la historia de Miraflores. Nos gustaría saber un poco sobre las casas antiguas de la zona del malecón."

"Interesante tema. La fundación del distrito se remonta a mediados del siglo pasado, y si bien es cierto algunas construcciones reconocibles como la Bajada Balta son de comienzos de este siglo, la mayoría de casas de hoy en día, salvo las más antiguas, fueron construidas después de los 40s. Hay casonas antiguas y otras consideradas históricas, claro. ¿Tienen alguna en mente?"

"Bueno, sí, pero no creo que sea una casa reconocible históricamente. Esta casa más bien está abandonada, y en muy mal estado" - respondí sin querer dar mucha más información.

"¿Y en qué parte del malecón esta casa abandonada?"

"En Santa Cruz. Cerca al último óvalo de Pardo."

"Las casas de esa zona como dije no deben ser tan antiguas. Tal vez una que otra sí lo sean. No creo que pueda ayudarles mucho con esto. Y para serles honesto, no creo que vayan a encontrar nada en la biblioteca tampoco. Si quieren información específica sobre una casa, lo más probable es que sólo los pueda ayudar la municipalidad. Pero algo me dice que no es información predial la que están buscando" - dijo de manera inquisitiva.

"¿Predial?" - pregunté.

Nunca había escuchado el término.

"Se refiere a información sobre el terreno o el edificio construido en un terreno. Su valor, dimensiones, etc. Generalmente los municipios lo usan para calcular los impuestos que deben pagar los propietarios."

"Ah, okay. Tiene razón, no es esa la información que buscamos" - dije un poco decepcionado.

"¿Me equivocaría al decir que lo que estás buscando es información sobre mitos y leyendas urbanas?"

"Así es profesor. Es más eso lo que estamos buscando" - dijo Roberto.

"Bueno, si ese es el caso, definitivamente no es mi especialidad. De hecho, me podría considerar un escéptico y no entretengo mucho esas nociones. Sin embargo debo aceptar que en una época me interesé por lo oculto, más como un hobby que otra cosa, y decidí que era mejor no ahondar mucho en ese terreno."

"¿Por qué no?" - pregunté.

"Porque a pesar de mi escepticismo, me di cuenta que hay cosas que no vale la pena... ¿cómo llamarlo? Hurgar, ahondar tal vez. Hay ciertas cosas que es mejor dejar y no tocar."

"Y hay algo que nos pueda decir respecto a los lugares donde la gente dice que hay, usted sabe, almas que penan?"

Pareció dudar en dar una respuesta, pero finalmente nos dio algo.

"Una de las cosas que encontré leyendo sobre varias historias de estas casas, tanto en Lima como en provincias, es que hay lugares que tienen lo que la gente suele llamar una 'energía negativa'. Por decirlo de una manera simple, estos lugares se supone que están conectados con algo físico, algo tangible, pero que según las historias le da poder a algo que está fuera de nuestra comprensión y que la gente llama sobrenatural."

"¿Algo físico?" - pregunté.

"Sí. Objetos de poder. No necesariamente un cadáver, pero tal vez una cosa que era importante para alguien" - respondió.

Tanto Roberto como yo nos quedamos callados, esperando que siga hablando.

"Pero no quiero confundirlos con zonas negativas y objetos de poder. La mayoría del tiempo, lo que la gente cuenta en relación a ese tipo de cosas, es más folklore o historias para asustar a los niños, y bueno también a algunos adultos" - dijo esto riendo.

"Eso imagine" - respondí - "La verdad es que mi interés en esto nace más de simple curiosidad, pero tampoco creo que las historias que se cuentan sean del todo ciertas. Tal vez muchas veces las leyendas empiezan de algún hecho real que ha sido deformado y adornado en el tiempo."

El profesor Almenara sonrió.

"Me gusta tu forma de pensar Fernando. Lo que dices es cierto. Muchas veces hay un trasfondo real en cosas de este tipo. Además hasta las cosas que hoy están fuera de nuestra comprensión, en algún momento la ciencia podría encontrarles una explicación."

"Sí pues. Por eso es que queríamos encontrar información de la casa. Usted sabe, para ver si por ejemplo algo notable sucedió en ella y por eso la gente habla cosas raras de ella." - dije.

"Si quieren seguir en esa línea de investigación, sospecho que sus mejores opciones serían o consultar con archivos de periódicos para ver si encuentran noticias relacionadas a la casa en cuestión, o probablemente ver si gente en la zona, especialmente gente de bastante edad, recuerda algo sobre la casa."

Pensé un momento en lo que había dicho, e inmediatamente supe con quien teníamos que hablar.

"Muchas gracias profe" - dije - "Esa es una excelente idea."

A lo cual él respondió con un guiño de ojo.

Nos despedimos, y él volvió inmediatamente a su trabajo con el libro que leía.

Salimos del colegio, tomamos el micro y nos dirigimos de frente a la tienda de Don Máximo.

"No creo que haya sabido de antes que fueron al colegio a hablar con el Profe Almenara" - dijo Alex.

"Es probable que nunca lo haya mencionado. En realidad él fue relevante sólo en el sentido que nos apuntó con su consejo, a hablar con Don Máximo y su mamá. Si había alguien en ese barrio que podía saber toda la historia de la urbanización era esa señora."

"Sí pues, la tía estaba tan vieja que estaba lista para una película de terror japonesa" - dijo Alex bromeando.

Tito y yo nos reímos.

Sebastian, que estaba en modo profesional, se mantuvo serio, y le dio una mirada a sus notas.

"Si no me equivoco esa fue la primera vez que el tema de los secuestros de niños fue escuchado por ustedes, ¿correcto?"

"Sí, hasta donde yo recuerdo, así es" - respondí.

"¿Qué fue exactamente lo que dijo la señora? - preguntó Tito.

"Un montón de cosas" - respondí.

Don Máximo y su mamá

Miraflores, Julio 1985

El microbús nos dejó en la misma esquina donde estaba la tienda de Don Máximo. Durante el viaje, habíamos venido conversando, bastante entusiasmados, de las diferentes preguntas que podíamos hacerle a la señora. Pero cuando llegamos allí, todo lo que antes sonaba lógico e interesante, ahora se sentía simplemente jalado por los pelos.

Con bastantes dudas, y con la idea de ir midiendo la situación paso a paso, nos acercamos a la reja de la bodega. Vimos que Don Máximo estaba solo. A la señora no se le veía por ningún lado.

Apenas él nos vio, nos saludó de la manera habitual.
"Hola muchachos. ¿Qué necesitan?"
"Buenas, Don Máximo. En realidad veníamos a conversar con usted y su mamá si es que tiene un tiempo y no es molestia."
"Mi mamá está durmiendo" - respondió - "¿De qué es lo que quieren conversar?
"Queríamos saber un poco acerca de la historia del barrio. Me parece que ustedes han vivido por aquí hace mucho tiempo" - dije.
No respondió inmediatamente.
Nos quedó mirando un momento con curiosidad, como tratando de descifrar algo.
"No será acerca del hombre del que viniste a hacer preguntas el otro dia, ¿no? " - me dijo.
"No realmente" - dije.

Me pareció que mi respuesta no había sonado muy convincente.

Don Máximo me miró directamente a los ojos. No podía estar seguro de esto, pero sentí que estaba tratando de tomar una decisión.

Yo puse la cara más inocente que pude, y traté de evitar hacer contacto visual con él. Miré a Roberto, y él estaba mirando hacia un lado, supongo que tratando de hacer lo mismo.

"Denme un momento" - dijo finalmente Don Máximo.

Se levantó, y caminó hacia la parte de atrás de la bodega, donde lo perdí de vista.

"¿Tú qué crees?" - me dijo Roberto.

"No sé" - le respondí honestamente.

"¿Qué crees que esté haciendo allá adentro?"

"No tengo ni idea."

Roberto estaba claramente nervioso. Y yo también. Pero la razón por la que estábamos ahí era porque queríamos conversar con ellos, así que solamente quedaba esperar.

Pasaron un par de minutos y oímos el ruido de una puerta de metal abrirse en la calle del lado.

Nos acercamos a la esquina, y allí estaba Don Máximo, parado al lado de una puerta abierta. Supuse que se trataba de la entrada trasera de la tienda.

"Vengan por aquí" - dijo señalando hacia adentro.

Ambos entramos y nos encontramos en un patio trasero techado, que parecía ser usado como almacén. Había cajas de diferentes productos apiladas en todas las paredes. Don Máximo cerró la puerta de metal, y el sonido que hizo la misma me provocó una sensación rara en la boca del estómago.

Don Máximo caminó hacia una de las rumas, y levantó una caja.

"Ustedes que están bien jóvenes… ¿Supongo que pueden cargar algunas cajas pesadas?"

"Claro que sí" - dijo Roberto.

Caminó hacia las cajas y levantó una.

Lo seguí e hice lo mismo.

Seguimos a Don Máximo por una puerta que llevaba a la tienda, y estuvimos moviendo por buen rato varias cajas de diferentes cosas, siguiendo sus instrucciones.

Cuando acabamos nos invitó a sentarnos en unas sillas que estaban en la parte de atrás de la tienda.

Fue a una de los refrigeradores y regresó con unas gaseosas heladas, las que nos entregó destapadas y se sentó frente a nosotros.

"Gracias por su ayuda. Supongo que se han ganado un rato de mi tiempo - dijo - "Ahora díganme, ¿Qué cosa es exactamente lo que quieren saber?"

Al menos la primera pregunta si la tenía bastante clara.

"¿Hace cuanto tiempo que vive aquí?"

"Toda mi vida. Mis abuelos llegaron de Japón al comienzo del siglo y con el dinero que trajeron, abrieron esta bodega. Luego compraron el terreno de atrás y construyeron su casa, la cual se conecta con la tienda. Allí nací yo, al igual que mi mamá."

"¿Y ya habían muchas casas por aquí? - preguntó Roberto.

"Según entiendo en esa época había muy pocas casas en esta zona. De hecho cuando yo era niño, mucho después de eso, aún había pocas casas, al menos en relación al número que hay hoy en día."

"¿Y ya habían casas en el malecón? - pregunté.

Nuevamente sentí la mirada inquisitiva de Don Máximo sobre mí. Sus ojos tratando de encontrar algo en los míos.

"Sí, algunas. Pero también pocas y por lo general muy grandes. Muchos de los edificios y casas más modernas que hay ahora, se construyeron en terrenos que antes eran de esas casas antiguas."

Noté que en una de las paredes, había una sección sin estanteria. En ella habia un cuadro del Sagrado Corazón, con una vela artificial, e inmediatamente debajo, una foto de una pareja joven en blanco y negro. Ella oriental, pero el hombre no.

"Esa pareja" - pregunte señalando la foto - "¿Son sus abuelos?"

"No" - respondió Don Máximo - "Son mis padres. Esa foto debe ser de unos años antes de que yo naciera. Cuando tenian poco tiempo de casados. Mi papá murió hace unos años."

Me paré y me acerqué para mirarla más de cerca. Él estaba sonriendo, pero ella no. Detrás de ellos estaba la parte delantera de la tienda. Básicamente igual, pero sin el letrero luminoso sobre la puerta, y sin la reja de seguridad.

"¿Tiene más fotos de esa época?" - pregunté.

"Claro. Tengo varios álbumes. Pero aquí en la sala de la casa hay una pared con algunos cuadros de la familia."

Se paró y caminó hacia la puerta de atrás.

"Vengan conmigo."

Cruzamos el almacén hacia otra puerta.

La habitación en la que entramos ya no se veía para nada como una tienda, sino como la sala de una casa cualquiera.

En la esquina opuesta, al final de una pared con algunas fotos enmarcadas, estaba la mamá de Don Máximo, postrada en su silla de ruedas.

Era imposible decir si estaba despierta o dormida.

"Esas son las fotos" - dijo Don Máximo, bajando el tono de voz.

Me quedé parado allí, sin animarme a acercarme. Roberto, sin decir nada, caminó rápida y directamente hacia una de las fotos.

"¿Roberto?" - lo llamé tratando de no hablar muy fuerte.

No hubo respuesta. Siguió mirando el mismo cuadro.

Caminé hacia él y me paré a su lado. Las fotos eran todas muy antiguas. En la foto que miraba Roberto había dos niñas idénticas, vestidas y peinadas iguales, agarradas de la mano y sonriendo para la cámara. Calculé que tendrían unos nueve o diez años a lo mucho.

Miré a Roberto, quien estaba rígido y con el rostro pálido. Me miró fijamente con ojos exageradamente abiertos, y movió los ojos hacia la foto, como indicando que había algo importante en ella.

Entendí la razón de su sorpresa cuando noté que una de las niñas llevaba colgando de su mano libre un osito de peluche.

Un escalofrío me recorrió el cuerpo.

"¿Quiénes son las niñas de esta foto?" - pregunté sin dejar de mirarlas.

"Mi hermana Isabel y yo" - dijo una voz femenina en un tono muy bajo, casi como un susurro.

Ambos volteamos al unísono.

La mamá de Don Máximo nos miraba. Sus ojos estaban más abiertos que de costumbre, y podía ver (y casi sentir) la intensidad de su mirada.

Pensé en saludarla o en decir algo para romper el incómodo silencio, pero las palabras no llegaban a mi boca. Era como si tuviera algo atravesado en la garganta.

"Eso es lo que querían ver. ¿No es cierto? - dijo de pronto Don Máximo - "¿Eso es lo que buscaban?"

Ni Roberto ni yo dijimos nada.

De pronto lo único que quería era irme de ahí lo más rápido posible.

La señora volteó a mirar a su hijo y le hizo un ademán con la mano.

Don Máximo se acercó a ella, inclinándose.

Otro susurro, pero ahora ininteligible.

"Vinieron a hacer preguntas" - respondió Don Máximo.

Nos miró y volvió a hablarle a su mamá.

"Me parece que ellos pueden ver."

Otro susurro.

"Tomen asiento" - dijo Don Máximo.

Señaló hacia uno de los sofás.

"Mi madre quiere hablar con ustedes."

"La conversación fue larga y muy triste. La mayoría del tiempo el que habló fue Don Máximo, pero la señora, quien supimos que se llamaba Emilia, también nos dijo algunas cosas directamente." - dije.

"Danos el resumen. Algunos detalles podrían ser importantes" - dijo Sebastián.

Me preparé mentalmente para el relato.

Como la mayoría de cosas respecto a mis experiencias de chico, la última vez que las había contado fue hacía décadas.

"Cuando Doña Emilia y su hermana Isabel eran aún niñas, algunos niños desaparecieron en diferentes zonas de Miraflores, pero todas cercanas o relativamente cercanas a la zona del comienzo de la Avenida del Ejército y el malecón. Los cuerpos no eran encontrados, y la labor policial en esas épocas era aparentemente bastante limitada o en todo caso muy poco efectiva. Miraflores era en general una zona tranquila, donde ya vivían muchas familias de dinero, pero los niños que desaparecieron pertenecían solamente a familias humildes."

"Lo cual es triste decir" - dijo Sebastian - "Pero probablemente contribuyó a que la labor policial no sea tan profunda y que además tengan muy poca cobertura por parte de la prensa. Encontré algunas menciones en algunos archivos, pero los casos nunca tuvieron mucha luz."

Era una conclusión deprimente, pero bastante realista.

"Estas desapariciones sucedieron en un lapso de casi una década. Y cada una con espacio de más o menos un par de años. Lo cual amortiguó, por decirlo de alguna forma, su efecto en la comunidad. La última de ellas fue la de Isabel, la hermana de Doña Emilia."

"¿Saben cómo sucedió? - preguntó Tito.
"La señora no entró en mucho detalle al respecto. Por lo que entendí, fue en un día como cualquier otro. Los niños habían salido a jugar por el barrio, y en un momento se dieron cuenta que Isabel no estaba. Regresaron a sus casas, y los papás, los vecinos y eventualmente la policía buscaron por semanas, avisos se pusieron por meses, y nadie más supo nunca de ella."
"¿Y nunca hubieron al menos sospechosos?" - preguntó Tito.
"Sí, y aquí es donde entra el hombre calvo" - dijo Alex.

"La casona del malecón de la que nos han hablado, ha estado allí desde el siglo pasado. Fue una de las primeras casas en esta zona. Y desde que se terminó de construir ha estado plagada de desgracias" - dijo Don Máximo.
"¿Qué desgracias?" - pregunté.
"La familia que la construyó, era de algún lugar de Europa. Uno de los países nórdicos. Noruega si no me equivoco. Se apellidaban Polmsen y tenían un hijo, Max, que vino con ellos cuando se establecieron, pero que regresó a su país cuando llegó a edad universitaria. No se le volvió a ver hasta que los padres murieron unos años después en un accidente."
"¿Y Max nunca vino de visita en sus vacaciones o en fiestas?" - preguntó Roberto.
"En esa época los viajes entre Europa y América se hacían en barco, y tomaban un largo tiempo" - respondió Don Máximo.

Doña Emilia le dijo algo.

"Parece que la madre fue alguna vez para allá en ese tiempo, pero el padre siempre estuvo aquí, ocupándose de su negocio."

"¿Y sabe cómo fue el accidente de los padres?" - pregunté.

"Sabemos que fue un accidente de automóvil, mientras viajaban a provincias. Se salieron de la carretera y cayeron por un acantilado. Eso es algo que mi mamá me contó que fue muy sonado a nivel del barrio. Tienen que recordar que esto era aún casi un pueblo y todos se conocían."

"¿Y dijo que ahí fue cuando volvió Max, el hijo?" - pregunté.

"Sí" - dijo Don Máximo - "Y unos meses después fue que empezaron las desapariciones."

"¿Y nadie hizo la conexión entre una cosa y otra? - preguntó Tito.

"Esa fue la misma pregunta que les hicimos nosotros" - respondí.

"¿Y cuál fue la respuesta?"

"Que sí. Que habían rumores, pero que al final las autoridades nunca los tomaron en serio o nunca se atrevieron a hacer nada. Max Polmsen, aunque joven, en ese momento ya estaba a cargo de la empresa de los padres, vivía en una mansión y sólo con habladurías, era difícil que alguien hiciera nada."

Sebastián tomó la palabra.

"Toda esta parte de la historia, ya la tenemos más clara pues luego de los eventos de la casa del malecón y la desaparición de Roberto, yo tuve mucho tiempo para indagar más sobre los secuestros y la historia detrás de ellos. Todo esto gracias a mis fuentes policiales, y también por otra fuente fortuita y cercana, de la que ya hablaremos más adelante. Estoy seguro que la información que voy a dar hoy, ni Alex ni Fernando la conocen."

"¿Por qué no?" - preguntó Tito.

"Por que luego de los eventos en los ochentas, realmente no había una razón para usarla, más allá de para satisfacer mi curiosidad profesional, y un contexto digamos histórico a algo que cambió mi forma de ver la vida de manera definitiva."

Abrió uno de sus folders, y se puso sus lentes de lectura.

"La cronología es más o menos así: Max Polmsen llegó a Lima para tomar posesión de su herencia y establecerse aquí, alrededor de 1907, y tendría poco más de veinte años. El primer niño desapareció en 1908. Y el último, Isabel, en 1918. Para esa época, familia de plata o no, ya las habladurías eran muchas, y Max decidio irse del país, aparentemente de regreso a Europa."

"Y supongo que vas a decir que las desapariciones de niños no ocurrieron más" - dijo Tito.

Sebastián asintió.

Todos permanecimos callados. Realmente no había nada que decir.

Pude notar la cólera en el rostro de Tito. La misma que todos sentimos, y que con el tiempo se convirtió en frustración, hasta que la neblina del tiempo se encargó de taparla, pero que ahora nuevamente estaba emergiendo.

"El problema es que, me imagino, la historia no acaba allí" - dijo Alex.

"Así es. Max Polmsen regreso a Lima a finales de la década de los treintas" - dijo Sebastián.

"Y Don Máximo y su mamá tuvieron algo que decir al respecto" - dije yo.

El tiempo con Don Máximo y su mamá había pasado rápidamente. Calculé que ya teníamos cerca de dos horas hablando con ellos.

Solamente habíamos sido interrumpidos por un par de personas que vinieron a comprar, y una vez que Don Máximo trajo algo de tomar para su mamá junto con una medicina que le tocaba a esa hora.

Roberto y yo escuchábamos atentamente. La señora había hablado muy poco y siempre para agregar o corregir algo que su hijo decía. Verla luego de que nos habían contado la historia de las desapariciones, y en particular la de Isabel, era como ver a la imagen misma de la miseria.

"¿Y algo ocurrió en el barrio en ese tiempo, luego que Max se fue? - pregunté.

"No. Los años siguientes fueron años tranquilos en la zona"

"¿Y qué pasó con la casa?"

"Quedó deshabitada. Pero había gente que se encargaba de su mantenimiento. El jardín exterior siempre estaba cuidado, y había gente que la limpiaba. Incluso la pintaron por fuera un par de veces. La última vez fue poco antes que Max volviera. Yo era un niño en esa época."

"¿Y cómo fue su regreso?" - preguntó Roberto.

"Volvió solo, tal como se fue. Nadie más vivía en la casa con él. Eso no ayudó mucho a que la gente pudiera cambiar su opinión de él o pararan las habladurías. En esas épocas era raro que un hombre maduro no fuera casado, y que no tuviera una familia. Además aparentaba más edad, pues cuando regresó ya había perdido casi todo el pelo." - dijo Don Máximo.

Roberto y yo nos miramos rápidamente. Toda la historia empezaba a tomar forma.

En ese momento Doña Emilia le dijo algo más a su hijo.

"Mi mamá recuerda que los ánimos en el barrio estaban caldeados. La mayoría de gente de por aquí todavía recordaba las cosas que habían sucedido antes, y muchos aún lo miraban con desconfianza. Todos los niños de la zona habían sido advertidos por sus padres de no acercarse a la casa y no acercarse a él de ninguna manera."

"Y después de su regreso, ¿sucedió algo más? - preguntó Roberto.

"Si preguntas por niños que desaparezcan, no. Pero, las cosas se pusieron muy tensas pues varios niños les habían contado a sus padres que él se les había acercado a hablarles, incluso a veces les ofrecía dulces. Hubo un incidente en el que uno de los papás de por acá, justo pasó manejando por el lugar donde Max le estaba hablando a su hija menor. Paró y lo confrontó, increpandolo y diciéndole que no quería verlo cerca de su hija o de ningún otro niño del barrio."

"¿Y usted recuerda bien a Max?" - pregunté.

"Claro. Desde el incidente con el papá de la niña, se le empezó a ver menos por el barrio, pero siguió viviendo en la casa. A lo largo de los años siguientes vino a comprar a la tienda algunas veces. Yo estaba aquí de vez en cuando, ayudando, sobre todo los fines de semana. Nunca voy a olvidar una oportunidad en la que mi papá estaba ocupado, y llegó Max Polmsen, así que me acerqué a atenderlo. Yo tendría más o menos la edad que tienen ustedes. Tenía una forma particular de hablar, con un acento, y era muy bien parecido. Siempre vestía de oscuro y a pesar de usar ropa casual se le veía elegante. Es difícil de explicar, pero inspiraba confianza. Pero su mirada... no, no su mirada, su forma de mirarme, era rara.

    Lo estaba atendiendo cuando de pronto escuché un grito de mi padre llamándome, diciéndome que me alejara del mostrador. Mi papá se acercó, ni se disculpó con él, y le preguntó qué quería de forma cortante. Le dio sus cosas y Max se fue mirándonos con esa mirada rara que tenía.

    Luego mi papá me preguntó si me había dicho algo. Le dije que sólo me había preguntado mi nombre. Me dijo que no quería que nunca más hablará con él, ni en la tienda ni en ningún lugar."

    Cuando Don Máximo terminó su relato, sentí que era momento de que me abriera más con ellos.

    Les conté sobre mi encuentro con Max, al que yo llamaba 'el hombre calvo' y cómo todo lo que estaba diciendo coincidía con su descripción, así como el hecho que haya tenido un acento extranjero y que me haya dicho que me iba a invitar algo al llegar a su casa.

    Roberto también comentó que él lo había visto y era definitivamente la misma persona.

    "Hacía tiempo que no escuchábamos a alguien hablar de él, pero ustedes no son los únicos que lo han visto" - dijo Don Máximo.

"Pero la persona que nosotros hemos visto tendría máximo unos cincuenta años. El hombre del que están hablando ustedes a estas alturas tendría como noventa" - dije.

Por un momento se hizo completamente el silencio en la habitación, y fui consciente de todos los sonidos que habían. El ruido del tráfico de la avenida, el tic tac de un reloj de pared, y la respiración de la señora. Era casi como un resoplido.

"Max Polmsen murió en el año 1945" - dijo Don Máximo.

La verdad es que la afirmación no me sorprendió tanto. De alguna forma era algo que ya sabíamos y esperábamos.

La única realización importante para mí en ese momento fue el confirmar que podía ver gente muerta. Lo cual ya sospechaba hace mucho tiempo.

"¿Cómo murió? - preguntó Roberto.

"Todo eso fue bastante confuso" - dijo Don Máximo - "Se supone que la versión oficial es que se suicidó colgándose de la parte superior de la escalera de su casa."

"¿Por qué fue confuso?" - pregunté - "¿Qué fue lo otro que dijeron?"

"Que alguien lo mató en la casa, y que montaron todo para que parezca un suicidio. Alguien de por aquí supuestamente habló con un amigo policía que había tenido acceso a información de lo que habían visto dentro de la casa y habían cosas que no cuadraban. Como que habían detalles que indicaban que podría haber habido una pelea dentro de la casa.

Aparentemente era habitual que no fuera a la empresa por días o semanas. O sea que nadie sospechó que le hubiera pasado nada por algún tiempo.

Me parece que la persona que hacía la limpieza de la casa, luego de haber ido un par de veces en un buen lapso de tiempo, y que nadie le abriera la puerta, finalmente fue a la empresa, y la empresa al ver que no abría ni contestaba el teléfono, llamó a la policía. Cuando lo encontraron el cuerpo ya estaba en muy mal estado."

Luego de un momento de silencio, Don Máximo dijo que había otra cosa más.

"¿Qué cosa?" - pregunté.

"Podrían ser habladurías, pero los rumores fueron que el policía dijo que encontraron un cuarto en el segundo piso que tenía llave desde fuera, no tenía ventanas, y que podría haber sido usado para tener a alguien encerrado."

En ese momento por segunda vez, escuchamos la voz susurrante de la señora, lo suficientemente alta como para entenderla claramente.

"Lima es una ciudad de corazón oscuro."

Sebastian pidió un break y dijo que necesitaba un minuto. Sin decir nada más, bajó por la escalera externa y caminó hasta la arena de la playa.

"¿Qué tiene?" - me preguntó Alex.

"No lo sé. Esta medio raro" - respondí.

"Debe estar cansado como todos. Aprovechemos para comer algo" - dijo Tito.

Luego de todas las narraciones y conversaciones definitivamente necesitábamos un respiro. Así que Alex fue a la cocina a traer las carnes para la parrilla que serían nuestra cena.

Tito abrió una cerveza y se paró al borde del balcón, mirando hacia la playa casi desierta.

Abrí una cerveza para mí, y me paré a su lado, en silencio, también mirando hacia al mar.

"Todo esto está rompiéndome el cerebro" - dijo Tito.

"Bienvenido al club" - respondí sonriendo.

El también sonrió, moviendo la cabeza de lado a lado.

"Pero en tu caso tú lo has estado experimentando toda tu vida."

"Cierto. Pero eso no lo hace más fácil. Por mucho tiempo traté de pensar, es más, de convencerme a mí mismo que se trataba de algo con una explicación racional. El comprobar poco a poco que no era así, siempre fue difícil. Si no fuera por gente como Roberto que también podía ver, o Don Pedro más recientemente, hubiera terminado pensando que estaba loco."

"Oye" - me dijo de pronto -"Estaba pensando en algo."

"¿En qué?"

"Lo que dijo Doña Emilia, eso de que Lima es una ciudad con corazón oscuro o algo así, ¿no es muy parecido a lo que te dijo tu papá que tu mamá siempre decía? - dijo Tito.

"Se nota que has estado prestando atención" - le respondí - "Así es. Usó exactamente las mismas palabras."

"¿Y crees que haya sido una coincidencia?"

Estaba a punto de responder cuando Alex regresó.

"¿Qué cosa fue una coincidencia?" - preguntó Alex.

"Tito se dio cuenta que las palabras de Doña Emilia para referirse a Lima eran las mismas que usaba mi mamá."

"La ciudad de corazón oscuro" - dijo Alex, mientras prendía la parrilla.

"¿Saben que esa frase fue la razón que me hizo decidir que tenía que entrar a la casa?" - les dije.

"¿Por qué fue una frase de tu mamá?" - dijo Alex.

"Exacto. Lo interpreté como una señal. Un mensaje" - dije con cierta nostalgia.

Pude ver en sus caras que de alguna forma me entendían.

"Bueno, yo no soy el detective aquí. Pero aquí tengo mis notas, y esa no fue la única coincidencia" - dijo Alex - "Y hablando de detectives, Sebastián aún no regresa."

"Déjame llamarlo."

Me acerqué al balcón y lo llamé. Sebastián caminó de regreso y subió las escaleras. Aún había algo en su cara que no podía descifrar.

"¿Todo bien?" - le pregunté.

"Sí, claro. Todo bien".

"Bueno, aquí Alex dice que tiene varias notas con cosas que ha notado. Una lista de coincidencias" - dijo Tito.

"A ver ilústranos Sherlock" - dije bromeando.

Alex abrió su bloc de notas.

"La primera coincidencia no es tan exacta, y podría ser simplemente por la forma en la que hablan las personas de edad, pero lo que contó Tito de la viejita del edificio de San Borja, que había dicho que hay 'zonas con maldad, que atraen gente mala', es básicamente lo mismo que Don

Máximo y Doña Emilia te dijeron la primera vez que les hablaste del hombre calvo."

"Es verdad" - dije - "¿Qué más tienes?"

"Don Pedro, entre todos los visitantes del almacén de muebles, también vio una niña."

"Es correcto, lo de la niña es una fuerte coincidencia" - dijo Tito.

"¿Quién es Don Pedro? - preguntó Sebastián.

"Una de las personas que entrevistamos en San Borja" - respondí - "Es el guardián del nuevo edificio que ahora ocupa el lugar del edificio donde vivía Tito. Jura que en varias oportunidades, ha visto una serie de personajes aparecer y desaparecer, y claramente no están entre los vivos."

Alex retomó la palabra.

"La que sigue creo que es más que evidente, pero tanto la niña como una de las mujeres que vio Don Pedro eran chinitas, la mujer de la panadería también, y bueno, la familia de Don Máximo, todos chinitos."

"Japoneses" - corrigió Sebastian.

"Ya pues bro, no te pongas académico. Estoy usando 'chinitos' en forma general" - dijo Alex un poco serio.

"Te está jodiendo" - dije riendo - "Sabemos a qué te refieres. Y sí, definitivamente ahí hay un patrón que es más que una coincidencia. Pero vale la pena recalcar que no toda la familia de Don Máximo era japonesa."

"Tienes razón" - dijo Alex - "Ustedes vieron a su papá en la foto, y no lo era."

"Así es" - dije.

"¿Algo más?"

"No, eso era básicamente todo. Pero es bastante" - dijo Alex.

"¿Algo más que no nos hayas dicho respecto a Don Máximo y su mamá, antes que avancemos?" - dijo Tito.

Hice memoria un momento.

"Creo que en resumen lo más importante es que se enteraron de las apariciones en los años siguientes, por habladurías de la gente del barrio, y que obviamente les causó mucho dolor saber que una de ellas era una niña que parecía ser Isabel. Ellos personalmente nunca las habían visto. Las palabras que ellos usaron fueron 'no todo el mundo los puede ver', o algo para ese efecto."

Me detuve a reflexionar un momento.

"Ver ese dolor en sus rostros fue otra razón para querer entrar a la casa. Supongo que en ese momento pensé, junto con Roberto, que siendo parte de la gente 'que sí puede ver', tal vez podríamos saber qué le pasó a Isabel y los niños" - dije.

Sebastián me dio un momento y tomó la palabra.

"Antes de pasar al relato de Fernando sobre él y Roberto en sus entradas a la casa, es decir antes que todos los demás nos involucremos con la misma, hay un par de datos que pude encontrar que son importantes."

"¿Cuáles?" - pregunté interesado.

"El primero es que la razón por la que la casa del malecón nunca se ha vendido o demolido, no es realmente porque la gente crea que está embrujada o algo así, sino simplemente porque la familia nunca la ha querido vender."

"¿Qué familia?" - preguntó Alex.

"Aparentemente, una hermana de Polmsen padre, es decir tía de Max, vino a Lima del extranjero para encargarse de las propiedades, pero cuando se enteró de las circunstancias de la muerte, y quien sabe, tal vez de los rumores, simplemente vendió la empresa y las cosas que pudo. Cerró la casa y se regresó a Noruega o donde sea que viviese. Nunca más se ha sabido de ella, y por lo que sé el distrito de Miraflores ha estado tratando de encontrar la manera legal de obtener propiedad de la casa por abandono y seguro venderla, o demolerla y vender el terreno. Hasta donde sé aún no lo han logrado."

"O sea que técnicamente, en cualquier momento podría desaparecer la casa" - dije.

"Técnicamente sí. Pero si no ha sucedido en tanto tiempo, no creo que vaya a suceder pronto. Pero es algo a considerar" - dijo Sebastián.

"¿Y cuál es el otro dato?" - preguntó Tito.

Sebastián continuó.

"Esto es algo que ya sabía desde los ochentas, como explicaré luego, y fue la principal razón por la que decidí creerles a los, en ese momento, chicos" - dijo mirándonos a Alex y a mí - "No creo que les haya dado esta información en el pasado, pero si bien es cierto no hubieron desapariciones en Miraflores cuando Max Polmsen regresó…"

"Sí estaban sucediendo en otros lugares de Lima" - dije.

"Bingo" - dijo Sebastián - "Pero el cómo supe eso, es una historia larga que va a tener más sentido más adelante."

"Okay, entonces que tal si cenamos, y nos vamos a descansar. Tenemos todo el día de mañana para continuar, y ya veo caras de cansancio."

La casa del malecón

Miraflores, Julio 1985

La mañana siguiente nos sentamos todos a tomar desayuno temprano.
"¿Por dónde deberíamos arrancar?" - pregunté.
"¿Tal vez continuar con lo que decía Sebastián sobre los otros secuestros?" - preguntó Tito.
"No. Aún falta mucha información para que eso que averigué encaje de forma significativa" - dijo Sebastián - "Primero tenemos que llegar a lo que desencadenó que nos conociéramos, y para entender eso, hay que empezar por las experiencias de Fernando y Roberto en la casa del malecón."
"De acuerdo. Continuemos con eso" - dijo Alex mirándome e invitándome a continuar el relato.

El día anterior, después de la conversación en la bodega de Don Máximo, fuimos a mi casa y conversamos hasta tarde compartiendo ideas, y de alguna forma planeando nuestra visita a la casa.
De todo lo que conversamos, sólo una cosa estaba total y absolutamente clara: de ninguna manera íbamos a entrar de noche.
Así que quedamos en encontrarnos en el malecón, cerca de la casa, temprano en la mañana siguiente.
Ahí nos encontrábamos.

Esta vez no había nadie para recibirnos. Había esperado tal vez ver al anciano de nuevo, pero la única depresiva bienvenida nos la dio la fachada de la casona, sin puertas ni ventanas, sin pintura ni plantas. Sólo tierra y concreto.

"¿Aún crees que esto es una buena idea?" - me preguntó Roberto, mirando la fachada de la casa.

"No sé si sea una buena idea" - respondí - "Pero de algo estoy seguro, y es que hasta que no entre, estaré pensando en esto por siempre. Es un clavo que me tengo que quitar."

Roberto asintió.

"Sé exactamente a qué te refieres."

"¿Entonces? ¿La hacemos o no? - pregunté.

A manera de respuesta Roberto dio un paso hacia adelante.

Antes de seguirlo, miré a los alrededores nuevamente para ver si el viejito había aparecido. De alguna manera quería que aparezca. Quería que me dejara saber si algo malo iba a pasar.

Como no estaba por ninguna parte, tomé esto como otra señal que estaba bien entrar a la casa y di un paso adelante siguiendo a Roberto.

Todos me miraban atentamente. El desayuno estaba servido pero nadie había probado un solo bocado.

Las frases de mi relato iban saliendo poco a poco, y esa cadencia hacía que sintiese que de alguna forma el recuento sea más dramático.

No era que lo estuviera haciendo intencionalmente, sino que los recuerdos estaban volviendo poco a poco. Es algo así como cuando vuelves a ver una película que no has visto en mucho tiempo, y cada escena y detalle, te recuerda algo de la escena que sigue.

Cuando llegué ayer a nuestra reunión, no pensaba que recordaría todos los detalles. La neblina que cubría mi memoria era gruesa y oscura. Pero hoy poco a poco se estaba abriendo y aclarando.

―――――∋○⊂―――――

Como sabíamos, la casa tenía un muro exterior con sólo dos entradas: el umbral donde en algún momento hubo una puerta de calle y la otra abertura, más grande, donde iba la puerta del garaje, el lugar donde tuvimos nuestro encuentro con el 'loco botellas'.

Esta vez usamos la entrada más pequeña, donde directamente en frente estaba el acceso principal a la casa, que tampoco tenía puerta.

Miramos hacia ambos lados del terral intermedio, que en algún momento debió haber sido un jardín. No había nada, así que avanzamos.

Ni bien cruzamos el umbral, sentí una rara especie de vibración en el ambiente y noté que Roberto, que estaba un par de pasos delante mío, parecía moverse levemente como en cámara lenta. Era algo casi imperceptible pero lo suficiente como para darme la idea que de alguna manera el tiempo estaba transcurriendo más lento.

Además, me di cuenta que los ruidos de la calle casi no se escuchaban, a pesar que solamente estábamos a un par de metros del umbral sin puerta.

Miré hacia atrás y justo en ese momento pasó un carro por el malecón, y el sonido del mismo se escuchó como si tuviera puestas las manos sobre mis oídos. La percepción de que se movió lentamente fue mucho mayor.

"Flaco, ¿vienes o no?"

La pregunta de Roberto hizo que regresara mi atención hacia él que ya estaba al pie del acceso principal de la casa.

"¿Qué pasa?" - me preguntó.

"¿No sientes nada raro?"

"No. ¿Por qué?" - respondió.

"Nada" - le dije, y pensé que realmente tal vez no era nada, sino que eran mis nervios.

Continúe caminando hacia él. Entramos juntos y nos encontramos en lo que era el hall de entrada de la casa.

Frente a nosotros estaban las escaleras que llevaban al segundo piso. Supuse que esas eran las escaleras en donde se había colgado el hombre calvo. Por el momento al menos preferí mantenerme alejado de ellas.

A la derecha, había un cuarto que debió haber sido una salita, y al lado de este otro muy pequeño, que al acercarnos nos dimos cuenta que había sido un baño de visitas, pues las tuberías de los lugares donde estuvieron el lavabo y el inodoro estaban expuestas.

Más a la izquierda había un amplio salón, que conectaba a través de un arco con otro ambiente.

La casa estaba completamente vacía, las paredes desnudas y la pintura en ellas pelándose en diferentes lugares. Tal como afuera, no habían puertas, y los lugares

donde estaban los huecos de las ventanas, también estaban vacíos.
"Parece que en algún momento se robaron todo" - dije.
"Así es" - dijo Roberto - "No dejaron nada."
"¿Pero sabes qué me alucina?" - dijo Roberto.
"¿Qué cosa?"
"No hay ni un solo graffiti ni basura en ninguna parte."
Roberto tenía razón. La mayoría de lugares abandonados siempre tenian pintas o rezagos de las visitas de gente que los usa para dormir, drogarse o cosas o por el estilo.
"¿Dónde vamos primero?" - preguntó Roberto.

"Arriba"

"¿Escuchaste eso? - pregunté.
"¿Qué cosa?" - dijo Roberto.
No estaba seguro que cosa había pasado pero estaba casi seguro que había escuchado una voz.
"Nada" - le dije a Roberto - "Me pareció haber escuchado algo."
"Okay."
"Creo que mejor primero miramos todo el primer piso" - le dije.
Empecé a caminar hacia la sala intermedia con Roberto detrás mío. No había nada interesante, así que pasamos al siguiente salón, el cual debió haber sido el comedor y que se conectaba directamente con una tremenda área abierta, que ahora era un terral pero que en su momento debió haber sido un gran jardín.

Los troncos de algunos árboles secos aún permanecían en pie en algunos lugares, y en otros estaban caídos. Los muros colindantes con las casas vecinas eran enormes.

En el medio del terral, había una fuente redonda de dos niveles, completamente seca.

Salimos a través de un gran portal que debió haber tenido una mampara, pero que ahora no tenía nada. Al lado derecho, a unos metros, unas escaleras pegadas a la pared de la casa llevaban por fuera al segundo piso.

"Pucha que el jardín era gigantesco" - dijo Roberto.

"Sí, aquí podriamos jugar fulbito ocho contra ocho como si nada" - dije.

"Fácil" - asintió Roberto mientras caminaba hacia la fuente.

Yo caminé detrás de él.

Al llegar notamos que la fuente estaba completamente vacía. Completamente. Ni una rama, ni una hoja, ni un insecto muerto. Nada.

Roberto miró hacia el muro del fondo.

"Oye, ¿te has dado cuenta que ese muro de atrás, debe dar a la Avenida del Ejército?" - preguntó.

"Alucina que creo que tienes razón" - respondí, calculando más o menos la distancia.

Pareció pensar un momento.

"Oye Flaco, ahí del otro lado de ese muro, ¿no es donde Max te cortó el paso esa noche que contaste?"

"Si me acompañas te invitaré algo"

"¡No digas ese nombre en esta casa!" - le grité.

Sentí que tal vez esto último lo dije un poco más enérgicamente de lo que había intentado.

"Asu, ¿qué mosca te picó? ¿Qué pasa? - me preguntó un poco sorprendido.

"Nada, disculpa" - dije - "Pero cuando dijiste su nombre sentí algo raro. Como que la casa respondía a ese nombre."

"No hay problema" - dijo Roberto.

Me di un momento para calmar mis pensamientos.

"¿Sabes qué? Creo que tienes razón. Del otro lado de ese muro fue donde lo encontré."

"Fue lo que pensé."

Roberto miró hacia atrás y apuntó hacia las escaleras exteriores.

"Podemos subir al segundo piso por acá afuera" - sugirió Roberto.

"Sí"

"¿Qué te pasa?" - me preguntó.

"¿Estás seguro que tú no estás escuchando nada? - le dije.

Roberto no respondió inmediatamente. Movió la cabeza de lado a lado como tratando de agudizar sus oídos.

"No. Nada" - dijo - "De hecho es rarísimo porque además de lo que ambos hablamos, no escucho nada de nada."

Me puse a pensar en lo que había dicho Roberto y tenía razón. No se escuchaba ni una mosca. De hecho no estaba seguro si alguna vez había experimentado algo así.

Traté de recordar una vez que con el colegio nos fuimos de paseo a acampar a un bosque cercano a una villa en las afueras de la ciudad, y en la noche si bien es cierto no habían ruidos de ningun tipo, es decir los ruidos de la ciudad, sí se podían escuchar los sonidos del bosque mismo. Insectos, animales, el viento pasando a través de las copas de los árboles. Aquí en la casa no se escuchaba simplemente nada.

No hice mayor comentario sobre esto, y comencé a caminar hacia las escaleras que llevaban por fuera al segundo piso.

Roberto empezó a seguirme.

La escalera era completamente de cemento, con la pared de la casa de un lado y un murete del otro, mismo que servía como pasamanos.

Empezamos a subir lentamente y llegamos al descanso final, donde estaba la entrada trasera de la casa en el segundo piso.

Como en el resto del lugar, no había ni puertas en los marcos, ni vidrios en los huecos de las ventanas. El cuarto adyacente era amplio, y como los demás, también estaba completamente vacío. Las paredes sucias, y la pintura pelada.

"¿Tú crees que este haya sido el cuarto principal?" - pregunté.

"Sí, yo creo que este era el cuarto de M...., del hombre calvo" - dijo Roberto.

Me miró con cara de culpabilidad.

Sin decirle nada, entré a la habitación y me quedé del lado más pegado a la ventana. Volteé para mirar a través de ella, y por un segundo tuve la visión más increíble que haya podido imaginar.

El jardín estaba completamente verde, y rodeado de árboles y arbustos. En el medio del mismo, la fuente estaba llena de agua, la cual además caía del nivel superior a la parte de abajo.

Al parpadear, tuve una mínima sensación de vértigo, y de pronto la visión se había ido, y todo estaba en el estado decrépito y abandonado actual.

Roberto debió haber notado que algo había sucedido.

"¿Qué pasó Flaco? - dijo mirando también por la ventana, en la dirección que yo miraba.

"¿Viste eso?" - le pregunté.

"¿Qué cosa?" - dijo Roberto buscando con la mirada.

"Huevón, te juro que por un momento me pareció ver el jardín como debió haber sido cuando vivía gente en la casa. Con pasto y árboles."

"No, ni cagando" - dijo Roberto - "Te debe haber parecido."

"No creo. Hay algo raro en esta casa de todas maneras."

Como si la casa hubiera dado una respuesta a ese comentario mío, de pronto se empezó a escuchar música.

Comenzó así de golpe y venía de algún lugar en el piso que nos encontrábamos. La tonada me sonó antigua, como la que alguna vez había escuchado en una película gringa que ocurría en los años 20s o 30s, y sonaba como si la estuviera tocando uno de esos radios viejísimos.

No fue necesario preguntarle nada a Roberto, por su cara supe que también la escuchaba.

Los dos nos quedamos parados allí en el medio del cuarto. Calladitos y sin hacer ninguna bulla.

"¿Por qué no se fueron de la casa en ese momento?" - preguntó Tito.

"¿A qué te refieres?" - pregunté.

"¿Cómo que a qué me refiero?" - respondió Tito, como sorprendido - "Alguien ayúdeme aquí por favor."

Alex se rió.

"Mi bro" - dijo Alex mirándome - "Es claro que Tito se refiere a que ya a ese punto el tema era super *creepy* pues. Es la misma película de terror donde una flaca está sola en el bosque y se mete al granero oscuro y abandonado a investigar. Y todo el mundo en el cine está pensando 'no te metas allí, sólo quítate', ¿entiendes?"

"Supongo que tienen razón de alguna forma" - dije - "Pero la verdad a ese punto, más allá de las cosas raras que habíamos visto y sentido, no había pasado nada verdaderamente que nos aterrorice. O sea la casa estaba abandonada, pero no era la mansión del terror de las películas, y de alguna forma, tanto Roberto como yo, por nuestras experiencias anteriores, estábamos más o menos curtidos. Estábamos un poco asustados, pero estábamos juntos, y nos habíamos puesto como meta saber qué había pasado en la casa con Isabel y los otros niños."

Todos parecieron pensar sobre lo que acababa de decir.

"Yo creo que hay algo más" - dijo de pronto Sebastián.

"¿Qué cosa?" - preguntó Tito.

"Es una teoría mía, de la cual podemos hablar luego en más detalle, pero estoy casi seguro que Max Polmsen, quería que ambos permanecieran dentro de la casa el mayor tiempo posible. Las cosas que estaban sucediendo, o que no estaban sucediendo, estaban diseñadas para hacer que se queden, no que se vayan."

Alex no dijo nada, pero asintió con la cabeza.

"No entiendo" - dijo Tito.

"Es que aún te falta información" - dijo Sebastián - "Tienes que seguir escuchando el relato. La primera vez que escuché la historia, años atrás, no fue tan en detalle, pero si lo recuerdo correctamente, podría estar en lo correcto."

"Creo que tienes razón" - dije - "Sobre todo por lo que sigue."

"¿Crees que la música venga de la casa del lado?" - me preguntó Roberto.

"La verdad no creo" - respondí.

Hubo un instante en el que creí que Roberto iba a dar la vuelta y regresar a la escalera para irse, pero no lo hizo. Simplemente me quedó mirando como esperando a ver qué hacía yo.

De alguna forma me pareció que quería demostrar valentía, y no quedar mal frente a mí. Pensé en hacer alguna broma, respecto a que no podiamos cabrearnos, pero en el momento se sintió como algo tonto y no lo hice.

Simplemente le hice una seña con la cabeza y empecé a caminar hacia la puerta del cuarto que llevaba al resto del segundo piso.

La puerta daba a un pasaje que tenía de un lado las ventanas que daban al lado de la calle y del otro la escalera que llevaba al primer piso.

La escalera tenía un barandal de madera que empezaba en la pared, recorría un pequeño murete y bajaba por la parte central convirtiéndose en un pasamanos. No pude evitar nuevamente pensar que la tira de la que se colgó el hombre calvo, Max, debió estar amarrada de uno de los postes de ese barandal.

Me acerqué al murete para mirar sobre él, y a la parte inferior de la escalera. Mientras me inclinaba me estaba preparando para ver a Max colgando, tal vez mirando hacia arriba. Sus ojos hinchados, saliendo de sus órbitas, mirándome fijamente.

Pero no, una vez que miré hacia abajo, no había nada. Sólo la pared y los escalones de la parte inferior.

En ese momento sentí que me tocaron por detrás, y casi salto hacia abajo del susto.

Era Roberto, por supuesto.

"Huevón, me has metido un susto de la puta madre" - le dije molesto.

"Sorry Flaco. No quería asustarte" - dijo tratando de esconder una risa.

Le di un golpe, a modo de juego, en el brazo y me reí, haciéndole una mueca.

"La música viene de allá" - le dije señalando un pasaje que corría a lo largo del segundo piso.

Este tenía del lado de la calle los huecos de las ventanas mirando al malecón. Al fondo había otro umbral, sin puerta. De nuestro lado izquierdo una larga pared.

Era obvio que de ese lado había un cuarto, bastante grande que estaba entre esta pared y el área trasera de la casa. Pero por lo que vimos desde afuera no debía tener ventanas hacia el jardín.

Esto me hizo pensar en lo que nos había dicho Don Máximo sobre el cuarto donde podían haber tenido atrapados a los niños.

Caminamos por el pasaje, pero antes de llegar al umbral donde acababa el mismo, Roberto me tomó del brazo.

Lo miré e hizo con la cabeza un gesto indicando que mirara por la ventana.

Lo hice pero no noté nada raro.

"¿Qué pasa?" - le dije.

"Mira bien."

Volví a mirar y luego de un instante me di cuenta.

Era el malecón, la misma pista y el mismo arenal, pero había detalles que eran distintos. La vereda era diferente, no tan ancha, y los postes de luz no eran los mismos. Eran más bajos y de un diseño diferente.

"¿Tú qué crees?" - preguntó Roberto.

"Es el mismo lugar, pero más antiguo" - le respondí.

"Flaco, ahora sí estoy medio palteado."

La verdad, yo también estaba un poco asustado. Pero tal vez más que asustado estaba confundido.

Sin decir nada seguí caminando hacia el final del pasadizo, y cuando crucé el umbral, me encontré en un pequeño cuarto.

Calculé que el pasaje estaba sobre el salón grande de abajo, y este cuarto estaría ya sobre el garaje de la casa.

Volteé hacia la derecha, y sobre esa pared había una puerta. Y en este caso sí había realmente una puerta, no sólo un marco vacío.

Era la primera puerta que veíamos en la casa, y no parecía estar en mal estado. Estaba pintada de un color verde claro, y la pintura lucía como si hubiese sido pintada el día anterior.

En la parte superior tenía un papel con el dibujo de un arcoiris semicircular. Claramente había sido pintado por un niño.

"La música de todas maneras viene de detrás de esa puerta" - dijo Roberto detrás mío.

"Mira" - le dije, señalando el lugar donde debía haber estado la perilla de la puerta.

Roberto caminó alrededor mío y se acercó a la puerta. En lugar de una perilla había un cerrojo, el cual tenía dos anillos, agarrados con un candado de buen tamaño.

"¿Qué crees que haya adentro?" - le pregunté a Roberto.

El sólo levantó los hombros, y movió la cabeza negativamente.

"Vamos a tener que ir por herramientas o algo. Ese candado no va a ser fácil de abrir" - dije.

"Me parece una buena idea" - dijo Roberto - "Volvamos otro día."

Caminó hacia la entrada del pasaje detrás mío. Pero cuando se movió, vi algo en la pared que estaba tapando cuando se encontraba frente a mí.

Una llave.

Estaba colgando de un gancho en la pared con un cordel. El cordel era verde, como la puerta, y pasaba por el hueco de la llave. La llave era de esas de tipo antiguo, con una cabeza labrada en forma de trébol, y una paleta al final con una muesca intermedia.

"Roberto."

"¿Qué pasa? Vámonos ya" - me respondió y pude sentir la premura en su voz.

"Mira" - le dije apuntando la llave.

Regresó y se paró a mi lado. Su rostro era la viva imagen de la sorpresa.

"Esa vaina no estaba ahí hace un momento" - dijo sin quitarle los ojos de encima a la llave.

"Ahora sí podemos entrar" - le dije.

"No estoy seguro de que quiera entrar" - respondió.

"Yo tampoco, pero de lo que estoy seguro es que si no lo hacemos hoy, vamos a volver. No sé si mañana en una semana o un mes. Pero vamos a volver" - le dije mientras me movía hacia la llave.

"Aguanta" - dijo tomándome del hombro.

Me detuve y volteé a mirarlo.

"Si quieres puedes irte" - le dije - "No me voy a molestar."

"No pues, flaco. Como te voy a dejar acá solo."

En ese momento sentí una seguridad que no había sentido nunca antes. Mil recuerdos vinieron a mi cabeza de golpe.

"Yo no se tú" - le dije - "Pero desde que puedo recordar, he tenido estas huevadas que me pasan. Gente que veo que no debería ver. Cosas que no tienen sentido. Si no fuera por ti, que también has visto cosas, tal vez a estas alturas pensaría que estoy loco. Pero si entrar a ese cuarto me va a ayudar a darle una respuesta a esas preguntas, entonces así me cague de miedo, voy a ver que hay dentro."

Roberto pareció estar pensando. Me di cuenta que la punta de su pie derecho golpeaba el piso nerviosamente.

"Esta bien. Pero si abrimos la puerta y vemos algo que no nos gusta. Salimos corriendo a toda velocidad. ¿De acuerdo?" - dijo muy seriamente.

"De acuerdo."

Tome la llave por el cordel. Cuando la puse en mi mano me di cuenta que era pesada. Mucho más pesada que cualquier llave que haya cargado antes. Y mucho más larga. Era claro que era una llave antigua, pero no tenía nada de óxido, lo cual era super raro con la humedad de Miraflores.

La llave entró fácilmente al candado y sin mucho esfuerzo lo abrió. Lo retiré del cerrojo y lo puse en el piso al lado de la puerta, misma que inmediatamente se abrió un poco. Un haz de luz salió por el espacio que había dejado.

Empujé la puerta.

El cuarto estaba iluminado por una lámpara de techo. Efectivamente no tenía ninguna ventana. Las paredes estaban pintadas de un verde muy claro. En ambos lados había muebles de madera de media altura. El de la derecha tenía algunos libros y varios juguetes. Osos de peluche, muñecas y carritos. El de la izquierda tenía un espejo, y artículos de tocador, pero también un tocadiscos del cual provenía la música.

En el centro, sobre la pared del fondo, había una cama. En la pared sobre la misma, varios papeles con dibujos infantiles diversos. Árboles, casas, nubes y muchos de ellos con figuras de palitos y arcoiris como el de fuera.

Al pie de la cama, de rodillas contra la misma y dándonos la espalda, una niña de pelo largo y de color negro azabache jugaba con lo que parecían ser un par de muñecas.

En el piso, al lado de sus piernas había un pequeño oso de peluche.

Traté de decir algo, pero mi garganta estaba completamente seca.

Trate de pasar saliva, pero Roberto habló antes que yo.

"¿Isabel?"

La música paró de golpe.

Y fue reemplazada por una voz. La voz de la niña. Y estaba cantando. No, en realidad no estaba cantando, estaba tarareando una canción.

"¿Isabel?" - llamé ahora yo.

La niña dejó de tararear. Y empezó a voltear.

Antes de que pudiéramos ver su cara la luz se apagó, pero sólo por un instante. Como si hubiera sido un parpadeo. Cuando volvió, el cuarto estaba vacío. Lo único que había quedado era un solo dibujo sobre la pared.

Ambos nos miramos. Supuse que al igual que yo, Roberto no sabía exactamente qué hacer.

Finalmente Roberto miró hacia la pared del fondo y empezó a caminar hacia el dibujo.

Lo seguí.

"Es un laberinto" - dijo mirando el papel.

"No, no es un laberinto" - le dije - "No tiene diferentes caminos. Es sólo una espiral".

"¿Qué crees que signifique?"

"No lo sé."

Roberto estiró la mano y tocó el dibujo.

"*Bienvenidos*"

211

Una fuerte luz me cegó, y cuando traté de abrir los ojos, sentí una sensación de vértigo y náuseas. Había una intensa bulla, que se escuchaba como varios sonidos fuertes al mismo tiempo, y abrumaba mis oídos.

Unos segundos después el malestar empezó a irse y la bulla, empezó a convertirse en diferentes voces, pero inicialmente no podía diferenciarlas.

"¿Qué les pasa?" - dijo una de las voces.

"¿Fernando? ¿Qué te pasa?" - preguntó una voz muy joven a mi lado.

"Danilo, ¿estás bien?" - preguntó la misma voz.

Cuando finalmente pude enfocar mi vista reconocí a mi amigo Tito, y el lugar donde estábamos eran los escalones del edificio de San Borja, en la Avenida de la Aviación. Sentado a su lado, estaba Danilo, quien lucía confundido. Y como yo, parecía no sentirse bien. Apretaba los ojos y se tomaba del estómago con ambos brazos.

"Les pregunté qué les está pasando" - dijo nuevamente la primera voz.

Miré hacia el lugar de donde provenía esa voz e inicialmente no lo pude creer. El mismo miedo de ese momento me invadió inmediatamente.

La persona que tenía enfrente era el chico de la bicicleta.

Danilo se paró mirándose las manos y luego centró su vista en mí. Por un instante pareció no reconocerme.

Volví a mirar al chico de la bicicleta y recordé que cosa era lo que estaba sucediendo, y también me paré. Ya sabía qué era lo que tenía que hacer.

Volteé a mirar hacia atrás y ahí estaba, como sabía, la rampa del edificio. Al final de la misma los apartamentos del segundo piso. El lugar donde tenía que llegar. Empecé a caminar hacia ella.

"¿Adónde vas chiquillo?" - gritó el chico de la bicicleta.

Volteé a mirarlo, sin decir nada, pero continué moviéndome, retrocediendo lentamente hacia la rampa.

El chico soltó su bicicleta y esta cayó al piso. Supongo que debido al dolor de cabeza que aún tenía, el ruido hizo que sintiera un dolor en los oídos.

"¡Quédate ahí!" - gritó al ver que no me detenía y empezó a subir corriendo los escalones en dirección mía.

Danilo trató de ponerle una zancadilla, pero al parecer el chico de la bicicleta adivinó su intención y esquivó su pierna. Pero esto fue suficiente para que pierda el equilibrio, y caiga con una rodilla al piso.

Esto me dio tiempo suficiente para pegar la carrera rampa arriba con alguna ventaja.

"¡Corre Flaco!" - gritó Danilo.

¿Flaco? Danilo nunca me había llamado flaco, pensé. La única persona que recordaba que me llame así es Roberto, pero aún no lo he conocido. Pero si aún no lo he conocido... ¿cómo puedo recordarlo?

Ese pensamiento hizo que dude un momento y detenga mi carrera. Miré hacia atrás.

El chico de la bicicleta terminaba de incorporarse e iba a empezar a correr hacia mí cuando Tito lo sujetó del polo. Sin mucho esfuerzo, el otro que era mucho más grande, le dio un empujón y Tito cayó contra el muro, golpeándose la cabeza.

Esto hizo que saliera de mi estupor y empezará a correr nuevamente. Ahora podía sentir los pasos del chico que me perseguía tan sólo unos metros atrás mío.

213

Cuando llegué al segundo nivel, dí la curva casi patinando, pero me apoyé en el muro y mantuve el equilibrio, recorriendo la distancia faltante hacia la puerta del departamento de Tito.

Llegué a la puerta y empecé a darle de golpes desesperadamente. Mientras hacía esto miré hacia el lado y vi que el chico de la bicicleta se había detenido en el descanso.

La puerta se abrió y salió el papá de Tito.

"¿Qué pasa Fernando?" - me dijo.

Miré hacia el chico de la bicicleta, que seguía manteniendo su distancia y lo apunté.

"¿Dónde están los demás? ¿Tito?" - gritó mirando a los alrededores.

Tito y Danilo salieron, en el primer nivel, de detrás del muro del jardín interior, donde se habían escondido aprovechando la distracción de mi huida.

Todo estaba sucediendo tal cual lo recordaba.

Luego de verlos, el papá de Tito se puso delante mío y empezó a caminar hacia el chico. Este último empezó a retroceder y bajar por la rampa.

"¿Por qué estás fastidiando a estos niños? ¿Por qué no vienes aquí conmigo? - iba diciendo el papá de Tito mientras lo seguía.

El otro mantenía su distancia, pero siempre mirándonos y sonriendo.

Aquí hubo algo que me sorprendió. La intensidad de sus ojos y la furia en esa mirada, eran las mismas. Pero la sonrisa no.

Esta vez su boca no estaba torcida.

Ya llegando al final de la rampa, recorrió los últimos metros rápidamente, saltó sobre los escalones y recogió su bicicleta.

Ya subido en ella, antes de irse, volteó, me miró directamente aún sonriendo, e hizo el mismo gesto de amenaza, pasando un dedo frente a su cuello. Empezó a pedalear y desapareció entre los carros de la avenida.

"¿Están bien?" - les pregunté a Tito y Danilo.

Tito se tomaba la frente con una mano. Una línea de sangre corría por el lado derecho de su cara.

Su papá se le acercó a mirarlo.

Mientras esto sucedía, Danilo se me puso al lado.

"Flaco, ¿qué está pasando?" - me preguntó.

Lo miré gravemente y me llevé el dedo índice sobre la boca. En ese momento ya creía tener una idea más o menos clara de lo que estaba pasando.

"¿Es la casa del malecón?" - me preguntó en voz muy baja, casi al oído.

Asentí con la cabeza sin decir nada.

"Me parece que vas a necesitar puntos. Pero primero vamos al departamento a lavar esa herida, quiero verla mejor" - dijo el papá de Tito.

Luego volteó y nos miró a ambos.

"No se vayan. El muchacho ese aún puede estar por aquí. Vengan con nosotros al departamento. Antes de ir al hospital, si es que se necesita, pasaré a dejarlos a sus casas" - nos dijo.

Empezó a subir la rampa con Tito.

Los seguimos y llegamos al departamento, abrió la puerta, entraron y nos invitó a pasar.

Cruzamos el umbral detrás de él.

Algunas conclusiones

Punta Hermosa, Junio 2018

"Y estaban de regreso en la casa del malecón" - dijo Sebastián.
"Así es" - respondí - "Una vez que crucé la puerta, se dio lo mismo. El mareo y náuseas por un momento."
Les conté que no regresé al cuarto del fondo, sino al cuarto principal. El cuarto de Max. Cuando miré por la ventana, todo se veía normal, pues era nuevamente el malecón de nuestros tiempos.
Era claro que la hora del día era prácticamente la misma que cuando habíamos entrado. Pero ahora los sonidos de fuera, como los carros al pasar la calle, se podían escuchar dentro de la casa.
"¿Y Roberto?" - preguntó Tito.
"Cuando lo vi estaba sentado en el piso contra una pared del cuarto. Aún se estaba recuperando del mareo."
"¿Y qué hicieron en ese momento?"
Me detuve a recordar.
"Me parece que salimos inmediatamente de la casa. No recuerdo que hayamos regresado al cuarto donde vimos a la niña. Simplemente bajamos por la escalera principal, y salimos por la puerta que entramos."
Todos guardaron silencio por un momento. Supuse que cada uno sacando sus propias conclusiones.
"En esa oportunidad, según lo que contaste, si sucedió lo que yo recordaba" - dijo Tito.
"Es decir, no todo sucedió exactamente como lo recordaba, pero si sucedió lo del golpe en la cabeza. El que

me dejó la cicatriz que ahora, por alguna razón que no entiendo, no tengo."

"Así es" - dije - "Y hasta ahora no recordaba que hubiera habido otra versión. Todos los recuerdos están volviendo de golpe, pero en algún momento luego de la última vez que estuvimos en la casa, meses después, ya con Sebastián y los otros, mis recuerdos se volvieron lineales y sólo recordaba la versión que les narré a ti y a Alex hace unos días."

"Que cosa más rara, carajo" - dijo Tito.

"Y hay cosas más raras, pero esa primera experiencia toca los puntos fundamentales que se repetirían de una u otra forma, en las entradas posteriores" - dije.

Noté que Alex estaba muy pensativo y que no había dicho nada en mucho rato.

"¿Todo bien?" - le dije tomándolo del hombro.

"Sí, sí bro" - dijo - "Es que ahora que has estado hablando de todo esto, estoy empezando a recordar también muchas cosas."

"¿Qué pasó entre tú y Roberto luego de esa vez?" - preguntó Tito.

Les conté que habíamos pasado el resto de ese día conversando de lo que había pasado e intercambiando ideas.

Ciertas cosas eran claras, inexplicables pero claras, como el hecho de que de alguna manera Roberto había habitado el cuerpo de Danilo.

Algo interesante de lo que me dijo Roberto, es que a diferencia de mi caso, en el que yo viajaba a mi propio yo más joven, en el caso de él por un buen rato, podía de alguna forma ser consciente de los pensamientos e ideas de Danilo.

"Interesante" - dijo Sebastián.

"¿Y qué sucedió luego? - preguntó Tito.

Esta parte era un poco más difícil de explicar, y ahora que lo pienso como adulto me suena aún más raro. Les conté lo mejor que pude que había algo emocionante y hasta divertido en los viajes, y eventualmente nos volvimos, por decirlo de alguna forma, adictos al tema.

"En resumen" - concluí - "Decidimos regresar otro día y ver si podíamos encontrar algo más. Nunca más se repitió lo de la puerta cerrada y la llave. Cada vez que entrábamos, se daban ciertas cosas, como por ejemplo que los sonidos de la calle no se escuchaban dentro de la casa o que lo que se veía afuera parecía pertenecer a otro tiempo."

Pero una vez que llegábamos al cuarto sin ventanas, la puerta ya estaba abierta y lo único que había en el cuarto era el dibujo de la espiral en la pared, y cada vez que lo tocamos, ya sea Roberto o yo, aparecíamos en el mismo lugar en el mismo instante de tiempo. Sentados en las escaleras del edificio, con el chico de la bicicleta enfrente nuestro."

"Y siempre que iban cambiaba lo que sucedía" - dijo Sebastián.

"Así es. A veces eran pequeños detalles, y otras, cosas más grandes. A partir de un momento incluso, antes de entrar discutíamos con Roberto qué podíamos hacer y tratamos diferentes cosas. Pero el resultado final siempre era el mismo. Es decir, o pedíamos ayuda al papá de Tito y el chico se iba, o lo enfrentábamos abajo y eventualmente el papá de Tito salía del departamento a ayudarnos. Supongo que debe ser porque en algún momento no muy lejano a la llegada del chico, él iba a darle un vistazo a la ventana para ver qué hacíamos y veía que algo estaba pasando."

"¿Y siempre volvían cuando pasaban por la puerta de mi apartamento?" - preguntó Tito.

Cuando preguntó eso recordé algo más.

"Siempre volvíamos al cruzar una puerta, pero no siempre esa puerta. Una vez volvimos al cruzar la puerta de mi casa, cuando tu papá nos llevó hasta allá. Y otra incluso volvimos por puertas diferentes cuando tu papá insistió en dejarnos a cada uno en su casa. Yo volví al cruzar la puerta de mi casa, y Roberto al cruzar la puerta de la casa de Danilo."

"Es decir uno de los dos tuvo que esperar solo en la casa, ¿hasta que el otro cruzó la otra puerta?" - preguntó Alex.

Esa pregunta revelaba otro detalle interesante e importante.

"No. A pesar que yo crucé mi puerta primero y Roberto la suya, un tiempo después, el que se hayan demorado en caminar a la casa de Danilo, ambos regresamos al mismo tiempo."

"¿Y recuerdas que pasó durante el tiempo intermedio? - preguntó Sebastián.

"No creo tener conciencia de ese tiempo. Fue como si el tiempo se hubiera congelado mientras Roberto llegaba a la otra puerta. Pero para mí ese tiempo fue inexistente."

"¿Qué hubiera pasado si uno de los dos nunca llegaba a su puerta?" - preguntó Tito.

"Eventualmente cruzarían una, y mientras tanto aparentemente, el otro estaría en un limbo, a la espera, pero sin estar consciente de esa espera" - dijo Alex.

"Salvo que el cuerpo que habitaba uno de ellos muriera. Lo cual liberaría al otro, rompiendo la cadena que los unía en el otro lado del portal" - dijo Sebastián.

"¿Y eso cómo lo sabes?" - preguntó Tito.

"Porque si no fuera así, Fernando nunca hubiera vuelto del viaje en el cual desapareció Roberto."

Ya como al mediodía decidimos tomar un descanso de la conversación.

Me sentía algo abrumado y un poco cansado. Así que propuse que fuéramos a tomar una siesta, antes del almuerzo. El torrente de recuerdos había sido continuo y de hecho estos aún estaban volviendo, como el episodio del que no volvió Roberto.

Pero al margen de ese recuerdo, tenía la frustrante sensación de que había algo que no podía recordar.

Pensando en todo esto, fue imposible quedarme dormido y regrese a la zona del balcón de la casa.

No fue sorpresa encontrar a Alex y Sebastián sentados allí.

"Supongo que ustedes tampoco pudieron conciliar el sueño" - dije al llegar.

"La verdad es que para mí al menos, es imposible dormir a esta hora del día" - dijo Sebastián.

"Lo mismo para mí" - dijo Alex.

"Pero supusimos que tal vez tú si lo necesitabas. Se te veía cansado luego de la sesión de la mañana."

"La verdad es que me hubiera gustado pegar el ojo un rato, pero es imposible. Mi cabeza está a mil por hora" - dije.

Tomé asiento en uno de los sillones.

En ese momento apareció Tito. Venía de la cocina con unos sandwiches.

"Pensé que tú sí te habías quedado dormido" - le dije al verlo.

"No, no hay forma" - dijo riendo - "Mas bien fui a preparar esto para no comer parrilla otra vez. Unos sanguchitos sin mucha grasa para pasar el rato."

"No es una mala idea" - dijo Alex.

Repartimos la comida y merendamos amenamente.

El día, si bien es cierto aún estaba un poco frío, nos estaba regalando una leve resolana que hacía agradable estar al aire libre. Comimos tranquilos sin desviarnos hacia el tema en cuestión.

Alex y Tito hicieron algunas bromas. Sebastián y yo aún estábamos serios.

Cuando retiramos los platos, fue Tito el que retomó la conversación.

"Supongo que nos estamos acercando al episodio de la desaparición de Roberto" - dijo.

"Sí, aún faltan un par de cosas que conectan las primeras visitas de Fernando y Roberto a la casona, con la eventual desaparición de este último" - dijo Sebastián.

"Pero antes quisiera que Fernando nos cuente qué fue lo que hizo que dejaran de ir a la casa y seguir participando de esos viajes."

En los meses anteriores, cuando todo este tema de la casa empezó a invadir mis pensamientos más fuertemente que nunca, ese tema en particular, el por qué dejamos de ir a la casa fue una de las cosas que más trataba de recordar. Ahora lo tenía más o menos claro.

"Como les dije, el entrar a la casa y pasar por lo que llamábamos el 'portal de la espiral', se había convertido en algo bastante frecuente. No lo hacíamos todas las semanas, pero yo diría que en los siguientes meses del año, era al menos dos o tres veces al mes."

"¿Qué cambió?" - preguntó Tito.

"Creo que eso lo puedo responder yo" - dijo Alex.

Todos llevamos nuestra atención hacia él. Inicialmente lo miré con un poco de sorpresa, pero ni bien empezó a hablar entendí a qué se refería.

"Para nosotros, es decir todos los del barrio, antes de que llegara Fernando, y especialmente antes de ese invierno, el escuchar sobre las cosas raras de la zona, era algo muy, pero muy poco frecuente. Cuando Fernando nos contó por primera vez sobre su encuentro con el hombre calvo, supe que tal vez era una de esas cosas raras, pero en realidad podría haber sido un tipo cualquiera, medio loco o medio enfermo. También habíamos escuchado sobre la niña del malecón, pero como en el otro caso, era una de esas cosas que uno asume que son cuentos que dicen los chicos en todos los barrios."

Alex hizo una pausa, como ordenando sus ideas antes de continuar.

"Pero todo eso cambió, o empezó a cambiar, a partir de agosto o septiembre de ese año. Primero fue que gente de la zona con la que nos encontrábamos de vez en cuando en el malecón, haciendo skate o bicicleta, empezaron a mencionarlos. El mañoso de negro, el tio Lucas, el hombre calvo eran algunos de los nombres que empezaron a mencionarse con cierta frecuencia. Y después la niña del malecón, la chinita, y otros nombres haciendo referencia a la que ahora sabemos era Isabel."

"Es decir, la presencia de estos personajes se estaba haciendo más frecuente" - dijo Tito.

"No sólo más frecuente" - dijo Sebastián - "sino también más fuerte. Tan fuerte que gente que 'no puede ver' como diría Don Máximo, los estaba viendo."

"Así es. Y Roberto y yo comenzamos a ser conscientes de esto. Especialmente luego que supimos que Ricardo estaba teniendo los sustos de su vida" - dije.

"¿Qué pasó?" - preguntó Tito.

"Ahí fue donde empezaron los terrores nocturnos de Ricardo" - dijo Alex.

"Primero tenía problemas para dormir. Me despertaba en las noches, o no quería apagar la luz de su cuarto. Lo cual no había pasado en años. Luego ya ni siquiera quería estar solo en la casa, o salir a pasear por la zona del malecón."

"Esto es algo que lo analizamos en su momento, pero Isabel empezó a ser muy visible, e incluso hasta insistente, con los chicos más jóvenes de las inmediaciones" - dijo Sebastián.

"Como Ricardo, hubieron otros chicos que entrevistamos en las pesquisas que hizo la policía en el área, y varios mencionaron a la niña. Algunos al 'mañoso de negro'. Obviamente en ese momento para nosotros eran simplemente una niña equis y el sospechoso del secuestro, no algo sobrenatural."

Alex intervino.

"Cuando finalmente Ricardo me contó lo que pasaba, dijo que cuando veía a la niña, esta parecía tratar de hablarle, pero él sólo veía cómo movía la boca, sin escucharse nada. Pero podía ver una cierta desesperación en ella." "Como si estuviera tratando de advertirle de algo" - dijo Tito.

'Exactamente. Cuando nos enteramos de esto, nos llevó a pensar que nuestras visitas a la casa, estaban empoderando a Max, y que junto con ese poder Isabel también estaba siendo afectada" - comenté.

"Y ahí es donde entra mi teoría que Max Polmsen estaba queriendo que Fernando y Roberto visiten la casa lo más frecuentemente posible, a través de su continuo uso del portal. De alguna forma se estaba alimentando de ellos" - dijo Sebastián.

"¿Y para qué?" - preguntó Tito.

Todos permanecimos callados un momento, hasta que Sebastián dijo la conclusión que al escucharla era más o menos obvia.

"Para poder hacer nuevamente lo que le gustaba hacer. Lo que hizo muchas veces antes de morir."

El tiroteo en el malecón

Miraflores, Enero 1986

Uno de los primeros días del nuevo año estábamos en la zona del malecón cercana al faro de la Marina. Nos encontrábamos todos menos el Chato Enrique, que para variar estaba tarde.

En esa área había una rampa de cemento en forma de 'U' que usábamos para hacer trucos con los skates y las bicicletas.

Era día de semana, así que no había mucha gente caminando por la zona. Por ahí siempre caían muchachos de las zonas aledañas, y a veces chicas que iban a ver cómo nos sacábamos la mugre de diferentes formas.

La gente habitual en la rampa, además de nuestra mancha, eran Bruno, que sólo caía de vez en cuando, y otro que era un mate de risa al que le decíamos el 'Nalguitas'.

Ese día solamente había llegado este último. Le decíamos así desde una oportunidad en la que había caído fuertemente en la rampa sobre su trasero, y había exclamado varias veces 'me duelen mis nalguitas'. Todos casi morimos a carcajadas, y el apodo no se lo pudo sacar nunca.

Ya había pasado buen rato, y el 'Nalguitas' ya se había ido, así que sólo quedamos descansando sentados al borde la rampa, Alex, Ricardo, Roberto y yo.

El verdadero episodio del día empezó un momento después con unos ruidos que inmediatamente llamaron nuestra atención.

Fueron como dos explosiones, en rápida sucesión. Era difícil decir qué tan cerca o lejos de donde estábamos habían sucedido. Pero cuando ocurrieron, todos nos quedamos estáticos. Era algo que, al menos yo, nunca había escuchado fuera de las películas.

"¿Qué fue esa vaina? ¿Balas?" - preguntó Ricardo con cara de susto.

"Sí, esa huevada es bala de todas maneras. Pero creo que es medio lejos" - respondió Roberto.

"Que loco" - dije - "¿Estarán asaltando algún sitio?"

"Fácil. Podría ser la oficina del Banco en la avenida." - dijo Roberto.

"¿No será por la jato? Pareciera que el ruido viniera del lado del barrio."

"Es difícil de decir. Podrían ser de cualquier lado. Pero yo creo que debe ser relativamente cerca. No creo que el ruido de bala se escuche lejísimos. En todo caso ya paró. Y parece que sólo fueron dos tiros" - dijo Alex.

Una familiar sensación de náuseas me vino de repente, e inmediatamente empecé a buscar con la vista en los alrededores.

Lo primero que noté es que Roberto me miraba intensamente, e inmediatamente supe que él sentía lo mismo.

Seguí mirando alrededor, y no tuve que buscar por mucho tiempo.

A unos cincuenta metros, en dirección a nuestro barrio, pero del lado del acantilado estaba el viejo del saco marrón mirando en nuestra dirección.

"Algo malo va a pasar" - pensé.

Debí haber dicho lo que pensé en voz alta, porque Alex me miró de repente.

"¿Qué dijiste?"

"Tenemos que irnos de aquí. Pero ya" - dije en un tono nervioso.

Recogí mi skate y empecé a alejarme.

"¿De qué hablas? ¿Por qué?" - dijo Ricardo. Tanto él como Alex me estaban mirando como bicho raro.

"¡Vámonos, háganle caso!" - gritó Roberto. Él también recogió su bicicleta y empezó a moverse en dirección hacia donde yo había visto al viejo, que en realidad ya había desaparecido.

No creí que él también lo hubiera visto, pero por alguna razón caminó hacia allá.

Los demás se habían quedado parados, mirándolo sin hacer nada.

"Muévanse, carajo. Sígannos" - les grité mientras iba detrás de Roberto.

Finalmente, aún mirándonos con cara de que nos habíamos vuelto locos, todos recogieron sus cosas y se movieron de la rampa, y nos empezaron a seguir.

No habíamos caminado más de diez o veinte metros cuando de pronto se escuchó el ruido de las llantas de un carro, que estaba dando una curva a altísima velocidad. Venía por la calle del malecón en dirección contraria a nosotros. Era un sedan de color gris. Detrás de él, también a toda velocidad venía un patrullero de la policía.

Cuando estaban casi por llegar a nuestra altura, la patrulla perdió el control en una curva. El conductor sobre corrigió la maniobra y se subió encima de la vereda del malecón.

El impacto con el borde de la vereda hizo que el auto se despegara del piso por un momento. Al caer, aún con viada, continuó y fue directo hacia la rampa, la cual impactó, quedando allí detenido. El choque hizo que se abra inmediatamente el capot de la patrulla, y el motor empezó a botar humo.

El otro carro, el sedán gris, nunca redujo la velocidad y desapareció más abajo en una de las curvas del malecón.

Cuando reaccioné me di cuenta que todos nos habíamos tirado al piso instintivamente.

"Pucha, que alucinante esa vaina" - dijo Alex.

Se incorporó y empezó a sacudirse la tierra de la ropa.

"¿Qué habrá pasado?" - pregunté.

"Deben haber sido los choros del tiroteo" - ofreció Roberto.

"Mismo película, ¿ah?" - dijo Alex.

"Bueno, al menos los tombos están bien" - dijo Ricardo, apuntando hacia la patrulla.

Un policía había bajado de ella y estaba usando un extinguidor en la parte delantera del carro. El otro estaba parado al lado de la puerta y parecía estar medio aturdido por el choque.

Varias personas habían salido de sus casas y miraban desde el otro lado de la calle.

"Creo que mejor nos vamos" - les dije - "no vaya a ser que nos metamos en problemas por estar aquí."

Nadie refutó la propuesta, y empezamos a caminar por la vereda del malecón en dirección al barrio.

"Fernando" - dijo Alex.

Me tomó del brazo.

"Sí, ¿que hay?" - le dije.

"Huevón, si no nos hubieras dicho que nos moviéramos, el patrullero se nos podría haber ido encima" - me dijo.

"Ajá" - respondí solamente, tratando de evitar el tema.

"¿Cómo supiste que algo iba a pasar?"

"No sé" - dije levantando los hombros - "Supongo que tuve un presentimiento."

"Okay" - dijo Alex.

Me pareció notar que mi respuesta no lo había convencido del todo, pero no dijo nada más al respecto.

Ya estábamos por llegar a la altura de la casa de Alex y Ricardo, cuando vimos que el Chato Enrique venía en su bicla en dirección contraria.

Frenó justo frente a nosotros.

"Habla Chato. ¿Se te pegaron las sábanas? No sabes lo que te has perdido." - dijo Alex.

El Chato puso los brazos sobre el timón de la bicicleta, y empezó a resoplar. Estaba bastante agitado.

"Choche, mucha paja te caga el físico" - dijo Roberto.

Todos nos reímos a carcajadas.

"Gente, ya dejen de joder y escuchen la última" - dijo el Chato.

Aparentemente ya estaba recuperando el aliento, pero igual se le notaba visiblemente exaltado.

"¿Qué fue?" – le dije - "No creo que sea más alucinante que lo que acabamos de ver."

"No tengo idea de que han visto, pero no saben el chongo que se ha armado un poco más abajo del barrio, en el malecón. Hay tombos, una ambulancia, y justo cuando me fui llegaban un par de camionetas de la tele."

"Esta vaina debe estar conectada con los balazos y la persecución del patrullero" - dijo Alex.
"Supongo. ¿Pero qué pasó allá, Chato? ¿Por qué tanto alboroto?" - pregunté.
"No sé exactamente. Pero hay un huevo de gente y han cerrado las calles. Hasta han cerrado el mismo malecón. Los carros se están desviando a la Avenida del Ejército. ¿No quieren ir a sapear? Justo iba a buscarlos para ir en mancha."
"¡Claro! ¡Vamos al toque!" – respondí.
Miré a los demás para ver qué decían.
"Vamos pues" - dijo Alex.
Subidos en skates y bicicletas nos dirigimos hacia allá, conversando y especulando sobre qué podía haber sucedido.
Antes de llegar allá, cuando llegamos a la altura de la casa del malecón, sentí una fuerte ansiedad y una fuerte sensación de temor me invadió completamente.
Paré en seco.
"¿Qué pasa?" - me preguntó Alex.
Pude ver que Roberto parecía estar pasando por lo mismo que yo. Estaba en cuclillas, y me miraba de frente a los ojos.
Sus ojos estaban completamente abiertos. Alarmados.
"Nada, nada" - respondí - "Sigamos."
"Okay" - dijo Alex retomando el camino en su skate.
Roberto también empezó a moverse.
Me pegué a él, quedando un poco rezagados, para que los demás no pudieran escucharnos.
"¿Sentiste esa vaina?" - le pregunté.
"Sí. Alucina que yo creo que toda esta cuestión tiene algo que ver con la casona" - respondió.
No respondí nada. Le hice un ademán para alcanzar a los demás.

Unos minutos después llegamos al lugar de los hechos.

Efectivamente había muchos curiosos, policías, enfermeros, y reporteros. Estos últimos con sus micros y cámaras, tratando de filmar al lado de una cinta plástica de color amarillo que había puesto la policía para cerrar la calle.

Nos abrimos paso entre la gente y llegamos también hasta la cinta plástica. Esta estaba amarrada al marco de la ventana de un patrullero que bloqueaba un lado de la calle.

Parado allí había un policía regordete que vigilaba que nadie entrara a la zona demarcada.

"Manya, creo que ahí hay un muerto" – exclamó el Chato.

Señaló una sábana negra sobre la vereda, que claramente definía el contorno de un cuerpo cubierto.

"Que locura" - dijo Ricardo.

De pronto escuchamos un grito.

"¡Hey! ¡Mocosos! Aléjense de ese patrullero y regresen a sus casas. No tienen nada que hacer aquí."

Era otro policía que venía caminando desde donde estaba el cuerpo. Antes de vernos había estado conversando con dos hombres vestidos de civil, que parecían estar tomando notas.

"Molina" - dijo el policía, dirigiéndose al otro policía, el gordito, que estaba a unos metros de nosotros - "¿Qué estás haciendo? Saca a esos chiquillos de allí."

Volteamos a mirar a este último y vimos que el policía gordito caminaba hacia nosotros.

"Creo que mejor arrancamos" – dijo Ricardo.

La propuesta fue recibida positivamente, y volteamos para volver a abrirnos paso entre los mirones, pero ahora en dirección opuesta.

"¡Hey chicos! ¡ No se vayan!" - gritó otra voz.

Páramos y volteamos a mirar. Uno de los dos hombres en ropa civil, caminaba en nuestra dirección.

Mirándolo señalé con mi dedo índice hacia mí mismo, como preguntando si se refería a nosotros.

"Sí, ustedes. ¿Son de este barrio?" – preguntó.

"Sí" – respondí – "Vivimos aquí nomás, a un par de cuadras."

"¿Quieren ayudarme con algo? Soy el Teniente Sebastian Mendiola de la Policía de Investigaciones. Sólo quiero hacerles unas preguntas rápidas."

"Eh... supongo que sí. ¿Qué necesita?" - respondí.

"Primero, quisiera que vean esa bicicleta que se encuentra allá y me digan si la reconocen" - dijo.

Estaba apuntando un poco más atrás de donde estaba el cuerpo.

Ahora que señaló esa área, pude ver que efectivamente se veía la parte superior del timón de una bicicleta. Esta estaba parcialmente bloqueada por una camilla y un doctor en bata blanca.

"¿Por qué cree que la reconoceríamos?" - preguntó Alex.

"Porque se ve muy parecida a la que está montando él" - dijo Mendiola.

Estaba apuntando al Chato, que llevaba su bicicleta rodando a su lado.

"Es del mismo tipo" - agregó.

"¿Una BMX?" - dijo el Chato.

"Si así se llaman, sí" - dijo Mendiola, que obviamente no estaba familiarizado con ese tipo de bicicleta.

Nos miramos entre todos.

"Vamos a ver pues" - dijo Alex finalmente levantando los hombros.

Mendiola se dirigió hacia la patrulla y le habló al policía que se encontraba allí.

"Sargento, deje pasar a estos chicos. Los necesito un minuto aquí adentro."

"Sí, mi Teniente" – respondió el policía.

Levantó la tira plástica, retirándose a un lado e invitándonos a pasar con una seña de la mano.
Todos pasamos al otro lado y empezamos a seguir a Mendiola.
"¿Qué pasó aquí?" - preguntó Alex.
"Creemos que es un secuestro."
Cuando escuché esto, mi corazón empezó a latir rápidamente.
Miré a Roberto, y tenía la misma cara de alarma que hacía un rato.
En lugar de ir directamente a la bicicleta, Mendiola estaba caminando haciendo un amplio círculo, manteniéndonos lejos del cadáver.
Cuando llegamos a la bicicleta, y la vi, sentí que las piernas me flaqueaban.
En ese momento escuche al Chato.
"Oe huevón, ¿es igualita a la ticla de Bruno, no?"
Asustado, asentí, y me senté al borde de la vereda con un vacío en el estómago.

"Y así es cómo se conocieron" - dijo Tito dirigiéndose a Sebastián.
"Así es" - dijo el aludido - "Y creo que ahora es momento de que escuchen como vi yo todo."
Hizo una pausa.
"Estoy seguro que van a comprender mejor todo, y sobre todo mi actitud positiva frente a ustedes, si es que conocen las cosas desde mi punto de vista."

La historia de Sebastian

Miraflores, Enero 1986

Cuando llegué al lugar del suceso, ya se me habían adelantado algunas patrullas y ambulancias, pero también lamentablemente varias camionetas de los canales de televisión o periódicos locales.

Como detective de la Policía de Investigaciones, iba vestido de civil. Me acerqué al único pase disponible desde el lado de la avenida del Ejército que daba a la bocacalle.

Este estaba formado por dos patrulleros, que dejaban un espacio al medio de la pista. Luego de abrirme paso entre algunos curiosos y periodistas, fui parado por un policía en uniforme.

"Deténgase ahí. Sólo pasan las autoridades."

Saqué del bolsillo interno de mi casaca mi placa y se la mostré.

"Ah ya, pase jefe. Pensé que era uno de estos sapos de la prensa" - dijo el policía.

Me saludó y abrió el paso, sin quitarles la mirada a los periodistas, que ya eran conocidos por encontrar maneras de meterse donde se supone que no deberían estar.

Desde allí pude ver que del otro lado de la bocacalle, del lado del malecón, también habían cerrado la calle usando un patrullero y un cordón de seguridad.

Varias personas también estaban curioseando desde ese lado.

La única información previa que tenía era que se habían reportado balazos y que un hombre había sido herido en el tiroteo.

Una ambulancia estaba estacionada casi a la mitad de la cuadra, y dos enfermeros con una camilla, esperaban sentados en el filo de la vereda fumando unos cigarrillos.

Un tercero, con una bata blanca y de más edad, examinaba un cuerpo que estaba parcialmente tapado por un cobertor oscuro. La víctima (que ahora sabía había muerto) era un hombre relativamente joven, posiblemente cerca de los cuarenta años de edad.

A unos metros del cadáver, también sobre la vereda, había tirada una bicicleta.

Un poco más allá, entre los policías, reconocí a mi compañero de Investigaciones, Carlos Sandoval, quien como yo, iba vestido de civil.

Estaba conversando con una señora ya mayor y un hombre de mediana edad. La mujer, visiblemente afectada, tenía el rostro cubierto de lágrimas y el hombre la abrazaba. Este último era el que estaba hablándole a Sandoval.

Me acerqué a ellos, pero al percatarse de mi presencia, Sandoval me hizo una seña de que esperara.

Me quedé allí parado, mirando hacia el lado de la escena del crimen, pero a distancia suficiente como para oír lo que estaban hablando.

"Lamento mucho lo que ha sucedido" - decía Sandoval - "Estaremos en contacto con ustedes. Mientras tanto es muy importante que nos notifiquen inmediatamente de cualquier otra cosa que recuerden. Aquí está mi tarjeta. Hasta luego."

Volteé a mirar hacia ese lado, y vi que la pareja se dirigió hacia unas de las casas de enfrente, un poco más abajo en la cuadra. Inmediatamente las cámaras de los periodistas más cercanos, del otro lado del cordón, se enfocaron en ellos y la turba de periodistas, armados de micrófonos y grabadoras de bolsillo, empezaron a lanzar preguntas.

La señora y el hombre no les hicieron caso y entraron a una casa.

Me acerqué a Sandoval que terminaba de escribir algo en su bloc de notas. Nos saludamos con un apretón de manos.

"Teniente" - saludó Sandoval.
"Teniente" – le respondí yo, devolviendo el saludo.
Ambos sonreímos.
Los dos fuimos juntos a la Escuela de la Policía y de ahí a la Academia de Investigaciones. Nuestros ascensos sucedieron al mismo tiempo.
"¿Y qué tenemos aquí?" - pregunté.
"Secuestro, sin lugar a dudas. Complicado por la aparición de un tercero, al cual no le fue bien. Muerto en el acto. Dos balazos, uno en el pecho y uno en la parte superior del abdomen."
"¿Tercero? ¿No hay conexión entre la víctima y el secuestrado?"
"No, al menos basándonos en lo que he podido averiguar hasta el momento. El occiso, es Camilo Ulloa. Vive en esa casa" - dijo Sandoval.
Apuntó a una casa cuya entrada estaba a un par de metros de donde estaba el cadáver.
"¿Y quienes eran las personas que se acaban de ir? ¿Vecinos?" - pregunté.
"Así es. Los balazos hicieron que la señora se acerque a mirar por la ventana. El otro es su hijo que estaba acompañándola, pero no vio el momento del incidente. Ambos hicieron la identificación del cadáver, y además ya encontramos sus documentos, los cuales confirman la identificación visual."
"¿Alguna información sobre la víctima del secuestro?" - pregunté.
"Según lo que pudo ver la señora, es un chico muy joven. Entre unos diez y quince años. Esa es su bicicleta." - respondió Sandoval apuntando hacia ella.
"¿Cómo piensas que se dio el asunto?" - pregunté.
"De alguna manera Ulloa se dio cuenta de que algo estaba sucediendo y salió a la calle. Que haya escuchado ruidos o gritos es lo más probable. El secuestrador

obviamente estaba armado y lo eliminó para que no intervenga o para que no hayan testigos."
Pensé un momento sobre esto.
"¿No crees que tal vez el chico tiró la bicicleta y entró a pedir auxilio a la casa más cercana?".
"No lo creo" - respondió Sandoval - "me parece que en ese caso el problema hubiera sucedido tras las rejas que ves allí, dentro del área de la casa. No en la calle. No creo que Ulloa hubiese salido si el muchacho tocó su puerta para pedir auxilio. A no ser, claro, que haya querido dárselas de héroe y salir a enfrentar a los maleantes, dejando al chico en la casa, que lo hayan baleado y que los secuestradores luego hayan entrado por el chico. En todo caso, eso va a ser fácil de determinar por el perito."
"Tienes razón. Normalmente lo más simple, es lo que realmente sucedió" - dije.
"Así es. Además de lo ya dicho tenemos algo de información de los secuestradores. La vecina vio a un hombre alto, segun ella, extremadamente alto, y completamente calvo, que vestía saco negro. Y esto le pareció raro, una bufanda, también negra. Estaba parado cerca de la parte trasera de un automóvil gris."
Le dio otra mirada a sus notas y continuó.
"La señora no pudo reconocer la marca o modelo, pero por su descripción podría ser uno de esos carros gringos grandes, como un Oldsmobile, Buick o algo así. Además vio a otro hombre, más joven, de pelo negro, con jeans y un polo verde. Ella justo vio el momento en que este último, cargo al chico y lo metió a la maletera del carro, la cerró, dio vuelta al vehículo y se sentó en el lugar del conductor. Partieron inmediatamente, y a alta velocidad bajó hacia el malecón. Dobló en la esquina en sentido del tráfico y desapareció. Luego que el carro se fue recién vio el cuerpo de Ulloa, tirado en la vereda, y llamó a la policía."
Miró su bloc de notas nuevamente.

"Aquí hay algo raro, según ella nunca vio al hombre calvo subir al carro. De acuerdo a su versión de pronto lo perdió de vista."

"Supongo que debió haberse enfocado en el forcejeo del otro hombre con el chico, y mientras tanto el calvo entró por la puerta trasera del otro lado, o algo así. Hay que considerar su estado de shock y sus nervios debidos a la situación" - dije.

"Es lo más probable. La gente no desaparece así no más. Y no habría razón para que se hubiera escondido, o no hubiera subido al carro. Todo apunta a que el carro gris, el conductor y el sujeto de cabeza calva o rapada son nuestros objetivos" - dijo Sandoval.

"¿Nadie más vio algo?"

"Aparentemente no. Los demás vecinos que salieron o miraron por las ventanas, lo hicieron luego de que el automóvil ya se hubiera ido. O probablemente hay alguno que no quiere colaborar. Un par de estos también llamaron a la comisaría, luego de la primera llamada, que fue la de la señora."

Caminé hacia el lugar donde estaba la bicicleta. Examiné la pista y la vereda continuas. El cuerpo de Ulloa, ahora completamente cubierto, tenía un charco de sangre que se había formado alrededor de su parte superior.

Los enfermeros, ya estaban preparando la camilla. Me acerqué al forense y le pedí las fotografías instantáneas que había tomado. En ellas, Ulloa estaba de cara sobre el cemento. Eso quería decir que cuando lo vi al llegar, este ya había sido movido y puesto boca arriba para ser examinado.

Devolví las fotos y regresé a donde estaba Sandoval.

"¿Qué piensas?" - preguntó.

"No mucho más de lo tú ya habías razonado. Recapitulando tenemos que un automóvil con al menos dos personas, paró más o menos aquí con el fin de secuestrar a un joven que venía en bicicleta en dirección al malecón, al que probablemente venían siguiendo. Podría haber habido más gente dentro del mismo, que la testigo no vio. No veo huellas de una frenada intempestiva, así que lo más probable es que lo hayan pasado, se hayan detenido y esperado por él un momento. Bajan del vehículo, toman al niño, que tira su bicicleta y seguramente grita pidiendo auxilio. Ulloa que está en la casa más cercana, lo escucha y sale a ver que pasa, o tal vez simplemente el hecho coincide con su salida de la casa, y este es baleado por uno de los secuestradores. El auto parte con el chico, calle abajo hacia el malecón."

"Correcto" - dijo Sandoval - "Para finalizar, tenemos que la última parte del crimen, es vista por la vecina del frente, quien nos ha dado una descripción parcial de dos hombres y el vehículo. No tenemos ni número de placa, ni marca ni modelo. Y con excepción de que uno de ellos sea muy alto y calvo, todo lo demás es super genérico."

"Esto no va a ser nada fácil, Carlos. No es mucho con lo cual trabajar."

"Lo sé hermano" - dijo él.

Se rascó la cabeza y continuó.

"De lo único otro que podemos estar casi seguros es que el arma homicida fue un revólver y no una pistola, ya que no hemos encontrado casquillos. Dudo mucho que el asesino se haya detenido a recogerlos. Balística nos dirá que tipo de munición se usó, una vez que extraigan los proyectiles del cuerpo de Ulloa. Un pequeño dato más, casi irrelevante para la investigación, pero tal vez importante para un juicio."

"Tenemos que averiguar rápidamente quién es el chico y ubicar a los padres. Nuestra mejor oportunidad va a ser que los secuestradores se comuniquen con la familia, y que estos nos dejen saber en lugar de querer negociar directamente con los facinerosos. Lo ideal sería que los veamos antes que reciban esa llamada."

"Efectivamente. La otra opción es que sea uno de estos secuestros por órganos. En cuyo caso, o no se volverá a saber del muchacho o en un par de días aparecerá su cuerpo en algún lugar de la ciudad. El modus operandi no coincide con eso, pero quien sabe, tal vez estaban necesitando alguien en el acto."

"Esperemos que ese no sea el caso" - dije.

"Estamos fregados. Tampoco tenemos mucho con que trabajar para ubicar a los padres. Aún es temprano y estos no se darán cuenta que algo ha pasado hasta que el chico no regrese a una hora avanzada."

Estaba a punto de sugerir algo, cuando entre las personas que estaban detrás del cordón de seguridad, vi a un grupo de chicos. Uno de ellos tenía una bicicleta y las edades coincidian con la supuesta edad del secuestrado.

"Espérame un momento" - le dije a Sandoval.

Empecé a caminar hacia los muchachos.

Justo en ese momento, vi que estaban empezando a irse, y les grité para que se detuvieran.

Los convencí de que fueran conmigo al lugar donde estaba la bicicleta de la víctima, la cual reconocieron, haciendo posible identificar al muchacho secuestrado. Conocían al muchacho, de nombre Bruno, y todos estaban visiblemente afectados por lo que había sucedido.

No sabían su apellido, pero uno de ellos sí sabía donde vivía. La casa no estaba lejos de allí.

"¿Nos podrían guiar hasta la casa de Bruno? Es muy importante que nos pongamos en contacto con sus padres" - les dije.

"Además ellos tienen que confirmar que Bruno no está en su casa" - dijo Sandoval.

"Sí, claro" - dijo el muchacho más alto del grupo, y que supuse era el mayor de todos.

"Antes de que nos vayamos, voy a pedirle al forense que me saque una fotografía instantánea de la bicicleta. No la podemos llevar, pues el perito aún no ha llegado, pero la

foto será suficiente para que los padres confirmen la identificación de la misma" - dijo Sandoval.
Fue hacia la ambulancia donde estaba el forense.
Aproveché ese tiempo para tomar los nombres y números de teléfono del grupo, y les expliqué que era posible que contactara a sus padres para poder conversar con ellos nuevamente, en caso necesitemos más información.
Sandoval regresó con la fotografía.
Acto seguido, le pedí a los chicos que nos siguieran hacia nuestros vehículos, para ir a la casa de Bruno.
"¿Hay algo más que puedan decirnos?" - les pregunté mientras caminábamos - "Cualquier cosa que ustedes crean que pueda ayudarnos a encontrar a su amigo. ¿Tal vez alguien sospechoso que hayan visto en los últimos días por aquí?"
"Eso no" - dijo uno de ellos, de nombre Enrique - "Pero, ¿usted cree que el carro que estaba siendo perseguido por un patrullero en el malecón hace un rato, tenga algo que ver con el secuestro?"
Me detuve en seco.
"¿Qué carro?" - les pregunté.
"Un carro gris. Lo vimos hace como una hora en el malecón, y también vimos cuando chocó el patrullero" - dijo el chico alto, de nombre Alex.
"¿Tú sabías algo de esto?" - le pregunté a Sandoval.
"Ni idea. Tiene que ser el mismo automóvil, la hora y el color coinciden. Y debe haber habido alguna razón para que una patrulla lo persiga."
Saqué mi radio, y llamé a la central.
Les pedí que consultaran con la comisaría de Miraflores.
Luego de un momento, confirmaron que habían recibido el reporte de los policías en cuestión más o menos a la hora del secuestro. La patrulla estaba estacionada en la avenida. Cuando escucharon los balazos, bajaron por una

de las calles, y justo pasó frente a ellos el carro gris a toda velocidad, el cual persiguieron.

Aparentemente no había habido buena comunicación entre la comisaría y los policías que enviaron aquí cuando llamó la vecina. Lo cual no me sorprendió en lo absoluto.

"¿Pudieron ver a los que ocupaban el carro?" - les pregunté a los muchachos.

Todos negaron con la cabeza. Uno de ellos dijo que todo ocurrió muy rápido.

"¿Están seguros? Hagan memoria. ¿Tal vez uno de los ocupantes era un hombre calvo?" - pregunté.

Pude notar que todos reaccionaron frente a esto, y se miraron entre ellos. Uno de los chicos, uno rubio de nombre Fernando, pareció especialmente sorprendido.

"¿No será el calvo mañoso que ustedes han visto caminando en las noches?" - preguntó Alex dirigiéndose a Fernando, y a otro, de nombre Roberto.

Fernando pareció dudar y miró a Roberto.

Ambos se miraron de forma extraña. Me dio la impresión que Fernando trataba de decirle que no dijera nada. Noté un leve movimiento negativo de su cabeza, y sus ojos clavados en los de su amigo.

"Esto es muy importante" - les dije - "La vida de su amigo podría depender de esto. No tengan miedo de hablar, que nada les va a pasar."

Finalmente Roberto miró hacia mí.

"Tanto Fernando como yo hemos visto a un hombre calvo. En momentos distintos. No sabemos quién es. Sólo que siempre lo hemos visto de noche" - dijo Roberto.

"¿Y recuerdan algo más de él? ¿Algo que nos facilite encontrarlo?" - preguntó Sandoval.

"La última vez que lo vi fue hace meses. Es muy alto, y vestía un saco y bufanda negra" - dijo Fernando.

Miré a Sandoval.

"Ese es nuestro hombre" - dijo él.

Puntos de vista

Punta Hermosa, Junio 2018

Sebastián concluyó con su relato, y creí que era importante explicar algunos puntos sobre nuestra visión de las cosas en el momento en que lo conocimos.

"En ese momento Roberto y yo definitivamente no íbamos a hablar de lo que sabíamos de Max Polmsen. Sebastián a ese punto era un desconocido, además de ser policía y sobre todo un adulto. No había manera de que cualquier cosa que digamos sobre Max, su conexión con la casa del malecón, y nuestras experiencias, fueran a tener algún sentido para él."

"Así que sólo le dieron la descripción como si ustedes pensaran que se trataba de un tipo cualquiera que caminaba por la zona" - dijo Tito.

"Así es. Y así era también para Alex, Ricardo y el Chato, que no sabían de nuestras incursiones a la casona. Luego cuando estuvimos solos con Roberto, empezamos a tratar de imaginar cómo es que Max podría haber participado en el tema."

"¿Y llegaron a alguna conclusión? - preguntó Tito.

"Lo único que tenía sentido era que la señora que vivía al frente del lugar del secuestro también 'podía ver', o que Max había encontrado alguna forma de regresar, por decirlo de alguna forma" - respondí.

"Y eso los llevó a pensar que era mucha coincidencia que esto sucediera justo cuando habían estado entrando a la casa, y cuando mucha gente estaba viendo a los fantasmas relacionados con la casa del malecón" - afirmó Alex.

"Correcto" - dije asintiendo.

Tito pareció pensar un momento.

"A éste punto no había ninguna razón para que tú pienses que había algo extraño en todo esto, ¿Correcto?" - le preguntó a Sebastián.

"Por supuesto que no. En ese momento esa era una investigación de secuestro como cualquier otra. Teníamos la información base, y datos obtenidos de testigos, que así sonaran algo raro, tenian que tener un explicación racional" - respondió Sebastián.

"¿Cuándo tuviste las primeras sospechas de que esto no era un caso normal?" - preguntó Tito.

Sebastián buscó entre sus papeles, y sacó unas cuantas hojas, las cuales puso en orden.

"Cuando fui a ver a mi padre ese mismo día" - dijo mirando el primero de los papeles.

Fantasmas del pasado

Miraflores, Enero 1986

Luego que los chicos nos contaron sobre el hombre calvo, pasamos la información a la central para que alerten a todas las comisarías de que estén atentos a las descripciones de ambos hombres, y que podrían estar en un automóvil gris tipo sedan, con un chico de unos doce años.

Inmediatamente después de eso, con la ayuda del grupo de chicos, llegamos a la casa de Bruno.

La escena fue previsiblemente devastadora.

Los padres identificaron la bicicleta por la foto, confirmaron la hora a la que había salido Bruno (que ahora sabíamos se apellidaba Galvez) y esta coincidia con la hora del secuestro. Y por supuesto que no había regresado a la casa.

"Bruno dijo que iba a encontrarse con amigos del barrio. Supongo que se trataba de ellos" - dijo el padre, y miró a los chicos que estaban sentados en la vereda.

Sandoval y yo les habíamos pedido que nos esperen, pues queríamos nosotros mismos regresarlos a sus casas.

Conversamos con los padres un rato, y recogimos información básica. Quedamos en que regresaríamos más tarde para seguir conversando.

La mamá de Bruno estaba en un comprensible estado de pánico, y el padre que veíamos que trataba de mantener la compostura, obviamente estaba también muy afectado.

No tenía sentido presionarlos por más información en ese momento, y de todas formas dudábamos que pudieran darnos más de lo que ya nos habían dado.

Les explicamos qué debían hacer en caso de que recibieran una llamada pidiendo dinero de rescate, y que de ninguna manera fueran a hacer algo sin avisar a la policía. Tanto Sandoval como yo les entregamos nuestras tarjetas.

"Haremos todo lo que sea posible para dar con el paradero de su hijo" - les dije al despedirnos.

Luego de eso dividimos a los chicos entre ambos carros, y los dejamos en sus casas, también con nuestros datos de contacto e instrucciones para que nos llamen en caso hubiese algo más que quisieran decirnos.

Un rato después, Sandoval y yo nos encontramos en un cafecito frente al parque central de Miraflores.

"¿Qué piensas?" - me preguntó Sandoval - "¿Algo ha cambiado en nuestra teoría luego de hablar con los muchachos y los padres?"

Revisé mis notas.

"Lo primero es que me llamaría mucho la atención que los padres reciban una llamada pidiendo plata" - dije.

"Estoy de acuerdo. La esposa es ama de casa y él trabaja desde la casa haciendo "consultorías". Probablemente sea un desempleado en busca de trabajo, y muy orgulloso para decirlo."

"Así es. Y no creo que tengan grandes ahorros. La casa es pequeña. El barrio es bueno, pero esta no es la zona de plata" - completé.

"¿Crees que tengan algún familiar que si tenga mucha plata? ¿O que tal vez sea algún político o figura importante?"

"No lo sé. Supongo que si fuera el caso lo hubieran mencionado, pero en todo caso es una de las cosas que tenemos que preguntarles cuando regresemos."

"De acuerdo. Hay otras posibilidades, como que se trate de un ajuste de cuentas con algún prestamista, o las cosas que ya habíamos comentado antes, pero tendremos que ahondar en ellas en su momento."

Sandoval apuntó algo en su bloc de notas y lo guardó.

"¿Pedimos algo de comer? Ya es pasada la hora de almuerzo y este café con galletitas no va a parchar el hambre que tengo."

"Voy a tener que pasar. Hace días que estoy pensando ir a ver a mi padre. Tú sabes que aún pasa por un momento difícil" - dije.

"Claro hermano, lo entiendo perfectamente. ¿Te parece si nos comunicamos en unas tres horas para ir a la casa de los Galvez?"

"Perfecto" - le dije.

"Y mándale mis saludos al Comandante."

"Así lo haré. Muchas gracias" - le dije.

Nos despedimos y salimos en direcciones opuestas.

De pasada a la casa del viejo, paré en una pollería, compré un pollo a la brasa con papas para llevar (su favorito) y seguí en camino.

Mi madre había fallecido hacía pocos meses, de manera intempestiva, de una enfermedad fulminante, y a una edad no tan avanzada, Mi padre, que se había retirado hace unos años y no tenía nada que lo distraiga, no la estaba pasando nada bien.

Me tenía preocupado, pues me había dado cuenta que no estaba comiendo bien, así que pasaba por allí cada vez que tenía tiempo a la hora de almuerzo o cena, para asegurarme que ingiriera algo.

Yo ya tenía muchos años de haberme mudado fuera de la casa, pero siempre sentía algo de nostalgia al visitar mi antiguo hogar, sobre todo por los cuadros de mi madre. Estos adornaban una de las paredes de la entrada y la mesa de la sala, donde en uno de ellos salía junto a mi padre en uniforme cuando ambos eran muy jóvenes.

Cuando llegué a su casa, como siempre era el caso, el viejo se puso muy contento de verme.

"Que bueno que pases por aquí" – dijo.

Nos dimos un abrazo.

"Espero que no estés distrayéndote de tus labores por venir a verme."
"No viejo. Para nada. Todo está bajo control."
"Espero que así sea, porque si no voy a tener que reportarte con los altos mandos" - dijo riendo.
"Ay papá, ni retirado puedes con tu genio" - dije uniéndome a sus risas.
En ese momento notó la bolsa plástica con el logo de la pollería.
"No tenías que comprar nada, Sebas. Aquí tengo algunas sobras de ayer para calentar."
"No te preocupes. Yo tampoco he comido y sé que esto no podrás resistirlo" – respondí.
Levante la bolsa a la altura de su cara como quien lo tienta.
Se sonrió.
"No cabe duda que me conoces muy bien."
"Además tengo que regresar a trabajar, así gastamos menos tiempo preparando y más conversando" - dije.
"Está bien pues."
"Ah, y antes que me olvide. Carlos Sandoval te manda saludos."
"Mándale los míos de regreso. Buen chico tu compañero. Más bien tráelo alguna vez a la casa. Hace mucho que no lo haces." - me dijo.
"Tienes razón. Prometo hacerlo. Él estará contento de verte."
"Te tomo la palabra. Más bien déjame que traiga un par de platos y cubiertos."
Se dirigió a la cocina.
Me senté y empecé a abrir la bolsa.
"Y, ¿qué me cuentas? Algún nuevo caso, ¿o aún sigues investigando el tema de las drogas?" - preguntó el viejo desde la cocina.

"Ese asunto aún continúa, y espero cerrarlo pronto, pero hoy en la mañana tuve una llamada por un nuevo caso."

"¿Qué tipo de caso?"

"Desafortunadamente se trata de un secuestro. La víctima es un chico de doce años. Casi un niño. Una verdadera lástima."

"¿Testigos? ¿Algún dato que ayude con el caso?"

"Todo es muy genérico. El único dato importante es la descripción de uno de los sospechosos. El cual además ha sido corroborado por chicos de la zona. Dicen que han visto a alguien con la misma descripción caminando por el barrio con cierta frecuencia."

"¿Hay algo en particular que destaque de la descripción?" – me preguntó el viejo ya regresando de la cocina.

"A decir verdad sí. No es mucho, pero hay un par de características saltantes. Es un hombre extremadamente alto, de mediana edad, tal vez en sus cuarentas o cincuentas. Iba vistiendo un sacón negro, una bufanda del mismo color, y es completamente calvo."

Mi viejo se quedó como paralizado un momento y los platos que iba poner sobre la mesa se le cayeron, rompiéndose en el piso.

Noté que su rostro se había puesto blanco.

"¡Papá! ¿Estás bien? ¿Qué sucedió?"

Me paré y lo tomé de la cintura, pues parecía que se iba a caer.

Asintió un par de veces con la cabeza, e hizo un ademán con la mano como diciéndome que esperara.

Acerqué el sillón más cercano y lo ayudé a sentarse. Me puse de cuclillas a su lado.

"¿Estás seguro que estás bien?" - le pregunté - "¿No quieres que llame una ambulancia o que te lleve al hospital?"

"No, no. Estoy bien. Sólo necesito un momento" - respondió.

El color le estaba volviendo al rostro.

"Okay, pero quédate aquí sentado. Voy a traerte un vaso con agua y algo para limpiar esto" - dije.

Me dirigí a la cocina y regresé con las cosas.

Le di el vaso, y mientras limpiaba lo miré un par de veces, para asegurarme que estuviera bien. Ya se le veía mucho más tranquilo, pero parecía completamente sumido en sus pensamientos.

Boté los restos a la basura, y regresé a la sala.

"Papá, ¿Qué pasó? ¿Cuántas veces te ha pasado algo así?"

"Nunca. Es la primera vez" - respondió.

"No me estas mintiendo, ¿no?" - lo increpé.

"Claro que no" - dijo - "Estoy bien. Lo que sucede es que me impactó algo que dijiste sobre el secuestro."

"¿Cómo? ¿A qué te refieres?" - le pregunté extrañado

"¿Dijiste que la víctima es un chico muy joven de doce años, y que el sospechoso es un hombre muy alto, calvo, con un sacón y bufanda negra?"

Se quedó mirándome fijamente a los ojos, esperando mi respuesta.

"Sí, eso es lo que dije" – respondí – "¿Qué hay con eso? ¿Por qué te ha afectado?"

Respiró profundamente y tomó unos segundos para responder.

"Han pasado muchos, pero muchos años. Pero cuando era joven hubieron unos casos de secuestro. Todos de chicos de entre diez y catorce años. Todos en la zona de Santa Catalina, en La Victoria. Uno de los sospechosos tenía exactamente la misma descripción."

Me miró y remarcó sus palabras.

"Exactamente la misma descripción" - dijo.

"¿Y qué pasó con él?" - pregunté genuinamente interesado.
"A ese nunca lo pudimos agarrar. Eran dos que operaban juntos."
"¿Y cuándo fue eso?" - pregunté.
"Esto fue hace unos cuarenta años. Entre 1940 y 1950" - respondió.
Ambos guardamos silencio por un momento.
"Claramente es una coincidencia. Este tipo en esa época hubiera sido un niño o en el mejor de los casos un adolescente" - dije.
"Sí, sí. Además ese sospechoso, como te dije, tenía exactamente la misma descripción, es decir también era una persona de unos cincuenta años. Es sólo que cuando te escuché, muchos recuerdos del caso volvieron de golpe."
"Entiendo" - dije poniendo una mano sobre su hombro.
Le di un momento, antes de retomar la conversación.
"Por lo que dices, esa persona en esta época ya tendría unos noventa" - comenté.
"Afirmativo" - respondió.
"Dijiste que al calvo no lo pudieron agarrar, ¿o sea que al otro sí lo capturaron?"
"Sí, sí lo capturaron, pero no la policía. Sino aparentemente algún civil o grupo de civiles. La teoría es que deben haber sido los vecinos de la zona donde operaban, de alguna manera lo agarraron, lo mataron y tiraron el cuerpo en un terral, en lo que hoy en día es San Borja. En esas épocas toda esa área estaba desierta. Está lo suficientemente cerca de La Victoria como para que haya sido accesible, pero lo suficientemente lejos como para que la investigación se desvinculara de la zona de interés."
"¿Cómo supieron entonces que era uno de los secuestradores?" - pregunté.

"Hubo un chico que escapó de uno de los intentos de secuestro. El único que escapó hasta donde sabíamos. Tenía unos trece años. Nunca se supo cómo escapó. Cuando se le preguntó, dijo algo así como que no se acordaba. Como era un niño y estaba muy asustado, nadie lo presionó. De él fue que obtuvimos la descripción del hombre calvo, y como teníamos nuestras sospechas, hicimos que identificara el cadáver encontrado en el terral de San Borja. Y efectivamente era uno de los secuestradores."

"¿Y nunca dieron con los que lo mataron?" - pregunté.

"Nunca. La verdad es que una vez que quedó claro que era uno de los secuestradores de niños, a ninguno de los altos mandos le importó mucho quién hubiera sido. Se hicieron pesquisas, pero eran un saludo a la bandera. Para el show. Luego de un tiempo se cerró el caso."

"Interesante. Aunque con seguridad totalmente desconectado de lo que está pasando ahora" - dije.

"Así es" - dijo mi papá.

"En mi caso también hay un segundo sospechoso. Pero en su caso la descripción es muy vaga. No tiene ninguna característica saltante."

"Uhm. Bueno, al menos tienes la del calvo."

"Así es. No va a ser fácil, pero como sabes estos casos rara vez son fáciles. Así que hay que meterles el tiempo nomás, y cruzar los dedos. A veces la suerte ayuda" - dije.

El viejo asintió con la cabeza.

"Okay, pero suficiente de esto. ¿Qué te parece si comemos antes que el pollo termine de enfriarse?"

Comimos, casi en silencio la mayoría del tiempo. Supuse que él pensaba en su caso como yo pensaba en el mío.

Cuando terminamos lo ayude a guardar los restos en el refrigerador. Me acompañó a la puerta y nos despedimos.

No había dado tres pasos hacia la calle cuando me detuve y miré hacia atrás. Él aún estaba mirándome desde la puerta.

"¿Qué pasa? ¿Olvidaste algo?" - preguntó.

"No, no es eso. Dime una cosa. ¿Por casualidad sabes cual era la descripción del otro secuestrador? El que mataron y dejaron en el terral" - le dije un poco dubitativo.

"¿Para qué? ¿Qué estás pensando?" - me dijo mirándome con cara de extrañeza.

"Para nada en particular. Es sólo curiosidad."

Me miró por un par de segundos como sondeándome.

"Yo participé en las búsquedas y otras cosas menores, pero el caso lo vio un colega de mi misma delegación. Un tal Quevedo. Yo en esa época era un alférez aún en pañales. Todo lo que te he dicho fue porque el caso se trataba de niños y fue muy sonado entre la policía. No tanto en los medios. Además Quevedo hablaba mucho de él en la delegación."

"Y este Quevedo, ¿aún tienes cómo ubicarlo?" - pregunté.

"Probablemente. No lo veo hace mucho. Es mayor que yo, pero no lo suficiente para considerarlo muerto" - dijo riendo.

Pensó un momento.

"Se retiró hace unos cinco o seis años. Nunca fuimos amigos realmente, nuestra relación fue sólo de colegas. Pero supongo que lo puedo ubicar haciendo un par de llamadas."

"Sería genial. Gracias. Llámame si lo llegas a ubicar y te da la información." - dije.

"Claro. No hay problema."

"Chau papá. Cuidate, ¿okay?"

"Tú también" - dijo sonriendo.

Atando cabos

Punta Hermosa, Junio 2018

"¿Están pensando lo que yo estoy pensando?" - preguntó Alex.
Me miró primero a mí y luego a Tito.
"Estoy seguro que sí" - respondí.
Tito asintió, pero no dijo nada. Claramente estaba aún procesando la implicancia de lo que Sebastián había contado.
"¿De qué están hablando?" - preguntó Sebastián.
"Como te había dicho, gracias a Tito pudimos hablar con un par de personas de nuestro antiguo barrio en San Borja. Uno de ellos es Don Pedro. El guardián del edificio del que te hablamos. Y la información que nos dieron se cruza con lo que acabas de contar de una forma tremenda."
Sebastián pareció pensar un momento.
"Claro. Es decir, supongo que están concluyendo en que Max Polmsen era más probablemente la persona que había estado cometiendo esos secuestros en La Victoria durante la época que regresó a la casa del Malecón, pero que no pasaba nada en Miraflores."
Era obvio que Sebastián no estaba viendo la figura completa.
"Sí, pero lo que no te habíamos dicho aún en detalle son los demás personajes que Don Pedro ve, además de la niña" - dije.
Por la cara de Sebastián vi que estaba empezando a entender. Así que continúe.
"Entre ellos hay un hombre, que por lo que nos dijo Don Pedro, es el más recurrente de todos. Y lo más importante, es el único que no tenemos contabilizado."
Sebastián asintió un par de veces con la cabeza, deduciendo a dónde queríamos llegar con esto.

"¿Y ustedes creen que ese es el otro secuestrador? Es decir, ¿el que había estado trabajando con Max?" - dijo mirándome fijamente.

"Bingo" - respondí.

"No me llamaría la atención. Tiene mucho sentido" - dijo Alex.

"¿Alguna vez recibiste la información que le pediste a tu papá? ¿La descripción del otro hombre?" - preguntó Tito.

"Sí, un tiempo después mi papá me llamó para decirme que había ubicado al tal Quevedo y este se la había dado" - respondió Sebastián.

Empezó a buscar entre sus papeles.

"Aquí la tengo" - dijo sujetando una hoja con notas.

"¿Que dice?"

"A ver. Nunca fue identificado. Nadie nunca reclamó el cuerpo y no tenía nada en los bolsillos que proporcione su nombre. Ah, aquí está la descripción física."

"Te sorprenderías si te digo que Don Pedro llama a ese personaje el 'vaquero'?" - le dije.

Sebastián levantó los ojos del papel y me miró con la boca abierta.

"Porque usa sombrero" - dijo.

"Así es. ¿Alguna otra seña importante en la descripción?"

"Sí, el hombre usaba…"

"Tirantes" - completó Alex.

Sebastián se llevó las manos a la cabeza.

"Si bien es cierto, sabia que tu antiguo barrio había sido San Borja, nunca pasó por mi cabeza que esto sea más que una trivial coincidencia, pero ahora no me quedan dudas que el edificio donde vivía Tito, y el nuevo, donde ahora está Don Pedro, deben haber sido construidos sobre el terral donde dejaron el cadáver del secuestrador."

"¿Saben qué?" - dijo Alex - "Esto ya está sonando a película, pero podría poner plata a que el niño que escapó fue ayudado por el viejito."

"Así como ayudó a Fernando" - dijo Sebastián.

"¿Pero el viejito cuando aún estaba vivo o después de muerto?" - dijo Tito.

Esa era verdaderamente una muy buena pregunta. Sus implicancias le daban una nueva dimensión al tema.

"A éste punto es sólo una especulación. Pero todos los detalles cuentan" - dijo Sebastián.

La verdad es que en ese momento me sentía realmente abrumado por la serie de ramificaciones que todo esto tenía.

"Si el edificio y la casona de alguna manera están conectados... " - dije.

"La lista de cosas que podemos explicar con esto es interminable" - dijo Alex.

"Lo que había visto la viejita de San Borja, y lo que vio mi papá, tendría que haber sido al 'vaquero'" - dijo Tito.

"Y por qué Fernando y Roberto siempre aparecían en el edificio cuando usaban el portal de la espiral" - agregó Sebastián.

"Okay. Aquí hay algo que se me acaba de ocurrir que suena medio complicado, pero que creo que puede ser el premio mayor" - dijo Alex.

Todos lo miramos expectantes.

"A ver. Si cuando Fernando y Roberto estaban entrando a la casa del malecón, eso empoderaba a Max Polmsen, entonces cuando Fernando visitaba el edificio de Tito, de igual forma, empoderaba al 'vaquero'" - concluyó Alex.

"Las famosas 'zonas de maldad' de alguna manera se alimentan de lo que sea que es la habilidad de Fernando" - dijo Tito.

"Y por ende, esto explica por qué secuestró a Bruno" - dijo Sebastián - "Eso no sólo lo hizo por que le gusta, porque siempre fue un depredador, sino porque sabía que Fernado y Roberto volverían a la casa para tratar de ayudar a Bruno."

"Y así seguir con el círculo" - dijo Alex.

Todo el rompecabezas estaba empezando a armarse, y se me había hecho un nudo en la garganta.

"Pero sin embargo hay un par de piezas que no encajan" - dijo Sebastián.

"¿Cuáles?" - preguntó Alex.

"Una de ellas es que si el 'vaquero' de alguna forma se alimentaba de la habilidad de Fernando, hay una contradicción en el hecho que el chico de la bicicleta haya tenido una especial obsesión contra Fernando" - dijo Sebastián.

"¿Por qué?"

"Porque con eso sólo estaba logrando alejarlo del edificio" - respondió Sebastián

"Sí pues, realmente no tiene sentido" - dijo Tito.

"No dije que no tenga sentido" - dijo Sebastián - "Dije que la pieza no encaja."

Lo miré extrañado. Me pareció que al igual que yo, Alex y Roberto tampoco entendían a qué se refería.

"Tengo una idea para hacerla encajar, pero antes de eso déjenme decirles cual es la segunda pieza que tampoco encaja. Así como en San Borja hubo el chico de la bicicleta, en una oportunidad también hubo un ataque particular en Miraflores" - dijo Sebastián.

"El del 'loco botellas'" - dije.

"Así es. Eso tampoco parecería contribuir a que Max te haya querido cerca de la casa" - dijo Sebastián.

"¿Y cuál es tu idea para hacer encajar esas cosas?" - preguntó Tito.

"Creo que para que se entienda mejor, y en particular para que Tito esté al día, antes de que responda esa pregunta deberíamos recordar cómo se dio la desaparición de Roberto, y lo que sucedió posteriormente" - dijo Sebastián.

III
"Idas y vueltas"

Rutas diferentes

Miraflores, Enero 1986

La misma tarde del día del secuestro de Bruno, simplemente no podía dejar de pensar en todo lo que había sucedido, y en especial sobre el hecho que de alguna forma, Max, el hombre calvo, había participado en lo que ocurrió. Llamé a Roberto y quedamos en encontrarnos en la bodega de la Rogelia. Al llegar, pedimos un par de gaseosas y nos sentamos en los escalones de la entrada del edificio del lado.

"No puedo creer que esto le haya sucedido a alguien del barrio. Bruno no paraba siempre con la mancha, pero igual es un pata que conocemos" - dijo Roberto.

Estaba apretando los puños y se notaba claramente que estaba furioso.

"Sí" - respondí - "Y además es super buena onda el pata."

"¿Te acuerdas de 'Los Topos Anónimos'? - me preguntó.

"Claro, ¿cómo podría olvidarlo? Esa vez fue Bruno el que salvó el día. Era uno de los más chiquillos, pero el que tuvo las bolas más grandes" - dije recordando.

En ese momento, pasó frente a nosotros, en dirección a la bodega, el 'Harrison', un pata mucho mayor que nosotros que paraba con los más grandes del barrio.

Nos vio y se detuvo. No eran ni las diez de la mañana y a un par de metros de él ya se podía sentir el olor a alcohol.

"Asu, chibolos. Que tales caras de culo que traen. ¿Qué pasó? ¿Se les reventó la llanta de la bicicleta?" - dijo el Harrison arrastrando las palabras y se rió de su propio chiste.

"No te burles" – lo increpó Roberto – "Ha sucedido una cosa terrible y no deberías estar haciendo bromas."

La cara del 'Harrison' cambió a una de sorpresa y curiosidad.

"¡Tranquilo choche! ¿Qué pasó que andas tan asado?" - dijo.

"Han secuestrado a Bruno Galvez, un pata que vive aquí cerca del barrio" – le dije.

"¿Qué cosa? ¿Me están vacilando, no?"

"No Harrison. Es verdad, justo estamos volviendo de haber estado con la policía, para que puedan hacerles saber a sus papás" - dijo Roberto.

"Mierda. Que cagada. ¿Y ustedes estaban cuando pasó?" - nos preguntó.

Le contamos que no y que Bruno había sido secuestrado en camino a encontrarse con nosotros.

Luego que escuchó nuestra historia, el 'Harrison' sacó del bolsillo delantero de su pantalón una chata de ron. Tomó un largo trago hasta vaciarla. Sin decir nada, entró a la bodega de la Rogelia.

"Está borrachaso" - le dije a Roberto en un susurro.

Roberto asintió con la cabeza. A pesar de que trate de decirlo con algo de humor para aliviar nuestra tensión, él mantuvo su cara de seriedad.

El 'Harrison' salió de la tienda. Tenía en las manos una nueva chata de ron. Arrancó el papel alrededor de la tapa, la abrió y le dio un trago. Acto seguido se la metió al bolsillo, y nos miró.

"¡Siempre paren juntos con sus amigos, chibolos! Ya no se puede andar sólo en esta ciudad de mierda."

Sin decir nada más, empezó a caminar en la dirección en la que había venido.

Tanto Roberto como yo estuvimos callados por un momento. Yo estaba sopesando las palabras del Harrison.

"¿Sabes qué? El Harrison tiene razón. Si entre los amigos no nos damos la mano, ¿quién lo va a hacer? Cuando Bruno pudo, me salvó de una fea situación, y yo debería hacer lo mismo por él" - dije.

Roberto pareció contemplar lo que había dicho.

"Además" - continué - "A más lo pienso más llego a la conclusión que nosotros somos los responsables de lo que ha pasado."

"¿Te refieres a la razón por la cual dejamos de entrar a la casa?" - preguntó Roberto.

"Así es. Estuvimos jugando con fuego, tal vez sin saberlo, pero creo que eso le dio el poder al hombre calvo para poder secuestrar a Bruno."

Luego de conversar un rato más llegamos a la conclusión que la clave de todo era la casa.

Si íbamos a corregir lo que habíamos hecho teníamos que encontrar una forma de usar la casa a nuestro favor.

Ya se había hecho tarde, y ninguno de los dos queríamos ir a la casa de noche, así que quedamos en encontrarnos temprano al día siguiente.

"Definitivamente no sabíamos en lo que nos estábamos metiendo" - dije.

"¿Por qué creyeron que ir a la casa era una buena idea?" - preguntó Tito.

"Porque hasta ese momento la casa nunca había sido un sitio peligroso. Una vez que vencimos el miedo inicial, el tema se convirtió en básicamente un juego, y uno que nunca tuvo consecuencias" - respondí.

"No tuvo consecuencias para ustedes" - dijo Alex.

"Así es" - dije mirando hacia abajo.

Súbitamente toda la culpabilidad que había sentido décadas atrás me inundó nuevamente.

"Hey, mi bro" - me dijo Alex poniendo una mano sobre mi hombro - "No quise hacerte sentir mal. Lo que hicieron no lo hicieron de mala fe. Eran casi unos niños que no sabían lo que estaban haciendo."

"Gracias por tus palabras. Es probable que de alguna manera tengas razón, pero esas acciones pusieron en riesgo a mucha gente, fueron la razón del secuestro de Bruno, la muerte del vecino, el tal Ulloa, y eventualmente la desaparición de Roberto" - dije lleno de amargura.

"Y ahora estás tratando de hacer algo al respecto" - dijo Sebastian - "No seas tan duro contigo mismo."

Realmente apreciaba los esfuerzos de mis amigos por hacerme sentir mejor, pero la verdad es que la carga cada vez se estaba haciendo más pesada.

"En fin" - dije - "Nuestra idea fue que si la casa era el lugar donde estaba el poder de Max Polmsen, tal vez era el lugar donde encontrar algo que nos ayude a ayudar a Bruno."

Al llegar a la casa del malecón en la mañana, entramos sin mayor detenimiento, y nos dirigimos directamente al cuarto del portal.

Como desde nuestra primera entrada, la puerta estaba abierta, y el cuarto estaba vacío, pero el papel con la espiral no estaba en la pared.

Además de eso, faltaba algo más. Algo muy importante.

"¿Puedes sentir algo?" - le pregunté a Roberto.

"¿A qué te refieres?"

"Cada vez que entrábamos a la casa podía sentir, esa fuerza o energía. No sé como llamarla, pero hoy no la siento" - dije.

"Tienes razón. Habíamos entrado tantas veces que ya me había acostumbrado a eso, pero ahora que no está, se siente como que falta algo. Es como si la casa estuviera muerta."

"Exacto" - dije asintiendo.

"Tal vez por eso es que el portal de la espiral no está. Tal vez Max no está en la casa" - dijo Roberto.
Eso tenía sentido.
Si Max Polmsen estaba controlando al hombre del secuestro, tal vez tenía que estar donde sea que estuviera el hombre.
"¿Qué hacemos entonces?" - preguntó Roberto.
"No lo sé" - respondí.
"¿Crees que deberíamos irnos?"
"¿A hacer qué?"
"Tal vez hablar con los policías."
"¿Y decirles qué?" - dije un poco molesto - "¿Qué un fantasma secuestro a Bruno?"
Roberto no respondió nada.
"Disculpa compadre. No quise tratarte mal."
"No te preocupes Flaco. No pasa nada."
Me acerqué a la pared del fondo, al lugar donde el papel con la espiral había estado siempre. Comencé a tocar la pared en diferentes lugares, esperando encontrar algo. Tal vez algo que activara el portal.
"Fernando" - dijo Roberto.
"¿Qué pasa?" - le pregunté aún mirando la pared.
"Flaco. Mira" - dijo pero ahora más fuerte.
"¿Qué cosa?" dije y volteé a mirarlo.
Roberto no me estaba mirando a mí. Estaba mirando hacia la puerta del cuarto. Su rostro pálido, y sus ojos muy abiertos.
Seguí su mirada.
En la puerta del cuarto estaba una niña. La misma niña que habíamos visto por un momento el día que abrimos el cuarto. La misma niña de la foto en la casa de Don Máximo.
Isabel.
Me quedé paralizado. Sentí una especie de corriente eléctrica pasarme por el cuerpo, y como los pelos del cuello se me erizaron.

Isabel estaba tal como en la foto. El vestido que en la foto en blanco y negro era un gris claro, era realmente un tono de celeste. Su pelo largo caía por ambos lados de su rostro, parcialmente sobre sus hombros. Su cara no tenía ninguna expresión en particular, pero había una tristeza en su mirada. Sus ojos rasgados mirando en nuestra dirección.

Ya había empezado a buscar una forma de huir, debido al miedo de verla. De tenerla tan cerca. Pero de pronto me di cuenta que nuevamente podía sentir una energía alrededor nuestro, pero esta era diferente.

Esta me daba una sensación de calma.

Pude ver claramente la línea luminosa, de un blanco intenso, emanando de su cuerpo, y esto fue lo que finalmente me convenció de que no estábamos en peligro.

Sin cambiar de expresión, en completo silencio, Isabel empezó a caminar hacia nosotros.

Miré a Roberto y pude ver en sus ojos que él estaba sintiendo lo mismo que yo. La expresión de temor que tenía hace un momento se había ido.

Cuando Isabel llegó donde estábamos, se detuvo y me miró a la cara, luego miró a Roberto, y levantó ambos brazos, poniendo las palmas hacia arriba.

Miré a Roberto y él asintió con la cabeza.

Ambos pusimos nuestras manos sobre las manos de Isabel, quien las apretó.

"Lo que siguió fue sin lugar a dudas la experiencia más bizarra que jamás haya vivido" - dije.

"En tu caso el decir eso es una afirmación de grandes proporciones" - dijo Alex.

Por un momento traté de mantener una cara seria frente a este comentario, pero finalmente me rendí y sonrei. Todos se unieron con sus propias sonrisas.

Habían sido ya dos días intensos con recuerdos tristes y relatos difíciles de procesar, y un poco de humor no nos hacía mal.

"Fernando, continúa por favor" - dijo Sebastián luego de un momento.

"A diferencia de cuando usamos el portal de la espiral, lo que siguió no fue un viaje al cuerpo de nadie, fue más como una visión. Como si estuviéramos en primera fila viendo una obra de teatro a la altura del escenario."

Esta vez no hubo destellos de luz, ni náuseas, ni mareos.

De un momento a otro estaba en un lugar en casi completa oscuridad. El único hilo de luz provenía del borde de lo que parecía ser una ventana, que supuse estaba cubierta con algo.

De alguna manera supe que Roberto estaba ahí conmigo, pero al buscarlo a mis lados, no lo pude ver. Su presencia estaba ahí, pero si estaba a mi lado o en la esquina opuesta no lo sabía.

Una vez que mi vista se empezó a acostumbrar a la oscuridad, pude comenzar a distinguir algunas cosas. La perspectiva que tenía era como si estuviera parado en la esquina del cuarto.

Pude distinguir una mesa, una silla, pero lo más importante fue un colchón en el piso, con la figura de alguien echado en él.

Quise acercarme para mirar mejor, pero en lugar de caminar, sentí como que flotara, un leve mareo, y de pronto se hizo un silencio y una oscuridad total. Lo único que podía sentir eran los latidos de un corazón. No el sonido de los latidos, sino los latidos mismos.

De pronto nuevamente pude ver el mismo cuarto oscuro, pero ahora estaba mirando el techo del mismo.

Sentí que tenía algo apretado sobre la boca y no podía mover los brazos. Estaba echado casi de lado en algo mullido. No sentía mis manos, si no sólo una fuerte presión en mis muñecas.

De pronto escuché la puerta abrirse y la luz aumentó súbitamente. Un miedo tremendo me embargó, empecé a respirar muy rápidamente, hiperventilándome y el pánico comenzó a reemplazar al miedo. Los latidos del corazón empezaron a crecer en número e intensidad.

Sentí que algo me agarró por detrás y me jaló con mucha fuerza. Nuevamente sentí un mareo, esta vez un poco más fuerte que el anterior, y estaba nuevamente en la esquina del cuarto.

En la puerta estaba parado un hombre. No había nada particular respecto a él. Sería de mediana edad, vistiendo una camisa gris y jeans azules. En una mano llevaba un plato y en la otra un vaso de lo que parecía ser agua.

Los detalles del cuarto ahora eran completamente visibles. Era una habitación pequeña con una sola ventana. Esta había sido tapada con pedazos de cajas de cartón pegados a la pared con varias tiras de cinta adhesiva de gran tamaño, como la que se usa para cerrar paquetes.

El lugar estaba limpio, pero no tenía ningún lujo. Las paredes eran blancas, y los únicos muebles eran la silla y la mesa, además del colchón. La mayor iluminación provenía del pasillo, pero en el techo había un foco, sin pantalla o cubierta. Al lado de la puerta podía ver el interruptor. La puerta era de madera, sin adornos, con una chapa común y corriente sin llave, pero tenía un cerrojo del lado exterior.

En el colchón estaba Bruno con una mordaza en la boca, y las manos atadas a la espalda. Sus ojos abiertos completamente llenos de terror y respirando de forma acelerada.

El hombre se acercó un poco, a lo que Bruno respondió tratando de moverse desesperadamente sobre el colchón, peleando con sus ataduras. Sus gritos ahogados por la mordaza.

"No, no. Nada de hacer bulla" - dijo el hombre secamente.

Se dirigió a la mesa y puso el vaso y el plato, que tenía una cuchara dentro, sobre la mesa.

"Tienes que comer algo. Te voy a sacar eso de la boca y te voy a desatar las manos" - dijo.

Se agachó y se puso a la altura de Bruno.

"Si haces un solo ruido, gritas o pataleas, te vuelvo a poner todo y te quedas sin comer hasta mañana. De igual forma nadie te va a escuchar y voy a tener que castigarte ¿Entiendes?"

Bruno no hizo nada.

"Te pregunté si entiendes" - dijo el hombre, pero ahora con una voz más potente.

Bruno asintió lentamente con la cabeza.

"Así me gusta. Un chico obediente" - dijo el hombre con un esbozo de algo siniestro en su voz.

Desató la mordaza y se dispuso a desatar las manos.

"Señor, por qué......"

"Shhh, shhh" - dijo el hombre llevándose un dedo índice a la boca en señal de silencio.

Hizo colgar frente a la cara de Bruno la mordaza.

"No te dije que podías hablar. O te callas, o te pongo esto de nuevo y viene el castigo."

Bruno hizo un ademán como que iba a decir algo nuevamente, pero el hombre lo miró fijamente y entonces se quedó callado.

El hombre lo desató y se incorporó.

Bruno se sentó en la cama, y empezó a sobarse las muñecas.

"Quédate ahí quietecito" - dijo el hombre.

Recogió el plato y el vaso de la mesa, y se los dio a Bruno. Acto seguido se sentó en la silla a un par de metros de él.

Era claro que Bruno se encontraba muy asustado, pero estaba haciendo su mejor esfuerzo en mantener la calma. Hasta el momento no le habían hecho daño y parecía que si no causaba alboroto podría extender esa situación.

"Come" - dijo el hombre - "Se te va a enfriar."

Bruno tomó la cuchara y por un momento pensé que realmente iba a empezar a comer, pero de pronto la puso nuevamente en el plato.

"Mis papás no tienen plata" - dijo.

"No he venido a conversar contigo" - dijo el hombre parándose nuevamente.

"¿Por qué me tienen aquí?" - le gritó Bruno - "¿Por qué me están haciendo esto?"

El hombre avanzó rápidamente hacia él. El plato cayó al suelo y Bruno trató de pararse, ahora gritando por auxilio, pero el hombre ya estaba sobre él. Lo cogió de los pelos y enterró su cara contra el colchón. Mientras mantenía la presión ahí, puso una rodilla sobre su espalda y la otra sobre sus piernas.

Traté de hacer algo, de moverme hacia Bruno para ayudarlo, pero fue inútil. En ese momento era como si estuviera viendo todo a través de una cámara en la pared, en otro lugar, sin posibilidad de hacer nada.

"Si sigues forcejeando te voy a tener que hacer daño" - dijo el hombre enterrando aún más la rodilla en su espalda.

Bruno siguió dando pelea por un momento más, pero de pronto se quedó quieto, y pude escuchar sus sollozos ahogados por el colchón. El hombre primero le puso la mordaza y luego empezó a amarrarle las manos.

Cuando terminó, se sentó al borde de la cama, mirando a Bruno y acariciando su pelo. La forma en la que lo miraba daba asco. "Maldito desgraciado. No lo toques" – pensé lleno de rabia e impotencia. El hombre inmediatamente miró en la dirección del cuarto desde donde yo estaba mirando. Buscando. Se paró y empezó a acercarse, y por un momento pensé que estaba olfateando el aire frente a él. Cuando estaba casi por llegar a mí, sentí nuevamente la sensación de que me habían jalado fuertemente hacia atrás, pero antes que se hiciera la oscuridad, por un instante pude ver la cara de Max Polmsen en la cara del desconocido, su cabeza calva y sus ojos de depredador.

"Cuando terminó la visión, estábamos nuevamente frente a Isabel, en el cuarto de la casa del malecón, aún tomándola de las manos. Ella nos soltó, y ambos retiramos nuestras manos. Cuando Roberto me miró, pude ver en su mirada que él había visto lo mismo que yo en el cuarto donde estaba Bruno."

Todos estaban callados mirándome fijamente. El ruido de la olas de la playa era lo único que se podía escuchar.

"Entonces Isabel miró hacia la pared, aún con los brazos levantados y se acercó a la misma. Di un paso al lado y ella pasó entre nosotros deteniéndose muy cerca de la pared. Volteó las manos, poniendo las palmas apuntando a la pared, y las puso sobre su superficie, como si quisiera empujarla. La intensidad de la sensación de energía creció, y por un instante la luz aumentó, las paredes volvieron a ser verde claro, y la pared se llenó de papeles con diferentes dibujos. Cuando la visión se fue, Isabel ya no estaba allí. El cuarto estaba vacío y descolorido, pero algo aún estaba en la pared. Un solo papel con un dibujo. Pero no era la espiral. Era un hombre, hecho de palitos. A su lado, y agarrando su mano izquierda, también hecho de palitos, lo que por la diferencia de alturas, debía ser un niño."

"¿Y qué hicieron?" - preguntó Tito.

"Lo que debimos hacer desde un inicio" - dije mirando a Alex - "Hablar con nuestros amigos."

Alex sonrió.

"¿Y por qué decidieron hacerlo en ese momento?" - preguntó Tito.

"Porque por primera vez nos dimos cuenta que lo que íbamos a hacer era algo verdaderamente riesgoso. El juego de los portales se había convertido en una situación completamente diferente a la de lidiar con el chico de la bicicleta frente al edificio. Aquí había gente verdaderamente mala y peligrosa. Alguien había muerto durante el secuestro. Bruno estaba desaparecido."

"¿Crees que si hubieran hablado de este tema con los demás, antes de empezar a usar el portal, se hubiera dado lo mismo? - preguntó Tito.

"No lo sé. Si nunca hubiéramos entrado a la casa del malecón, simplemente nunca se hubieran dado" - dije.

"O se hubieran dado de otra forma" - dijo Sebastián.

"No hay forma de saberlo" - dijo Alex.

"Pero no hay nada práctico en tratar de pensar en lo que se hubiera dado. Las cosas sucedieron como sucedieron" - dijo Sebastián.

Rompiendo el hielo

Miraflores, Enero 1986

"O sea que la niña que ha estado viendo Ricardo sale de la casa" - dijo el Chato.

"Y el hombre calvo también" - dije yo.

Estábamos en el muro de afuera de la casa de Alex. Ya teníamos un rato contando, lo mejor y más rápido posible nuestra historia, y a pesar de que se trataba de nuestros amigos cada vez me sentía más incómodo con el tema.

Alex, Ricardo y el Chato Enrique nos miraban como si estuviéramos locos. A este punto no podía negar que yo mismo pensaba que eso realmente era una posibilidad.

Alex había permanecido callado casi todo el tiempo, sólo escuchando todo lo que habíamos estado contando.

"Y por todo eso es que tenemos que ir a la casa nuevamente. Es una oportunidad de salvar a Bruno" - dijo Roberto.

"¿Y la niña está allí?" - preguntó Ricardo.

"Cuando nos fuimos ya se había ido" - dije.

"Isabel no es mala, cuando tú la estabas viendo creemos que en realidad estaba tratando de advertirte que podías estar en peligro" - dijo Roberto.

"¿La niña se llama Isabel?"

"Así es" - respondí.

"¿Y cómo saben que se llama Isabel?" - preguntó el Chato.

"Es una historia muy larga" - respondí - "Luego que haya pasado todo esto, se las podemos contar."

"¿Y dices que saben dónde está Bruno? - preguntó Ricardo.

"No. Hemos visto el lugar donde está, pero no sabemos dónde está ese lugar" - respondí.

"Y todo esto lo saben porque a través de la casa pueden ir a diferentes sitios" - dijo el Chato.
Había un tono de duda en su voz que era innegable.
En ese momento me di cuenta que haber tratado de contar toda la historia lo único que había logrado era confundirlos. El tiempo apremiaba pues no sabíamos cuánto tiempo estaría abierto el portal que Isabel había dejado para nosotros, y no estábamos llegando a ninguna parte.
"Miren" - les dije - "Yo sé cómo suena todo esto, pero lo único que necesitamos es que sepan que estamos yendo a la casa. Si no pasa nada, entonces no pasa nada. Si logramos ayudar a Bruno, bacán. Pero si algo sale mal necesitamos que alguien sepa lo que pasó. Y lo más importante es que sepan que deben mantenerse lejos de la casona y lejos del hombre calvo."
A este punto Alex rompió su silencio.
"De alguna manera sabía que ustedes estaban metidos en algo raro. No sabía que era algo como esto, pero su actitud cuando Ricardo empezó a ver a la niña me llamó la atención. O sea que puedo creer que algo realmente está pasando, pero lo que están contando es loquísimo. Pero digamos que es verdad. Aún así hay algo que no entiendo."
"¿Qué cosa?" - le pregunté.
"Si lo que quieren hacer es algo peligroso y les hace pensar que algo puede salir mal, entonces… ¿por qué quieren ir a la casa nuevamente?" - dijo.
"Como dijimos, creemos que tenemos una oportunidad de ayudar a Bruno" - respondí.
"Además tanto Fernando como yo creemos que la razón por la cual Bruno fue secuestrado, es por nuestra culpa. Por haber estado yendo a la casa. Y creemos que tenemos que hacer algo" - dijo Roberto.
"¿Y porqué no ir de frente a la policía?" - dijo Alex.

"Porque si a ustedes les está costando trabajo creer nuestra historia, siendo nuestros amigos, imagínense ellos" - dijo Roberto.

Todos se quedaron en silencio.

Alex parecía estar sopesando la situación.

"Ya tenemos que ir" - me dijo Roberto - "Ya ha pasado mucho tiempo."

"Sí, vamos" - le respondí.

Volteé a mirar a los demás.

"Nos vemos pronto. Recuerden, pase lo que pase, no vayan a la casa del malecón" - les dije.

Ricardo y el Chato miraron a Alex.

Alex se mantuvo callado.

"Vamos, Roberto" - dije y empecé a caminar hacia la avenida. Roberto me siguió. Los demás se quedaron parados en silencio.

Llegamos a la esquina y esperamos a que pasaran los carros.

"Por un momento pensé que vendrían con nosotros" - me dijo Roberto mientras cruzábamos la pista.

"Yo también, pero es mejor que sea así. Por un lado no tienen nada que hacer, y por otro no quiero ponerlos en peligro. Al contrario."

"Sí, y la verdad no los culpo por no venir. Ellos no han visto lo que nosotros hemos visto, y nunca les habíamos hablado del tema. Además Ricardo ha estado super asustado con las visitas de Isabel."

"Así es. Alex estaba claramente incómodo frente a la situación, y francamente no lo puedo culpar" - dije.

"Además creo que a pesar que quieran creernos, lo más probable es que crean que hemos visto cosas pero que no son lo que nosotros creemos que son."

"¿Tú lo creerías? - le pregunté.

"Supongo que no."

Seguimos caminando en silencio las cuadras que faltaban para llegar a la casa. Traté de mantener un buen

281

ritmo. Tenía la idea de que si empezaba a dudar lo que íbamos a hacer, terminaríamos tirando la toalla.

Cuando llegamos a la puerta de la casa nos detuvimos allí un momento.

"¿Listo?" - le dije a Roberto.

"Listo" - dijo.

Noté que estaba tratando de mostrar seguridad, pero pude sentir la duda en su voz.

Entramos a la casa y me tranquilizó el darme cuenta que aún podía sentir la vibración de la energía en la casa. La que había generado Isabel. Eso quería decir que su portal aún estaría activo.

Estábamos empezando a subir las escaleras cuando escuchamos una voz llamándonos.

Volteamos hacia la entrada. Allí estaban Alex, Ricardo y El Chato. Empezaron a avanzar hacia nosotros con cierta reticencia, pero entraron a la casa.

"¿Qué hacen aquí?" - pregunté.

"¿Qué creías? ¿Qué iban a contarnos todo eso y los íbamos a dejar venir solos? - dijo Alex.

"Ni hablar" - dijo el Chato.

"La verdad es que me da gusto que estén aquí. Pero acuérdense, una vez que Roberto y yo nos vayamos, se van y esperan por nosotros en sus casas."

"Okay" - dijo Alex.

Pude detectar nuevamente algo de escepticismo en su voz.

Alex estaba aquí, no sólo por solidaridad y amistad, sino también por una mezcla de curiosidad e incredulidad.

"Sígannos entonces" - dijo Roberto.

Lo que les había dicho era cierto. El que esté toda la mancha allí realmente me hacía sentir mejor, pero al mismo tiempo me preocupaba. Empecé a pensar que tal vez no había sido una buena idea ir a buscarlos.

Cuando llegamos al segundo piso nos dirigimos al cuarto del portal. Nos siguieron sin decir nada.

Cuando llegamos al cuarto, el dibujo aún estaba en la pared.
"¿Qué es eso?" - preguntó Ricardo.
"Un dibujo pues" - dijo el Chato.
"Eso ya lo sé, huevón" - dijo Ricardo.
A pesar de las circunstancias todos nos reímos.
"¿Recuerdan lo que les contamos acerca del dibujo de la espiral?" - pregunté.
"Ajá" - dijo Ricardo.
"Bueno, creemos que este dibujo, a diferencia del otro, nos va a llevar adonde está Bruno" - dije.
"Este nuevo dibujo lo puso Isabel, la niña" - dijo Roberto.
Confusión en sus caras.
"¿Y por qué creen eso?" - dijo Alex.
"Al niño del dibujo le han puesto pelo, y el hombre que lo han dibujado muy alto, no lo tiene. Tiene que ser el hombre calvo con Bruno" - expliqué.
No pensé que la confusión hubiera desaparecido.
"En todo caso lo único que tienen que saber es que cuando nosotros lo hayamos usado, por ninguna razón vayan a tocar este papel. ¿Estamos claros?" - dijo Roberto.
"Ookayy...." - dijo el Chato.
Alex no dijo nada. Nuevamente se había puesto serio, y estaba claramente a la expectativa de lo que seguiría.
"Alex, ¿estamos de acuerdo?" - le dije.
"Sí, claro" - respondió.
Nuevamente pude detectar un poco de incredulidad en su voz, pero no había nada de extraño en eso. Era lo natural.
Roberto y yo nos acercamos a la pared del fondo, y lo miré a los ojos.
"¿Estás seguro?" - le pregunté.
"Por Bruno" - respondió.
"Por Bruno" - repetí.

Frente a las miradas extrañadas de todos, Roberto me tomó del brazo y luego tocó el dibujo en la pared.

Camilo Ulloa

Miraflores, Enero 1986

Por un momento pensé que me caería de la bicicleta, pero pude mantener el equilibrio. El leve mareo que sentí, vino y se fue rápidamente. Me quedó una sensación de nauseas, pero pensé que tal vez algo me había caído un poco mal en el desayuno.
Estaba emocionado porque iba a ir a encontrarme con mis amigos en la rampa. Estaba yendo a toda velocidad porque era tarde. Mi mamá me había hecho limpiar mi cuarto como condición para poder salir.
Al pensar en esto empecé a pedalear con más fuerza, ganando velocidad.
Llegué a la esquina de la Avenida del Ejército, espere a que pasen los carros, y crucé.
Cuando llegué del otro lado un automóvil gris pasó a mi lado. Algo respecto a ese automóvil me empezó a recordar algo, y disminuí la velocidad.
El automóvil continuó hasta el final de la calle, y dio la vuelta en 'U'. Avanzó casi hasta la mitad de la cuadra y se detuvo. Un hombre estaba al volante y parecía ser el único ocupante.
En ese momento me di cuenta.

"Yo estoy en control"

Frené en seco unos metros antes del automóvil. Vi la cara de sorpresa del hombre, y el carro aceleró súbitamente.
Traté de darle la vuelta a la bicicleta, pero una pierna se me trabó con uno de los pedales, y caí de espaldas, con parte de la bicicleta encima mío.
El carro paró a mi lado, pero el hombre que bajó del mismo, no era el que estaba conduciendo, este era

enorme, lucia una cabeza completamente calva y vestía un sacón negro. Llevaba una bufanda negra amarrada al cuello.

"Max" - pensé mientras me inundaba el terror de la situación.

Su mirada era fría y casi carente de emoción. Sus manos, con dedos largos y delgados se lanzaron hacia delante, y estas manos gigantes se veían como las garras de un ave de rapiña que amenaza con capturar a su presa.

El hombre calvo levantó la bicicleta y la tiró hacia un lado. Acto seguido me levantó en vilo, como si fuera una pluma.

Mi corazón latía desesperadamente.

En ese momento recién, estúpidamente, me di cuenta completamente del peligro de lo que estaba sucediendo. Esta era una situación de vida o muerte y mis siguientes acciones serían determinantes, así que empecé a pelear con todas mis fuerzas, y tratar de golpear al hombre calvo con puños y pies.

Pero mis ínfimos casi cincuenta kilos no estaban siendo de mucha utilidad contra la masiva humanidad del cuasi-gigante que me agarraba, y que ahora empezaba a llevarme hacia la parte de atrás del automóvil gris.

En ese momento recordé que no estaba solo, o que no debía estar solo.

"Roberto" - pensé - "¿Dónde estás?"

Y empecé a gritar tan fuerte como me permitían los pulmones.

Mis esfuerzos estaban logrando tal vez hacer más lento el progreso de Max hacia la parte trasera del automóvil, pero definitivamente no lo estaban deteniendo.

"¡Detente!" - dijo la voz de un hombre a nuestras espaldas.

Tanto yo como el hombre calvo miramos hacia atrás. Un hombre estaba parado al lado de la reja exterior de una de las casas, a unos metros de nosotros.

El desconocido empezó a avanzar. Casi tropezó con la bicicleta que estaba en el piso, pero un salto hacia el lado de último momento, evitó que cayera. Cuando repuso su equilibrio siguió caminando, con resolución, hacia nosotros.

En un rápido movimiento el hombre calvo soltó uno de sus brazos, y con el otro me pegó contra su cuerpo fuertemente, como abrazándome. Pude ver que llevó su otra mano hacia su espalda.

Un par de segundos después escuché dos rápidas explosiones seguidas. Por un momento no comprendí lo que había pasado.

El hombre calvo dio la vuelta y pude ver sobre su hombro que en la vereda, el desconocido estaba de rodillas. Una mano sobre su pecho, que empezaba a sangrar. La otra apoyada en la vereda, sosteniendo su peso.

Sus ojos miraron directamente a los míos.

"Flaco" - fue lo único que dijo antes de caer de bruces sobre el concreto.

Quedé paralizado del susto, aún procesando que era mi amigo el que yacía sobre la vereda.

Cuando quise reaccionar, la maletera ya estaba abierta y el hombre calvo me estaba metiendo dentro. El resto fue oscuridad.

La decision de Alex

Miraflores, Enero 1986

Roberto y Fernando desaparecieron en nuestras narices.

Hasta ese momento había creído parcialmente la historia que nos contaron. El tema sonaba a que estaban o locos o drogados.

Porque los conocía bien, sabía que algo de lo que estaban diciendo debía ser verdad, pero ahora acababan de esfumarse enfrente nuestro, y empecé a pensar que tal vez todos nos habíamos vuelto locos.

Por fin, fueron las palabras del Chato las que me sacaron de mi estupor.

"¿Qué mierda ha pasado?"

"No tengo ni puta idea" - respondí.

"¿Qué vamos a hacer?" - preguntó Ricardo

"Déjenme pensar un momento" - les dije.

Fernando había sido categórico al decirnos que nos fuéramos a casa cuando ellos usaran lo que llamaban el portal.

Claramente, el dibujo del hombre calvo, era a lo que ellos se referían.

El Chato Enrique se acercó al papel en la pared.

"No vayas a tocar eso" - le dije jalándolo del brazo.

"Ya tranquilo" - me dijo - "No te arrebates."

"No estoy bromeando" - le dije - "Esta vaina es seria."

"Okay. Okay" - dijo el Chato y se alejó de la pared.

"¿A dónde crees que han ido?" - preguntó Ricardo.

"Yo estoy tan perdido como lo están ustedes. Dejen de hacerme preguntas."

"Tal vez deberíamos hacer lo que nos dijeron e irnos a la casa" - dijo Ricardo.

"Les dije que me dejen pensar un momento" - dije un poco más enérgicamente y ambos se quedaron callados. Me senté contra la pared del cuarto. Miré el papel con el dibujo y traté de determinar qué era lo mejor que podíamos hacer.

"A ver ..." - les dije.

Tanto el Chato como Ricardo me miraron atentamente.

"De ninguna manera vamos a tocar ese papel. No sabemos qué va a pasar si lo hacemos, y era claro que ni Fernando ni Roberto querían que lo hiciéramos. ¿Estamos de acuerdo?"

Ambos asintieron.

"Tampoco nos podemos quedar aquí. No me gusta estar en este lugar. Y ni hablar vamos a ir a nuestras casas y quedarnos sentados sin hacer nada."

"Entonces, ¿qué es lo que queda hacer? - preguntó el Chato.

"Tenemos que buscar ayuda" - dije con determinación.

La llamada a Sebastián

Miraflores, Enero 1986

"¿Teniente Mendiola?"
"Sí, ¿qué sucede?" - respondí.
"Tiene una llamada."
"¿Quién es?"
"Es un chico. No quiso dar su nombre. Dijo que usted sabría de qué se trata. Y que es urgente. Supongo que debe ser respecto al caso que está trabajando."
"Transfiere la llamada inmediatamente."
Era casi media mañana del sábado. Sandoval y yo nos habíamos quedado casi toda la noche conversando sobre el caso, y buscando en los archivos alguna información de casos anteriores que nos pudiera ayudar.
Él se había ido hacía un par de horas a su casa, y yo me había quedado a dormir en el sofá de nuestra oficina. Habíamos lanzado una moneda y yo salí elegido para estar de guardia en caso entrase alguna llamada con información.
El teléfono de mi escritorio timbró.
"Mendiola, buenos días" - contesté.
Era Alex. Uno de los amigos de Bruno Galvez. Algo había sucedido y necesitaban verme urgentemente. Le pregunté si todos estaban bien, y me dijo que quería hablar personalmente, así que coordinamos un lugar de encuentro.
"Okay, los veo en unos minutos. Esquina del Ejército con el Óvalo, donde está la pollería."
Colgué, y salí hacia allá con premura.
Cuando llegué sólo estaban Alex, su hermano y el chico llamado Enrique. Al que le decían el Chato.
Todos tenían caras de que algo malo había sucedido.
"¿Dónde están los demás?" - les pregunté preocupado.

"Por eso lo hemos llamado. Tiene que venir con nosotros" - dijo Alex.

"¿A dónde estamos yendo?"

"A la casa de donde sale el hombre calvo."

"¿El secuestrador?"

"Sí, no hay tiempo que perder. Roberto y Fernando están ahí."

Esto hizo que todas mis alarmas internas se encendieran.

"Suban al carro. Llévenme a esa casa."

Subieron y me dieron las indicaciones para llegar. Llamé por radio a Sandoval pero no respondió, así que llamé a la central y les dije que cuando llegue o se comunique, le dijeran que me llame inmediatamente.

"¿Por qué están sus amigos en la casa donde vamos?" - les pregunté.

"Entraron a buscar a Bruno" - dijo el Chato.

"¿Bruno está en la casa?"

"No. Bueno, tal vez sí. Es difícil de explicar" - dijo Alex.

"¿El hombre calvo está en la casa? ¿O alguien más?"

"No. La casa está vacía" - dijo Alex.

Nada de lo que estaban diciendo tenía mucho sentido, pero asumí que era porque estaban nerviosos o asustados. En todo caso lo importante era que los chicos podían estar en peligro.

"¿Ya estamos cerca?"

"Sí, doble aquí al malecón y la casa va a estar a la mitad de la cuadra."

Seguí sus instrucciones.

"Pare aquí. Esa es la casa" - dijo Alex.

Apuntó hacia una casona enorme, que por la pinta exterior parecía no estar habitada.

"Okay. Quédense aquí en el carro. Si escuchan ruidos o no salgo en unos minutos, vayan a su casa y llamen a la comisaría nuevamente. Pregunten por el Teniente Sandoval, el policía que estaba conmigo el otro día, y le cuentan todo lo que pasó. ¿Estamos?"

Todos asintieron.

Me bajé del carro, saqué mi pistola y empecé a entrar en la casa.

"¡Teniente!".

Era Alex.

"En el segundo piso, saliendo de la escalera hacia la derecha hay un cuarto en el fondo. Ahí hay un dibujo en la pared del hombre calvo con un niño. Ahí fue que desaparecieron cuando dijeron que iban a rescatar a Bruno. Fernando dijo que la niña del malecón lo había puesto allí."

Asentí con la cabeza, a pesar que no entendí a qué se refería con que desaparecieron, ni tampoco la mención de una niña, pero era claro que lo que sea que haya pasado pasó en ese cuarto del segundo piso y que el tiempo apremiaba.

La casa estaba completamente vacía y en silencio total. Entré con bastante cuidado, parando al borde la puerta y al final de cada pared.

Subí las escaleras con la pistola en frente, y me dirigí a la derecha, al lugar que los chicos habían indicado.

El cuarto estaba vacío, y las paredes estaban completamente peladas, a excepción de un papel en la pared del fondo.

Era el dibujo al que se referian los muchachos. En él había un par de monigotes. Un hombre tomando de la mano a lo que debía ser un niño.

Pensé que tal vez los chicos me estaban jugando una broma. Y si era así, estaban en serios problemas.

En todo caso no había nada en este cuarto, y sería mejor que revisara el resto de la casa.

Pensé que debería llevarme el dibujo para hablar de él con los chicos, o quien sabe tal vez podría ser algún tipo de evidencia. Así que saqué una bolsa plástica de mi bolsillo.

Y tomé el papel por una esquina ...

Tenía las manos en el volante y estaba yendo a gran velocidad. Tenía los ojos puestos en el carro de adelante. Un automóvil gris sin placas.

Un súbito mareo me invadió, y doblé un poco más a la derecha de lo que debía en una de las curvas.

Inmediatamente sentí el golpe de las llantas contra algo, y una leve sensación de falta de gravedad. El carro se había separado de la pista.

Cuando la patrulla tocó tierra nuevamente, vi que me dirigía a una estructura de cemento de buen tamaño. Apliqué los frenos pero fue imposible evitar chocar.

Quedé un poco aturdido por el impacto.

"¿Estás bien?" - dijo una voz a mi lado.

Era un policía en uniforme. No estaba seguro de quién era. Supuse que el golpe me había movido más de lo que pensaba.

"Sí. Estoy bien" - respondí.

No sabía exactamente qué, pero podía percibir que había algo raro que estaba pasando.

Bajé de la patrulla y miré a los alrededores.

Habíamos chocado contra una rampa de cemento. En ese momento caí en que estaba en la zona del malecón, cerca del faro de la Marina.

A unos metros había un grupo de chicos que nos miraban. Todos con patinetas y bicicletas.

Lo extraño fue que los reconocí.

Eran los amigos de Bruno, el chico secuestrado. Algunos de ellos eran ...

Eran los que me habían llevado a la casa.

En ese momento me di cuenta que la ropa que traía puesta no era mi ropa. No estaba siquiera seguro que mis manos se vieran como las recordaba.

"¿Qué está pasando?" - pensé.

Me apoyé contra la parte de atrás de la patrulla, tratando de darle sentido a la situación.

"¿Estás seguro que estás bien?" - me preguntó nuevamente el policía.

Estaba usando un extintor en el motor del patrullero que había empezado a hacer humo.

Le hice una seña con la mano indicando que sí, aunque realmente no creía que todo estuviera bien.

Miré nuevamente a los chicos.

Estos habían empezado a caminar hacia la vereda del malecón y empezaban a alejarse.

"¡Hey!" - grité empezando a caminar hacia ellos - "Esperen."

En ese momento también me di cuenta que mi voz no sonaba como debía, lo cual aumentó mi confusión.

Los chicos habían volteado, pero viendo que no decía nada más, empezaron a caminar de nuevo.

"¡Alex! ¡Fernando!" - llamé.

Fueron los primeros nombres que recordé.

En ese momento todos pararon de golpe.

Les di el alcance.

"¿Cómo sabe nuestros nombres?" - preguntó Fernando.

"Porque nos hemos conocido."

Se miraron entre ellos.

"¿Quién es usted?" - preguntó Alex.

"No puede ser que no me reconozcan. Soy el Teniente Mendiola. Nos hemos conocido ayer, y hace un rato he estado con ustedes."

"¿Y por qué su placa dice Vargas?" - preguntó el más pequeño.

"¿De qué hablas? ¿Qué placa?"

295

Apuntó hacia mi pecho con el dedo.
"Espérenme aquí un momento" - les dije.
Fui hacia la patrulla. El otro policía estaba hablando del otro lado de la pista con unos vecinos que habían salido luego del choque.
Me senté en el asiento del conductor y me miré en el espejo retrovisor. La cara que vi en el reflejo no era la mía. Todo se veía muy real para ser un sueño. Tal vez me había vuelto loco.
Me quedé sentado en el carro tratando de darle sentido a lo que estaba pasando.
"¿Teniente? ¿Está bien?"
Volteé y vi que Fernando y Roberto estaban parados frente a la puerta. Mire hacia atrás y vi que los demás chicos estaban sentados en el pasto, aún donde los había dejado.
"No" - les respondí - "No estoy bien."
"¿Le podemos preguntar algo?" - dijo Fernando.
"¿Qué cosa?"
"¿Por casualidad usted fue a la casa abandonada del malecón?"

En el segundo nivel

Miraflores, Enero 1986

Me encontraba caminando con el grupo de chicos por la vereda del malecón. La patrulla chocada ya estaba a un par de cuadras atrás.

En respuesta a la pregunta de Fernando, les conté lo que había sucedido y cómo llegué a la casa del malecón.

Alex y Ricardo no tenían absolutamente ninguna idea de lo que estaba hablando.

"Es la casa del malecón" - dijo Fernando.

"Si es que Alex, Ricardo y el Chato, llevaron a un policía a la casa es porque debe haber sucedido algo malo" - agregó Roberto.

"Según lo que ellos me dijeron ustedes desaparecieron en un cuarto en el segundo piso" - les dije.

"¿Qué está pasando, Fernando" - le preguntó Alex.

Fernando y Roberto empezaron a contar a grandes rasgos una historia que no tenía ningún sentido, pero que siendo honestos, no tenía otra opción más que escuchar y tratar de seguir el único curso de acción que se estaba presentando. Si esto era una pesadilla, aún no acababa, y yo seguía atrapado en un cuerpo que no era el mío. Y si de algo estaba seguro es que no se sentía como una pesadilla.

Aún estábamos escuchando la enrevesada historia cuando viniendo en dirección contraria, vimos al chico que llamaban el 'Chato' llegar en su bicicleta.

Cuando llegó pude notar que estaba extrañado con mi presencia. En realidad todos estaban un poco incómodos con mi presencia.

"Hola Chato" - le dijo Alex - "¿De dónde vienes?"

El Chato estaba bastante agitado. Le tomó un momento recuperar el aliento.

"¿Quién es él?" - dijo mirándome - "¿Porque están con un policía?"
"Es el Teniente Mendiola" - dijo Roberto - "No te preocupes es buena onda."
"¿Qué ha pasado? ¿Por qué tienes esa cara?" - le preguntó Fernando.
Antes que él pudiera responder, hablé yo.
"Viene a decirles que algo ha sucedido en el malecón. Que hay un montón de policías, y seguramente ambulancias y reporteros."
Todos miraron al Chato.
"Así es" - dijo este.
"¿Todo eso es por los balazos y la persecución del patrullero?" - me preguntó Alex.
"Exacto" - dije - "Lo que voy a decir es una locura total, pero esto sucedió ayer."
"¿De qué está hablando?" – preguntó el Chato mirando a sus amigos.
"Es una larga historia" – dijo Fernando.
"¿Y usted sabe qué fue lo que pasó?" - me preguntó Roberto.
"Sí, han secuestrado a un amigo suyo" - les dije - "Un chico llamado Bruno."
Se miraron entre ellos y quedaron todos en silencio.
"El automóvil gris que vieron hace un rato, el que perseguía la unidad en la que yo iba, es el carro que llevaba a Bruno."
"No puede ser" - dijo Fernando.
"Y ustedes saben quién lo secuestró" - les dije.
"El hombre calvo" - dijo Roberto sin dudarlo.
"¿El hombre calvo que ustedes vieron hace unos meses?" - preguntó Ricardo.
Lo que siguió a eso fue una avalancha de preguntas y respuestas, en las que Fernando y Roberto hicieron lo mejor que pudieron para explicar todo, pero sin mucho éxito.

Cuando luego de un momento se calmaron un poco los ánimos, Fernando hizo la pregunta obvia.

"¿Qué hacemos ahora?"

"No estoy seguro. Pero hay algo que yo necesito hacer para convencerme que todo esto realmente está sucediendo" - les dije.

Primera compilación

Punta Hermosa, Junio 2018

"Como imaginarán lo que hice fue ir a la escena del secuestro. Una vez que me vi a mí mismo hablando con Sandoval no me quedó ninguna duda que de alguna forma, incomprensible pero aparentemente real, estaba en el pasado en un cuerpo que no era el mío. Y obviamente, la clave de todo, era la casa del malecón. Ahí era donde los chicos habían estado entrando, donde decían que había vivido el hombre calvo, que según su historia había secuestrado niños por esa zona, y que aparentemente era el mismo del que había hablado mi papá. A esas alturas ya estábamos básicamente en la dimensión desconocida."

Sebastián terminó su relato, se paró y fue a abrir una cerveza.

"Que tal fumada" - dijo Tito.

"¿Y qué sucedió luego?" - preguntó Alex.

Ninguno de nosotros teníamos recuerdos de lo que protagonizamos en los viajes de Sebastián dentro del portal.

Yo estaba recordando a grandes rasgos lo que él luego me había contado, pero oírlo en detalle desde su punto de vista era fascinante.

"Fernando y Roberto estaban seguros que teníamos que regresar a la casona. Cuando estábamos camino al lugar del crimen, pasamos por la casa y ambos dijeron que sintieron una fuerte energía emanar de la casa" - dijo Sebastián.

"Ese era el mismo día del secuestro" - dije - "Poco tiempo después del mismo."

"Así es" - dijo Alex - "En la línea de tiempo que podríamos llamar la 'original' ustedes no fueron a la casa hasta el día siguiente."

"Entonces, ¿regresaron a la casa?" - preguntó Tito.

"Así es" - dijo Sebastián - "Una vez que vi lo que tenía que ver en el lugar del secuestro, regresé donde había dejado a los chicos, una cuadra antes, pues no quería que los vayan a ver. Y de ahí nos dirigimos directamente a la casa."

Paradojas

Miraflores, Enero 1986

Llegamos a la casa, y según lo que dijeron Fernando y Roberto, la energía que siempre habían sentido en la misma, y que sintieron un rato antes cuando pasamos cerca, ya no estaba presente.

Subimos al cuarto del segundo piso, donde nos contaron que el hombre calvo, según ellos llamado Max Polmsen, había tenido a los niños cuando los había secuestrado décadas atrás.

"¿Cómo saben todo eso?" - les pregunté.

Nos explicaron que casi toda la información que tenian provenía de Don Máximo y su mamá, los dueños de la tienda cercana del barrio, que habían vivido en la zona desde la época que Max había estado en la casa.

"¿Hay algo que se les ocurra que podamos hacer? - les pregunté.

"¿Qué fue lo que nosotros le dijimos cuando vino a la casa?" - preguntó Alex.

Les conté que en resumen me habían llamado, me habían dicho que Fernando y Roberto habían desaparecido, y que eso había sucedido en el mismo cuarto donde nos encontrábamos.

"Y su viaje empezó cuando tocó el dibujo que estaba en este cuarto, en esa pared" - dijo Roberto señalando la pared del fondo.

"Así es" - dije - "El dibujo del hombre calvo, de la mano de un niño".

"Esperen un momento" - dijo Fernando aparentemente sorprendido - "¿el dibujo no era de una espiral?"

"No. Estoy completamente seguro de que era de dos personas. Uno grande y otro pequeño. Los chicos me dijeron que era el hombre calvo con un niño, y dada la información que tenía, eso tenía sentido" - dije.

Fernando y Roberto se miraron.

"Eso quiere decir que de alguna manera pudimos cambiar el dibujo para ir a un lugar diferente" - dijo Roberto.

"Según lo que dijeron sus amigos" - les dije mirando a Alex, Ricardo y el Chato - "Ustedes vinieron para rescatar a Bruno."

"Entonces eso quiere decir que encontramos una forma de crear un portal que nos llevará a donde está Bruno" - dije.

"No entiendo nada de lo que está pasando" - dijo el Chato Enrique.

"No eres el único" - dijo Ricardo.

"Okay. Vamos por partes. Roberto y yo hemos estado usando un portal por meses para ir a un lugar en mi antiguo barrio, de pronto cuando estuvimos haciendo eso, como ustedes ya saben, más gente empezó a ver al hombre calvo y a la niña del malecón."

"¿Qué niña?" - pregunté.

"Disculpe, pero eso no importa ahora. Lo que importa es que justo cuando eso está pasando un chico del barrio es secuestrado por el hombre calvo, tal como antes, y Roberto y yo, sabiendo todo esto, venimos a la casa para usar un portal con un dibujo diferente, uno que creíamos que nos llevaría a rescatar a Bruno." - dijo Fernando.

"Y cuando desaparecieron, sus amigos tomaron la decisión de llamarme pues ya me habían conocido a raíz del secuestro" - concluí yo.

"Okay. ¿y de qué nos sirve saber todo eso?" - dijo el Chato.

"No lo sé" - respondió Fernando.

"Si Fernando y Roberto van a venir a la casa mañana" - dijo Alex - "Tal vez podemos regresar antes de

la hora en la que llamamos al Teniente, y ellos nos pueden decir que hacer."
Todos se quedaron en silencio pensando. La verdad es que a falta de otras ideas, eso era lo que tenía más sentido.
"¿Cómo sabemos que vendrán, si es que están aquí con nosotros?" - dijo Ricardo.
Estaba sentado contra la pared y dijo esto con una gran naturalidad. Todos lo quedamos mirando. Era la primera vez que intervenía, y acababa de soltar una posibilidad que no habíamos considerado.
"Yo he visto un par de películas de viajes en el tiempo" - dijo Alex - "Y siempre hay problemas que se generan por cambiar las cosas que suceden en el pasado."
"¿Cómo qué?" - preguntó Roberto.
"Como por ejemplo cómo es posible que el Teniente sepa quienes somos, si hoy día no llegó a conocernos porque no fuimos al sitio del secuestro" - dijo Alex.
"La verdad no creo que nos ayude mucho en este momento tratar de responder esas preguntas" - dije.
En ese momento noté que Fernando levantó las manos como indicando que nos quedáramos callados.
"¿Pueden sentir eso?" - nos preguntó.
Todos estabamos callados. Yo estaba tratando de escuchar lo que sea a lo que se estaba refiriendo. De pronto lo sentí.
"Hay como una vibración, ¿cierto?" - le pregunté.
"Así es" - dijo - "Y está creciendo."
"Ya la puedo sentir" - dijo el Chato - '¿Qué es?"
"Por alguna razón la casa está volviendo a la vida" - dijo Roberto.
"Hey" - dijo Fernando.
Lo miré y parecía estar buscando algo en el cuarto. Movía la cabeza para ambos lados y alrededor nuestro.
"¿Qué pasa, Fernando?" - le pregunté.

"¿Dónde está Ricardo?"
Todos empezamos a buscar y no estaba en el cuarto.
"Estaba sentado ahí atrás hace un momento cuando habló" - dijo el Chato.
"¡Ricardo!" - gritó Alex y salió del cuarto.
Salimos tras de él y lo encontramos en el pasillo que llevaba a las escaleras.
"No está aquí tampoco" - dijo con clara desesperación.
Y de pronto, en frente de nosotros, Alex se desvaneció por completo.
"¿Qué mierda está pasando?" - dijo el Chato con voz temblorosa.
No tenía idea de qué estaba pasando pero sea lo que sea era algo terrible.
"¿Qué pasa?" - les pregunté.
"La casa está activa" - respondió Fernando.
"Están entrando al portal" - dijo Roberto.
"¿Qué cosa?" - preguntó el Chato.
"Creo que cuando el Teniente entró a la casa y no salió, ustedes lo siguieron y decidieron entrar al portal" - dijo Fernando.
"Están entrando y Max los está capturando" - dijo Roberto.
Como si fuera en respuesta a esto, el Chato Enrique también desapareció.
Fernando me tomó del brazo y vi una resolución completa en su mirada.
"¿Qué pasa?" - le pregunté.
"No tenemos mucho tiempo, si estoy en lo correcto, Roberto y yo vamos a desaparecer en cualquier momento" - dijo.
"¿Qué puedo hacer?" - le pregunté.
"¿Hay algo más que recuerde? ¿De cuando usó el portal?" - preguntó Roberto.

Empecé a pensar haciendo un esfuerzo por recordar los detalles. Y sí había algo.

"Hay una cosa" - dije.

"¿Qué?"

"Alex dijo que el dibujo del hombre calvo con el niño había sido puesto allí por una niña" - respondí.

"Isabel puso ese portal" - le dijo Roberto a Fernando.

"Tengo una idea" - dijo este último.

"¿Cuál?"

"¿Tiene papel y lapicero?" - me dijo.

Afortunadamente el policía que estaba habitando cargaba todo lo que decía el reglamento.

"Sí" - le dije, sosteniendo el bloc de notas y esperando sus indicaciones.

En el tercer nivel

Miraflores, Enero 1986

Un par de minutos después, tanto Fernando como Roberto habían desaparecido.
Regresé al cuarto donde había estado el dibujo lo más rápido posible. Se me había ocurrido que la vibración que estaba habiendo tal vez no duraría mucho rato, y además yo también había entrado a un portal, y la posibilidad que desaparezca en cualquier momento también existía.
El cuarto ya no estaba en silencio. La misma sensación de energía estaba allí, pero ahora además podía escuchar algo a la distancia. Al concentrarme pude darme cuenta que eran sollozos.
Alguien lloraba. Alguien joven.
Pero no era sólo una persona, eran varias personas. Los diferentes lamentos empezaron a llenar la habitación.
Arranque la hoja del bloc, y concentrándome en lo que quería hacer pegue el dibujo contra la pared.
Y no pasó nada.
Una fuerte sensación de tristeza y derrota empezó a invadirme.
Miré el dibujo que había puesto contra la pared. El dibujo de una niña. Nada más que otro monigote con pelo largo y lo que se supone que era un vestido.
De pronto noté que la pared en la que estaba apoyado el papel ya no estaba gris y pelándose. Tenía un tono verde claro y parecía recién pintada.
Con un sobresalto sentí que algo tocó mi hombro.
Cuando volteé a mirar, una niña con pelo negro muy largo me miraba directamente con sus ojos rasgados. Su mano estaba posada sobre mi hombro.
La intensidad de luz subió en el cuarto por un instante, y de pronto se hizo la oscuridad total.

Una sensación de náuseas y mareo me invadió ...

———⋙◉⋘———

El hombre estaba moviendo unas cajas. El lugar en el que se encontraba, no era muy grande. Parecía un almacén. No era muy alto. Sus ropas eran raras. El estilo de su camisa, de color blanco, me recordó las fotos que había visto de mi padre de joven.

Regresó por la última caja que estaba al lado de una puerta y la puso sobre un estante. Se sentó en un banquito y sacó un pañuelo de su bolsillo trasero, con el cual se secó la frente.

Una rara sensación de vértigo me invadió, y de pronto tuve la sensación de que algo malo iba a suceder.

El hombre empezó a buscar alrededor del almacén con su mirada. Miró directamente hacia mí por un instante, pero no reaccionó.

Fue en ese momento que se escuchó una voz que venía del área contigua al almacén. Una voz bastante particular. Con un acento extranjero.

El hombre se paró y caminó hacia el otro cuarto rápidamente. Al hacerlo yo me moví con él como si de alguna forma estuviera amarrado a él con una cuerda y estuviese flotando sobre él como si fuera un globo.

En el otro cuarto, que era claramente una tienda, un chico bastante joven hablaba con un hombre muy alto y completamente calvo, que se encontraba del otro lado de un mostrador. El hombre calvo vestía completamente de oscuro, de una forma sobria y elegante.

"¡Máximo!" - gritó el hombre al que había seguido.

El muchacho, que tendría unos doce o trece años, lo miró con sorpresa.

"Ven para acá."

El muchacho le hizo caso y se alejó del mostrador.

El hombre se acercó al mostrador, y miró a la cara al hombre calvo, que le llevaba al menos una cabeza de estatura. Los ojos de este último tenian una mirada intensa, que tan sólo un momento atrás habían estado mirando al muchacho de una forma extraña, tal vez perversa y enferma.

"¿Qué quiere?"

El hombre calvo indicó un par de cosas, las cuales el otro le entregó. Sacó dinero de su billetera y agradeció.

El hombre, el bodeguero, no respondió nada a su agradecimiento, y tampoco lo hizo cuando el otro se despidió y empezó a caminar hacia fuera de la tienda.

Antes de perderse de vista volteó y miró en nuestra dirección una vez más. No había realmente una expresión en su rostro, pero de alguna forma pensé que había una leve sonrisa formándose a los lados de su boca.

El bodeguero miró hacia atrás. El muchacho, que había estado todo el rato mirando el intercambio, estaba parado sin moverse y se le veía un poco asustado.

"¿Qué te dijo ese hombre? ¿De qué hablaban?"

"Sólo me preguntó mi nombre" - respondió el muchacho mirando hacia el piso.

"Máximo, mírame a la cara."

El muchacho levantó la vista.

"No quiero que vuelvas a hablar con él, ni aquí en la tienda, ni en ningún otro lugar. ¿Entendido?"

Máximo asintió con la cabeza y respondió.

"Sí, papá. Entiendo."

El hombre le dio un abrazó, lo besó en la frente y sonriendo por primera vez, le dijo que fuera a hacer sus tareas.

El bodeguero se sentó detrás del mostrador. Por su cara de preocupación y la forma en la que movía las manos sobre su regazo supe que estaba nervioso y angustiado.

"¿Rubén?" - dijo una voz femenina.

Una mujer, también de mediana edad como el bodeguero, había entrado por la puerta trasera. Tal como el muchacho, tenía rasgos asiáticos.

"¿Sí?"

"¿Qué ha pasado?" El hombre le contó que Max Polmsen había venido a la tienda, y que había estado hablando con su hijo.

"No puedo quitarme de la cabeza su mirada. Y tampoco puedo dejar de pensar en todas las historias y las posibilidades de las mismas." - dijo.

La mujer también lucía preocupada.

"Sólo hace unos días un vecino lo vio hablando con su hija menor en la calle" - continuó - "y hoy ha estado aquí, hablándole a nuestro propio hijo."

La mujer se le acercó y lo abrazó.

"El día está lento. ¿Por qué no cierras temprano y vienes a descansar?"

"No, estoy bien. Voy a estar aquí un rato más, y más bien luego creo que voy a ir al bar de La Mar. Creo que un trago con los amigos me va a hacer bien."

"Está bien. Como tú quieras" - dijo la mujer y se retiró.

No sé cuánto tiempo estuvo el hombre sentado ahí. La sensación de tiempo era extraña desde donde estaba.

Finalmente se paró y cerró el portón de la tienda. Se acercó a la parte trasera y en voz alta dijo que ya regresaba.

La voz de la mujer le dijo que estaba bien. Que no regresara muy tarde.

Al salir se dirigió calle arriba. Yo no estaba muy familiarizado con la zona, pero me llamó la atención inmediatamente el número tan reducido de casas, y el casi inexistente tráfico. Pero lo más saltante eran los modelos de los pocos carros que circulaban. No estaba seguro exactamente qué año era, pero definitivamente eran varias décadas antes de los ochentas.

Al llegar a la esquina se detuvo y pareció meditar. Luego de un momento empezó a caminar con resolución por la calle paralela a la avenida, pero al llegar a la siguiente esquina, empezó a caminar calle abajo. Cuando salió a la avenida, a una cuadra de la bodega, cruzó al otro lado. En ese momento me quedó completamente claro que se dirigía hacia el malecón. Y no fue difícil para mí saber cuáles eran sus intenciones.

En unos minutos nos encontrábamos frente a la entrada de la casa a la cual me habían llevado los chicos. Pero ahora la casa estaba bien pintada, el jardín exterior estaba bien cuidado y sí había una puerta principal.

Rubén, el bodeguero, se paró frente a la misma, pareció pensar un momento, apretó los puños, y le dio un par de golpes a la puerta. Se escucharon pasos del otro lado, y se detuvieron. Por un momento pensé que el ocupante no abriría, pero sí lo hizo.

Era obviamente Max, el hombre calvo, quien no pareció sorprenderse con la visita.

"Buenas noches. ¿Qué puedo hacer por usted?" - dijo.

"Quiero hablar con usted. Respecto a hoy día en la tienda" - dijo Rubén.

"Pase" - dijo Max sin dudar, abriendo completamente la puerta.

Rubén entró a la casa.

"Pase por aquí" - dijo Max indicando una sala sobre el lado derecho, antes de llegar a unas escaleras.

Invitó a Rubén a sentarse en un sillón del lado de la puerta, y él se sentó en otro más adentro del cuarto.

"Dígame" - dijo Max.

"Vengo a decirle que no quiero que vuelva a hablarle nunca más a mi hijo. No quiero que vuelva a acercarse a él. De hecho no me molestaría si es que no vuelve nunca más a mi bodega."

En ese momento me di cuenta que desde que Max se sentó, había dejado caer su mano derecha por el lado del sillón, y dado el ángulo no se veía que había detrás. Una sensación de alarma me embargó, y no tenía cómo hacerle saber nada a Rubén.

"Creo que ha habido una confusión" - dijo Max con serenidad.

"¿Qué confusión?" - preguntó Rubén.

"Yo lo invité a entrar a mi casa porque pensé que usted venía a disculparse conmigo por la forma tan maleducada en la que me trató."

Max dijo esto con una frialdad tremenda y casi sin mover un solo músculo del cuerpo.

Miré a Rubén, y noté claramente que estaba haciendo un gran esfuerzo para no explotar de ira. Su rostro estaba rojo y los músculos de su mandíbula completamente tensos.

"Así que le voy a pedir que se retire. Usted sabe dónde está la puerta" - dijo Max, aún sin moverse de su silla.

Rubén se incorporó.

"No vuelva a acercarse a mi hijo" - dijo y dio la vuelta hacia la puerta.

Pensé que ese iba a ser el fin del encuentro, pero justo cuando Rubén volteo hacia la puerta de la salita para salir, se detuvo y sin voltear dio un paso hacia atrás, mirando hacia la pared del lado.

En ella había un librero. Todos los estantes llenos de libros y adornos.

Pero sus ojos estaban fijos en un objeto en particular.

Un pequeño oso de peluche entre los libros.

Sus ojos se abrieron completamente, y volteó hacia Máx.

Y vio un martillo venir hacia su rostro.

Abrí los ojos sobresaltado. La niña estaba parada frente mío. Mi mano estaba aún apoyada contra la pared, sobre el dibujo que yo había hecho. La pared aún de color verde claro tras el papel.

En su mano izquierda llevaba colgando el oso de peluche, y en ese momento supe que había alguna conexión entre ella y Rubén, el bodeguero.

Retiró su mano derecha de mi hombro. Levantó un dedo índice, lo movió como negando y me miró intensamente.

"No podemos dejar que eso suceda" - le dije.

Ella sonrió asintiendo y apuntó hacia mi mano en la pared. Cuando miré, el dibujo ya no era el de la niña que yo había hecho, sino el de un hombre colgando. Me recordó al resultado de un 'juego del ahorcado'. En el que se le va poniendo una parte al cuerpo cada vez que alguien comete un error al adivinar la palabra secreta.

La diferencia era que debajo del ahorcado había dibujadas unas escaleras.

La miré, sin realmente entender el significado del dibujo.

Ella sonrió, y sin darme oportunidad de hacer nada más, tocó mi hombro nuevamente.

Sentí la familiar sensación de vértigo, y me encontré mirando el librero. El oso de peluche estaba entre dos libros.

Sabía que no tenía mucho tiempo, y que sólo tenía una oportunidad, así que en lugar de voltear a mirar a Max, simplemente me agaché, y me moví hacia atrás. Sentí su cuerpo tocar el lado del mío y cayó pesadamente del otro lado.

Cuando me incorporé, Max estaba en el piso casi en el umbral de la puerta. El martillo estaba unos metros más allá, sobre el piso del hall de la entrada.

Su rostro era de total sorpresa. Supuse que no podía explicarse cómo es que había fallado su golpe.

Empecé a acercarme a él, con la intención de reducirlo, pero no iba a ser tarea fácil. Max no era un hombre pequeño y me estaba manteniendo a distancia con sus largas piernas.

En un descuido me llegó a golpear en una de las rodillas y trastabillé, lo cual le dio tiempo para pararse y correr fuera del cuarto. Pensé que iba a ir por el martillo, pero en lugar de eso, dobló y corrió hacia las escaleras.

Me llevaba ventaja pero no mucha. Lo alcancé poco después que haya dado la vuelta en el descanso de la escalera.

Lo tomé por detrás, pero él no tenía intenciones de dejarse dominar. Apoyó un pie sobre uno de los escalones superiores, y empujó todo su peso hacia atrás queriendo hacerme perder el equilibrio, pero en lugar de tratar de sujetarlo, lo solté y me hice hacia un lado. Su propio peso hizo que caiga de espaldas hacia atrás sin posibilidad de usar sus brazos para amortiguar la caída.

Su cabeza fue lo primero que tocó los escalones y en una posición nada natural, y se escuchó un ruido como que algo se quebraba. Su cuerpo rodó el resto de las escaleras hasta el hall. Cuando bajé, sus ojos aún estaban abiertos pero estaba completamente inmóvil.

Me acerqué con cautela, pero fue rápidamente evidente que no respiraba.

Empecé a pensar en qué hacer. Lo primero que se me ocurrió fue llamar a la policía, y no me pareció una mala opción.

A mi lado, entre la puerta de la salita y la escalera, había otra puerta y reparé en que era un baño. Entré para mojarme la cara. No solamente estaba sudado por la pelea, sino que pensé que eso me ayudaría a pensar mejor.

Cuando prendí la luz y me miré en el espejo, me di cuenta que todo lo que estaba pensando no era lo correcto. No había manera de poder demostrar nada contra el hombre calvo, y Rubén, cuyo reflejo me miraba de regreso era el que había entrado en la casa y a todas luces para cualquier observador externo, asesinado a su ocupante.

Y de pronto comprendí el dibujo de la niña.

Hice una rápida revisión del primer piso de la casa, buscando algún tipo de soga o cordel grueso, pero no encontré nada aparente.

Subí al segundo piso y entré al primer cuarto, que parecía ser el cuarto principal. En una de las paredes había varias largas bufandas de lana muy gruesa. Todas de color oscuro. Probé su resistencia jalando una de ellas fuertemente con ambas manos y pareció algo apropiado.

La operación de colgar a Max de la parte alta de una de las barandillas de la escalera, tomó algo de tiempo debido al tamaño de Max y la dificultad para moverlo, pero una vez hecho esto la bufanda aguantó.

En realidad no necesitaba que resistiera para siempre, sólo que se determine que había aguantado el tiempo necesario.

Llevé el martillo a la cocina y lo guardé en un cajón, y estaba a punto de irme, cuando me di cuenta que la vibración que había sentido en la casa antes de pasar el último portal, había empezado también en esta versión de la casona.

Y había algo más, estaba casi seguro que de manera muy leve, como si estuvieran muy lejanos, podía escuchar los mismos lamentos, gritos y sollozos que había escuchado antes. Pasé frente al cadáver colgante, que aún tenía los ojos abiertos y parecía estarme mirando, y volví a subir al segundo piso, doblando directamente en dirección al cuarto del fondo.

Cuando llegué a la puerta vi que estaba cerrada con un candado. Los sollozos provenían de dentro, y estaban mezclados con lo que parecía ser música. En la pared del lado, una llave colgaba de un cordel verde. Sin pensarlo dos veces, cogí la llave y abrí el candado, realmente esperando lo peor al abrir la puerta.

Pero cuando la abrí, la música se detuvo. En el cuarto había estantes de ambos lados pero estaban vacíos, y la cama era solamente un colchón pelado.

De pronto, sentí como si un fuerte viento saliera del cuarto, pero en lugar de pasar alrededor mío, fue como si pasara a través de mi cuerpo, y mientras esto sucedía, pude sentir diferentes sensaciones de alivio.

Uno a uno los sollozos y los lamentos empezaron a callar, y me invadió una fuerte sensación de sosiego y liberación.

Un rayo de luz

Miraflores, Enero 1986

El carro se detuvo.

Escuché la puerta del carro abrirse e inmediatamente después cerrarse, y luego pasos claramente moviéndose hacia donde me encontraba.

La maletera se abrió, y la luz inundó el pequeño recinto. Cuando mis ojos se acostumbraron al brillo, lo primero que vi fue el cañón de un arma apuntándome. El hombre que la empuñaba no era Max, sino un desconocido. Miró hacia ambos lados rápidamente, y volvió a enfocarse en mí.

"Si haces algún ruido, te quemo" - fue lo único que dijo.

Me tomó de un brazo, y me jaló hacia fuera.

La casa en la que estábamos estacionados era una típica casa Miraflorina de dos pisos. Estaba pintada de un marrón rojizo y desde la vereda tenía un par de escalones que subían a un camino estrecho de cemento, con jardín a ambos lados, que llevaba a la puerta principal.

Miré hacia ambos lados. La calle estaba completamente desierta. Algunos carros estaban parqueados frente a las casas.

Tuve tiempo de ver que al final de la calle a la derecha había un óvalo. Al ver esto inmediatamente volteé hacia el otro lado y pude ver que del otro extremo de la calle estaba el malecón.

"Mira para adelante y avanza" - dijo el hombre, que ahora me llevaba agarrado del cuello.

Antes de llegar a la puerta pude ver que el número de la casa era el 1954.

Me apretó contra la puerta. Escuché el sonido de llaves, y la puerta se abrió.

Cuando pasamos el umbral sentí un viento en mi rostro, como si viniera de dentro de la casa. Por un segundo pude ver al hombre avanzando hacia adentro y el muchacho que llevaba era Bruno.

Luego de eso sentí un mareo, y todo fue oscuridad.

Cuando abrí los ojos estaba en el cuarto de la casa del malecón que daba hacia la calle en el segundo piso. La misma ventana que miraba hacia afuera. La misma vista que había tenido al volver de cada uno de los viajes.

Contra la pared del lado estaba el Chato Enrique y contra la del fondo Alex, que consolaba a Ricardo, quien lloraba sentado en el piso.

Si todos estábamos en el cuarto, de alguna forma todos habíamos estado dentro del portal, pero aún me sentía confundido y no tenía idea de por qué eso habría sucedido.

En ese momento fui consciente de que faltaba alguien.

"¿Dónde está Roberto?" - dije alarmado.

Sentí una mano sobre mi hombro.

Era el Teniente Mendiola.

"¿Estás bien?" - me preguntó.

"Sí" - respondí - "¿Alguien ha visto a Roberto?"

"No ha regresado contigo" - respondió él - "¿Qué sucedió?"

Todos me miraron esperando mi respuesta.

Si Roberto no había regresado, sólo había una explicación posible.

Un nudo se me formó inmediatamente en la garganta y empecé a llorar.

IV
"El regreso a la casona"

Segunda compilación

Punta Hermosa, Junio 2018

"Todos contamos nuestras diferentes experiencias en los portales, y no quedó otra cosa que concluir que si Roberto no había regresado, era porque de alguna manera al morir el cuerpo que él estaba habitando, el de Camilo Ulloa, él también había muerto dentro del viaje" - dije.

"Y no se les ocurrió la posibilidad de que pudiera estar simplemente atrapado, en esa realidad alterna" - preguntó Tito.

"No inmediatamente" - respondió Sebastián - "Obviamente no ibamos a olvidarnos de Roberto, pero en ese momento había algo que era más urgente".

"Usar la información que Fernando había provisto respecto a la localización de Bruno" - apuntó Alex.

Sebastián pasó entonces a relatar como luego de asegurarse que todos estuviéramos de regreso en nuestras casas, y pedirnos que no habláramos del tema con nadie, se había puesto en contacto con su compañero, Sandoval. Le había explicado que siguiendo la información de una llamada anónima de un niño (lo cual fue corroborado en la comisaría) había dado con la que él creía era la casa donde tenian a Bruno Galvez.

"Encontrar la casa no fue difícil. Los datos que había dado Fernando eran bastante precisos, la casa no estaba tan lejos del lugar del crimen y un carro gris estaba estacionado en la puerta."

Contó como habiendo dado con el lugar, simplemente esperó por Sandoval, y juntos se aproximaron a la casa. Al tocar la puerta e identificarse como policías, escucharon un fuerte ruido y abrieron la puerta a la fuerza. Al entrar, dieron rápidamente con el cuarto donde estaba Bruno.

La ventana del cuarto, que había estado cubierta con un cartón, estaba abierta, y Bruno confirmó que el hombre que había sido su captor se había escapado por ahí. La misma daba al techo de la casa del lado, y el maleante no estaba a la vista.

La casa estaba a nombre de una pareja que había fallecido un año antes y que no había dejado descendencia. Los vecinos contaron que habían visto a alguien usando la casa de vez en cuando. La descripción coincidía, pero era probablemente alguien que de alguna forma había obtenido acceso a la residencia. Hubieron entrevistas con algunos familiares lejanos de los antiguos dueños, pero ninguno de ellos era el sujeto en cuestión.

"¿Sandoval no sospechó del tiempo que había pasado en el día? ¿Antes que lo llames?" - preguntó Tito.

"El tiempo no había transcurrido de la misma forma. Lo que en los portales fueron horas, cuando volvimos sólo habían sido minutos" - dije.

Sebastián pasó a relatar cómo luego de haber dado con Bruno, se siguió el procedimiento de ley, llevándolo a un hospital para que sea chequeado y se notificó a los padres. Y que luego de hacer el papeleo respectivo en la comisaría, nos había buscado para tener una reunión más extensa sobre el tema de Roberto y hacer algunas coordinaciones respecto a nuestra historia.

"La excusa frente a nuestros padres fue que la policía quería hablarnos sobre el hecho que Bruno había sido encontrado" - dijo Alex.

"Esto fue importante pues esa noche, como era de esperarse, empezaron las llamadas telefónicas de los padres de Roberto pues este no había llegado a casa. En realidad fue tan sencillo como decir que nadie lo había visto ese día." - dije.

"Por recomendación de los mismos chicos los padres se comunicaron conmigo. Al día siguiente, se le reportó oficialmente como desaparecido y así fue como Sandoval y yo tomamos el nuevo caso" - dijo Sebastián.

"¿Y todos siempre mantuvieron la misma versión?" - preguntó Tito.

"Todos coincidimos en que no había ninguna posibilidad de que contar lo que habíamos vivido fuera a tener algún desenlace positivo, ni para nosotros, ni para Sebastián, ni para Roberto" - dije.

"Por un tiempo Fernando, Alex y yo estuvimos reuniéndonos a pensar en diferentes posibilidades. Incluso visitamos la casa del malecón en un par de ocasiones" - dijo Sebastián.

"Ricardo y el Chato Enrique prometieron que guardarían el secreto, pero ya no quisieron participar de nuestras reuniones posteriores. Ninguno de los dos quiso ni siquiera contar sobre su experiencia mientras estuvieron dentro del portal" - dijo Alex.

"¿Y tú?" - preguntó Tito - "¿Contaste lo que te pasó?"

"Sólo diré que en mi caso estuve habitando el cuerpo del que supongo era uno de los niños que Max tuvo en el cuarto, imagino que en la época en que sus presas eran tomadas del barrio en Miraflores. Todo el tiempo estuve en ese cuarto, y Max me visitó una vez" - dijo Alex.

No dio más detalles, pero era evidente que fue fuertemente afectado por la experiencia.

"O sea que es posible que tanto Ricardo como Enrique hayan tenido una experiencia similar en el cuerpo de otros de los niños desaparecidos" - dije.

"Es lo que imagino. Yo nunca volví a hablar del tema ni con el Chato, ni con mi hermano, y después de un tiempo, al igual que le pasó a Fernando, todo empezó a convertirse en algo difuso que sabía que había sucedido pero cuyos detalles cada vez eran menos claros. Supongo que lo mismo debe haber sucedido con Ricardo y el Chato de alguna forma, pero lo que sí tengo claro es que Ricardo nunca fue el mismo."

Sebastián concluyó el relato contando que al ir pasando las semanas y no habiéndose dado nunca con el paradero ni del secuestrador, ni de Roberto, la desaparición se le achacó a ese sospechoso y eventualmente el caso se cerró para los archivos policiales.

"Y con el tiempo se cerró para nosotros también" - dije.

"En algún momento yo les hice jurar que nunca más volverían a la casa, y que nunca comentarían el tema con nadie. Había mucho que perder para todos, si es que eso sucedía" - dijo Sebastián.

"Y la única vez que hemos roto esa promesa, hasta donde yo sé, es al haberte involucrado a ti en esto" - le dije a Tito.

"Su secreto está a salvo conmigo."

"Lo sé. Y estoy contento de que estés siendo parte de esto".

Decisiones

Punta Hermosa, Junio 2018

La noche anterior nos fuimos a dormir luego de concluir la historia de la desaparición de Roberto. Inicialmente pensé que sería imposible conciliar el sueño con tantos recuerdos y el peso de la tristeza, pero el cansancio me venció relativamente rápido.

Salí del cuarto en la mañana cuando empecé a escuchar movimiento. Uno a uno todos empezamos a llegar al mismo balcón de los últimos dos días. Era un frío domingo en la playa y nuestra última mañana ahí pues se suponía que debíamos regresar a Lima al mediodía.

Alex salió de la cocina con café para todos.

"¿Y qué hacemos ahora que ya tenemos la historia completa?" - preguntó Tito.

"Creo que lo primero que tenemos que hacer es determinar qué información nueva tenemos" - dijo Alex.

"Me parece que más que información nueva, es información que ahora todos tenemos. Todos hemos tenido diferentes piezas de la historia, y la parte que habíamos compartido en su momento, fue muy poca" - dijo Sebastián.

"Por ejemplo yo no recordaba que tu enfrentamiento con Max Polmsen haya sido a través del papá de Don Máximo" - dije.

"Y eso es porque no se los había dicho. Ustedes necesitaban sólo saber cómo es que habían sido liberados de sus diferentes prisiones, pero no necesitaban saber el detalle, sino tan sólo que me había enfrentado con el hombre calvo y de alguna forma lo había vencido."

Mire a Sebastián con curiosidad.

"Hoy día tú lo ves diferente, Fernando, pero en esa época eran realmente unos mocosos. Unos mocosos que se creían grandes, y que se habían metido en un problema muy serio. Lo que les dije o no les dije fue para protegerlos, y además para proteger la imagen del papá de Don Máximo, así estuviera muerto, y finalmente para protegerme a mí mismo" - completo Sebastián.

"¿A qué te refieres?" - dijo Tito.

"Que a pesar de todas las promesas, yo no tenía la seguridad de que alguien no hablaría. Cada uno de los siguientes años siempre estuve con cierta ansiedad de que en algún momento alguien hablaría. Eventualmente llegue a la conclusión de que si eso sucedía, el único afectado real sería el que hable, que muy probablemente terminaría en un manicomio, pero en mi caso era claro que a menos información tuvieran era mejor."

Sopesé lo que acababa de decir Sebastián y concluí en que su razonamiento era lógico.

"Pero bueno, hago nuevamente la pregunta inicial... ¿qué hacemos ahora que ya tenemos la historia completa?" - dijo Tito.

"Creo que lo primero que está claro es que mientras Max recuperaba sus fuerzas cuando Fernando y Roberto usaban la casona, nunca contó con que ellos la volverían a usar para tratar de rescatar a Bruno" - dijo Alex.

"Y menos aún que contaríamos con la ayuda de un adulto" - completé.

"Pero todo eso fue posible porque Isabel intervino. Sin ella ninguno de los portales alternos hubiera funcionado. Max usaba su poder para retenerlos en el 'juego' del viaje a San Borja, con el chico de la bicicleta, pero no pudo prever que ese mismo poder se usaría en su contra" - dijo Alex.

"Así es. Y esto me lleva a lo que había dicho anteriormente" - dijo Sebastián.

"¿Qué cosa?"

"Que tengo una idea acerca de cómo encajar el hecho de que en San Borja Fernando haya sido el blanco de el 'vaquero', a través del chico de la bicicleta, y en Miraflores el blanco de Max, a través del 'loco botellas'. Para empezar creo que ambas cosas son similares, pero no tenian el mismo objetivo" - respondió Sebastián.

Todos nos quedamos callados. Cada uno tratando de darle sentido a esto.

"Si consideramos que estamos tratando con entidades malignas, tal vez lo único que querían era aterrorizar a los niños" - dijo Alex.

"No" - dije - "Sebastián tiene razón. El tema era conmigo directamente."

"Exacto" - dijo Sebastián - "Pero empecemos primero con San Borja."

"Okay. Dále."

"Primero asumamos que el 'vaquero' todo el tiempo haya sido un peón de Max Polmsen."

Sebastián se dio un tiempo para dejarnos procesar esto. La idea tenía sentido. Ambos lugares, el edificio y la casa del malecón, como sabíamos ahora, estaban conectados. Eran los lugares donde ambos murieron respectivamente.

"Ahora, y esta es la parte más difícil de entender, pero traten de seguirme, asumamos que de alguna forma Max haya sabido que aterrorizar a Fernando, terminaria en su papá tomando la decisión de mudarse a Miraflores, cerca de la casa del malecón" - dijo Sebastián.

"Me va a explotar la cabeza" - dijo Tito.

"¿Para qué?" - preguntó Alex.

"Para alimentarse de este poder que parece ser muy fuerte en Fernando" - dijo Sebastián.

"Un ratito. Al margen que esa pueda ser la razón... ¿Cómo podría haber sabido el hombre calvo que nos mudariamos exactamente ahí?" - pregunté.

"La cicatriz de Tito" - dijo Alex casi en un susurro.

"No entiendo" - dijo Tito - "¿Cómo explica mi cicatriz todo esto?"

"Creo que Alex se refiere específicamente a la desaparición de tu cicatriz" - dijo Sebastián.

"Aún no entiendo" - dijo Tito.

Yo creía empezar a tener una idea de a lo que estaban apuntando Sebastián y Alex, pero era demasiado jalado por los pelos para aceptarlo.

"¿Qué cosa era lo que hacía el portal de la espiral?" - le preguntó Alex a Tito.

"Llevarlos al edificio de San Borja."

"No, no me refiero a dónde. Sino ¿cuándo?" - dijo Alex.

Tito se detuvo a pensar. Por la cara de Alex tenía claro que él también había llegado a la misma conclusión y sólo esperaba que Tito se diera cuenta por sí mismo.

Finalmente Tito levantó la cabeza y respondió.

"Al pasado" - dijo.

"Bingo" - dijo Sebastián.

Finalmente decidí decir lo que había estado pensando.

"Eso quiere decir que cada viaje que hacíamos no estaba aislado del tiempo real, sino que cada vez que hacíamos algo diferente, esto cambiaba el presente."

Ahora Sebastián intervino.

"Antes en algún momento dije que no había nada práctico en tratar de pensar en cómo se podrían haber dado las cosas, si se hubieran hecho diferente, pero ahora me doy cuenta que estaba equivocado" - dijo.

"Esto no sólo explica la cicatriz de Tito, sino también la sonrisa torcida del chico de la bicicleta a destiempo, y porque Tito recuerda que Fernando estaba cuando la vieja del edificio hizo ese comentario sobre la maldad en el jardín, pero Fernando no recuerda haber estado allí."

"Y porque fue posible que Isabel salvase al esposo de su hermana usándome a mí. En alguna realidad, Max mató a Rubén, el papá de Don Máximo" - dijo Sebastián.

"Y probablemente también explique la razón por la cual olvidan las cosas" - dijo Tito - "Al alejarse de los hechos sucedidos en una línea de tiempo."

"¿Y por qué las recuerdan cuando sus acciones comienzan a llevarlos a decisiones nuevas, tal vez?" - dijo Sebastián.

"Pero tú no las olvidaste" - le dije a Sebastián.

"Algo me dice que yo soy el menos afectado por las decisiones que ustedes toman. Tal vez haya sido porque mi vida, al ser mucho mayor, estaba más avanzada."

"Aguanten un ratito" - dijo Alex - "¿Estamos hablando de una vaina así como universos paralelos en las películas?"

"Llámalo como quieras, pero lo que esto quiere decir, si estamos en lo correcto, es que si el portal es uno temporal entonces podemos usarlo para nuestra ventaja" - dijo Sebastián.

"En cualquier momento" - dije yo.

Todos se detuvieron un momento, supuse que midiendo las implicancias de esto.

"En cualquier momento" - repitió Alex mirándome.

"Siempre y cuando la casa aún tenga la energía que tenía antes" - dijo Tito.

"Sí la tiene" - dije - "Yo ya le había comentado a Sebastián que cuando he pasado por la casa los últimos años aún puedo sentir que hay una presencia ahí."

Guardé silencio por unos segundos.

"Y además hay algo que no les había dicho."

"¿Qué cosa?"

"Que en los últimos años nuevamente he empezado a ver cosas raras. Personas que no deberían estar ahí. Incluso he visto al chico de la bicicleta. Supongo que esa es la razón principal por la que nuevamente he estado pensando en Roberto y que los recuerdos empiecen a volver" - dije.

"Entonces la casa está activa" - dijo Alex.

"Y podemos usarla para regresar a Roberto, si es que aún está en el limbo, o en el pasado, o en donde sea" - dijo Sebastián.

Tito levantó las manos como pidiendo nuestra atención.

Todos lo miramos.

"¿Se han puesto a pensar que tal vez Max es el que quiere que usen la casa nuevamente? Además nosotros no controlamos el portal. El portal lleva donde Max quiere que vayamos."

"Eso no es cierto" - dijo Sebastián - "Fernando ya una vez hizo que el portal lo lleve donde él quería."

"Cuando fuimos a la escena del secuestro" - dije.

"Así es. Y yo también. Cuando fui donde el papá de Don Máximo" - dijo Sebastián.

"Ambas veces con la ayuda de Isabel."

"Okay, entonces ya tenemos una razón para ir a la casona. Para usar el portal para tratar de rescatar a Roberto" - dijo Alex.

"Correcto. Pero falta la otra pieza" - dijo Sebastián.

"El ataque del 'loco botellas', ¿cierto?" - dijo Tito.

"Así es. A diferencia del chico de la bicicleta. Ese ataque sucedió en un momento específico, y sólo sucedió una vez."

No entendí a qué se refería, y pareció que el resto tampoco, pues todos lo quedamos mirando en silencio.

"Síganme en esto. Si nosotros vencimos a Max, entonces ¿por qué Fernando aún sigue sintiendo que la casa está irradiando maldad?, ¿y por qué sigue viendo esas visiones de gente conectada con los portales?"

"Porque Máx aún está vivo. O sea no vivo vivo, pero su poder sí. Ustedes saben a lo que me refiero" - dijo Alex.

334

todo. Y en ese instante un fuerte recuerdo le dio forma a
"Un momento" - dije.
Todos me miraron expectantes.
"¿Recuerdan lo que les conté? ¿Sobre nuestra visita al Profesor Almenara en el colegio?"
"Más o menos" - dijo Tito.
"Él mencionó que en muchas historias que había leído sobre lugares considerados embrujados, había lo que él llamó 'objetos de poder'. Algo físico que le da su poder a algo sobrenatural. ¿Qué tal si hay algo en la casa que mantiene vivo a Max?" - dije.
"Algo de lo cual quería mantener alejado a Fernando. No de la casa en general, pero sí de ese sitio en particular" - dijo Sebastián.
"Los topos anónimos" - dije - "El garaje subterráneo. Ahí estabamos entrando cuando llegó el loco."
"Correcto. Y además tú dijiste que sentiste algo extraño cuando te acercaste al fondo del mismo" - dijo Sebastián.
"Así es. Una sensación particular que no sentí en ningún otro lugar de la casa. Debe haber algo ahí, que es la fuente del poder de Max Polmsen" - dije.
"Y esa es la segunda razón para volver a la casa. Aún así fallemos en rescatar a Roberto, tenemos que asegurarnos que la zona de maldad de Max se apague para siempre" - dijo Sebastian golpeando la mesa con el puño.

Una casona conocida

Miraflores, Junio 2018

El día martes siguiente nos encontramos en el nuevo parque frente a la casa del malecón. El día anterior habíamos hecho las últimas coordinaciones de todo lo que pensamos deberíamos llevar para nuestra incursión.

A pesar de que en los últimos años había parado a ver la casa en algunas oportunidades, no pude dejar de sentir las mismas sensaciones al estar ahí. Una mezcla de nostalgia, emoción y por supuesto, temor.

"¿Todo bien mi bro?"

Era Alex. El día de hoy tenía puesto un polo de Indiana Jones. Siempre dando en el clavo con sus selecciones.

"Sí, mi hermano. Todo bien. Sólo un poco nervioso."

"Claro pues" - me dijo - "Es normal. Supongo que todos estamos nerviosos."

"Okay. ¿Entonces todos tienen claro el plan?" - dijo Sebastián.

"Primero, encontrar lo que sea que le da su poder a Max" - dijo Tito.

"Y luego tratar de cambiar lo que sucedió el día del secuestro de Bruno" - dije yo.

"Así es" - dijo Sebastián - "Pero lo más importante es que tengamos claro que no tomaremos riesgos innecesarios. Si vemos que algo no está yendo bien, o no parece que vaya a salir bien, abortamos todo y salimos de la casa."

Todos asentimos.

"Okay. Entonces vamos."

Cargando nuestras mochilas nos dirigimos directamente a la entrada grande. La que daba a la rampa de bajada hacia el garaje.

Al llegar a la parte baja, tal como en la visita anterior, la parte del fondo estaba totalmente oscura, así que todos sacamos nuestras linternas.

El lugar era efectivamente muy largo. Con espacio de sobra para dos carros de buen tamaño uno tras o otro.

Al llegar casi al fondo empecé a sentir la misma energía que sentí años atrás. Era una vibración similar a la que sentimos dentro de la casa, pero en ese caso llegaba a ser casi una pulsación.

"¿Sientes algo Fernando?"

"Sí, puedo sentir claramente la energía en el ambiente, pero no de un lugar específico."

"Okay. Entonces mientras ustedes van al fondo a buscar si hay algo, yo me quedaré aquí haciendo guardia. Si Max nos va a mandar alguna sorpresa, no quiero que nos pesque distraídos" - dijo Sebastián.

"¿Estás armado?" - preguntó Tito.

Sebastián llevó una mano a la parte trasera de su pantalón, que estaba cubierta por una casaca, y dio ahí un par de golpecitos.

"No pienso sacarla salvo que sea en caso de vida o muerte."

El tener ahí a Sebastián realmente hacía que al menos yo me sienta más seguro de lo que estábamos haciendo.

"Pero no se queden ahí mirándome. Vayan a ver si encuentran algo" - dijo.

Dimos la vuelta y empezamos a iluminar cada rincón del fondo del garaje. No fue difícil encontrar algo que podía ser lo que estábamos buscando.

"¿Ven eso ahí cerca de la esquina?" - pregunté.

Había una sección de la pared que era de madera. Era similar en tamaño a la puerta de una caja eléctrica. Tenía un pequeño aro de metal en un lado, junto a otro que estaba clavado en el concreto de la pared.

"Esta puertita en algún momento tuvo un candado" - dijo Tito.

"Sí, lo debe haber sacado la policía cuando buscaron alrededor de la casa luego de encontrar muerto a Max" - dijo Alex.

Me acerqué y jalé la puerta usando el aro de metal. Se abrió sin problema.

Detrás sólo había un estante de madera. Era un poco más grande de lo que se encontraria detrás de un espejo en un baño cualquiera.

"Debe haber sido un lugar para guardar herramientas" - dijo Tito.

"A ver, empujalo" - sugirió Alex.

Apliqué bastante presión, pero no se movió absolutamente nada.

"Está bien sólido. No se mueve" - dije.

"Esto es lo único que hay en el garaje" - dijo Tito - "Todo lo demás es piso y paredes de cemento."

"A ver déjame intentar algo" - dijo Alex.

Me moví a un lado para dejarlo ponerse frente al estante.

Alex empezó a auscultar los bordes usando la linterna. Luego de un momento me la dio, y usando ambas manos puso su peso sobre uno de los niveles del estante, empujando hacia abajo. No pasó nada. Hizo lo mismo hacia uno de los lados, con el mismo resultado.

"Sólo queda una cosa" - dijo.

Y nuevamente usando uno de los niveles del estante como apoyo, empujó hacia arriba.

Y notamos un poco de movimiento, acompañado de un ruido como el de la fricción de una lija.

"Ayúdame" - me dijo.

"Tito, no dejes de iluminar hacia acá."

Puse las linternas en el piso e hice lo mismo que Alex, apoyando ambas manos en la parte inferior de otro de los niveles del estante.

"Uno... dos... ¡tres!"

Ambos empujamos hacia arriba y el estante se deslizó, quedando metida en la parte superior una tercera parte del mismo. En la parte de abajo había ahora una entrada de unos 20 centímetros.

"¿Qué fue?" - dijo Sebastián desde cerca de la entrada del garaje.

"Alex encontró un acceso oculto" - dije.

"¿Y qué hay dentro?"

"Ahorita lo sabremos."

Mover el resto del estante no fue difícil. Cuando quedaban unos diez centímetros del estante aún visibles, claramente llegó a un tope.

Levanté las linternas, le devolví la suya a Alex y todos apuntamos las luces hacia adentro.

Me había preparado para encontrar una tumba con los cadáveres de los niños desaparecidos, pero eso no hubiera tenido sentido. Por más tapado que estuviera el hueco escondido, el olor hubiera salido por bastante tiempo, y había gente que visitaba la casa como el jardinero y la chica de la limpieza.

Pero lo que había dentro no dejaba de ser igual de terrorífico, y probablemente aún más triste.

En un nicho de uno por dos metros, y de alto del hueco de enfrente, habían ordenados y organizados zapatos, ropa, papeles con dibujos, un par de juguetes, una muñeca, un lazo para el pelo, entre otras cosas.

Todas las pertenencias de los niños.

"Dios santo" - dijo Tito.

"¿Qué encontraron?" - dijo Sebastián.

"Ven a ver tú mismo" - dije caminando hacia él - "Yo hago guardia."

Estuvimos en silencio un rato. Cada uno ensimismado y supuse que procesando a su manera el macabro descubrimiento.

"¿Qué creen que debemos hacer?" - dije.

Sebastián pensó un momento.

"Si estos casos fueran de niños desaparecidos recientemente, diría que deberíamos hacer una llamada anónima y reportarlo. Pero la mayoría de los familiares directos de estos niños o están muertos, o no tendrían forma de identificar sus pertenencias."

"Además estas cosas son los 'objetos de poder' de Max" - dijo Alex.

"¿Entonces? ¿Qué hacemos?" - preguntó Tito.

"¿Deberíamos tal vez darles sepultura en algún lugar santo? ¿Como un cementerio?" - preguntó Sebastián.

"La verdad es que la información que tenemos es solamente lo que nos dio el Profesor Almenara, la cual es muy limitada, y el mismo no era un experto en el tema" - dije.

"Yo diría que lo más rápido y práctico sería destruir todo. Para eso pusimos gasolina en la lista, ¿no?" - dijo Tito.

"Sí, desde que conversamos del tema de los objetos de poder, esa siempre fue la opción que consideramos. Si echamos el combustible dentro, y lo prendemos, tendremos tiempo de salir y alejarnos de la zona antes que el humo llame la atención" - dijo Sebastián.

"Pero antes de eso, tenemos que tratar de ver si es posible rescatar a Roberto" - dije.

El último viaje

Miraflores, Junio 2018

Alex y Tito se quedaron en el garaje, cuidando el lugar y aguardando por instrucciones nuestras.
Sebastián y yo iríamos primero solos a la casa para ver si habría oportunidad de activar el portal, y más importante aún, activarlo en la dirección que nos llevará a un 'cuando y donde' que nos permitiera ayudar a Roberto.
Cuando llegamos al hall de entrada de la casa, pude sentir que la vibración era tan fuerte como cuando Roberto y yo estuvimos usando los portales.
Max Polmsen definitivamente estaba presente en la casona.
"Debemos tener cuidado" - le dije a Sebastián - "Mi presencia en la casa empodera a Max."
Por primera vez en décadas volví a experimentar la sensación de que el tiempo transcurría más lento, y por instantes pude ver secciones de la casa como fueron cuando la casa estaba habitada, como los muebles de la salita donde Rubén estuvo con Max, y la mesa y las sillas del comedor.
Y el cuerpo de Max colgando de la escalera.
A pesar que lo estaba mirando desde un ángulo, sus ojos abiertos y desorbitados parecían mirarme directamente.
Miré hacia otro lado.
"¿Qué pasa Fernando?" - dijo Sebastián.
"Es Max" - dije - "Está colgando en la escalera."
"Ahí no hay nada."

Volví a mirar, y efectivamente la visión se había ido.

"Mantente concentrado, Fernando. Max aún no está lo suficientemente fuerte, pero usará los trucos que pueda para dificultar nuestra tarea."

"Tienes razón. Vamos al cuarto de los portales" - dije.

Subí la escalera pegándome hacia el lado opuesto a donde había visto el cuerpo. Si es que aparecía nuevamente no quería estar cerca a él.

Cuando llegamos al cuarto, tal y como imaginé, el dibujo que estaba en la pared era el de la espiral. Max quería mantenerme desviado en esa dirección.

"¿Cómo hacemos para cambiar el destino del portal?" - dijo Sebastián.

"No lo vamos a cambiar."

"¿A qué te refieres?"

"A que voy a usar este portal tal como está" - le dije.

"Pero ese es el único portal sobre el que Max aún tiene control, y eso quiere decir que va a llevarnos a donde él quiera que vayamos" - dijo Sebastián.

"Yo sé a dónde lleva, y no voy a esperar a que Max Polmsen acumule más poder y pueda llevarme a un sitio más peligroso" -dije, y quedé mirando fijamente a Sebastián a los ojos.

"No entiendo. Es la segunda vez que hablas en primera persona. No voy a dejar que vayas tú solo" - me dijo.

"Escúchame, Sebastián. En San Borja es donde empieza todo. Si puedo cambiar las cosas antes que todo lo demás empiece, entonces no habrá desaparición de

Roberto, no habrá secuestro de Bruno, ni muerte de Camilo Ulloa."

Sebastián parecía estar meditando sobre lo que le estaba diciendo.

"Si pudiera ir incluso más atrás, lo haría, para detener a Max desde antes que empiece a secuestrar niños, pero a este punto me contentaré con corregir al menos la parte que yo puse en movimiento" - concluí.

"Al menos déjame pasar contigo y verificar que el portal lleve donde tú crees que te llevará, si no es así, al menos estaré allí para ayudarte."

Pensé sobre esto un momento.

"Está bien. Pero prométeme que regresarás y te encargarás con los demás de que Max ya no tenga ningún poder."

"Te lo prometo" - dijo Sebastián.

———⧫———

Estaba reponiéndome del mareo cuando alguien me dio un empellón por detrás. Todas las cosas que tenía en las manos cayeron al piso.

"¿Estás bien niño?"

Era una señora que llevaba de la mano a su hijo y de la otra una bolsa con sus compras.

"Sí, estoy bien. No se preocupe" - respondí, sonriéndole.

"Discúlpame. No te vi y me tropecé contigo."

"Es mi culpa" - le dije - 'Yo estaba distraído."

Su hijo se agachó y empezó a recoger las cosas que se me habían caído. Me agaché también y juntos pusimos en mi bolsa las cosas. Una barra de goma, lápices, varias hojas de cartulina.

Estábamos en la librería de la Avenida de la Aviación en San Borja.

"Gracias" - le dije, y me paré con mi bolsa.

El niño sonrió.

"Hasta luego" - dijo la señora.

"Hasta luego."

Mientras la veía salir con su hijo no pude dejar de pensar que tal vez ese encuentro conmigo podría haber cambiado su día, tal vez su vida. ¿Llegarían tarde a algún sitio?, ¿Cruzarían una luz verde que debía estar roja?"

Decidí que era mejor no pensar en eso. Tal vez simplemente no cambiaría nada.

Caminé hacia la salida de la librería y no me sorprendí al ver allí al chico de la bicicleta, con su estúpida sonrisa y su mirada fija en mí, tratando de asustarme. Hizo un ademán con la mano como para que me acercara a él.

Casi ni le presté atención y empecé a caminar hacia la esquina. Supuse que me estaba siguiendo, pero no volteé a mirar.

Estaba más interesado en ver si me encontraría allí con Sebastián. Ambos habíamos tocado el dibujo de la espiral al mismo tiempo.

La cuadra, en esta hora de alto tráfico, tenía bastante gente, así que empecé a prestar atención, aunque en realidad no recordaba exactamente a la persona que me había ayudado años atrás. De hecho no podía estar ni siquiera seguro que fuera a ser la misma persona.

Al llegar a la esquina vi a un hombre parado en medio de la circulación de la gente, que claramente estaba mirándome a mí directamente.

El hombre vestía terno gris, y no era muy alto. No estaba seguro, pero pensé que sí era la misma persona que me había ayudado.

"Hola Fernando" - me dijo al llegar.

"Hola amigo."

"Se te ve muy joven."

"Y a ti se te ve totalmente diferente" - respondí sonriendo.

Sebastián también sonrió.

"¿Este era el lugar al que pensabas llegar?"

"En realidad no. Pensé que llegaría al edificio, el día que conocimos al chico de la bicicleta. Pero es irrelevante, pues lo importante es que estoy en San Borja en la misma época."

"Dicho sea de paso, el chico en cuestión está ahí atrás, mirándonos" - dijo Sebastián.

"Así es. Sí lo vi."

"Supongo que tiene más sentido que estemos aquí, ya que yo pasé el portal contigo" - dijo Sebastián.

"Supongo que sí. No es la primera vez que nos vemos aquí, ¿cierto?" - le pregunté recordando al señor que me ayudó y me acompañó a mi casa.

"No. No es la primera vez."

En ese momento vi a otra persona que no se movía entre la gente. Esta estaba del otro lado de la calle y como siempre vestía un saco marrón y pantalón blanco.

"Mira quién está allá" - le dije a Sebastián, indicando la esquina con mi cabeza.

Sebastián volteó.

El viejito no hizo ningún movimiento. Sólo se quedó ahí como siempre, mirando hacia nosotros.

Sebastián regresó su mirada a mí.

"Estoy casi totalmente seguro que es Rubén, el papá de Don Máximo. Está mucho más viejo que cuando lo vi en el espejo del baño de la casona, pero es la misma cara" - dijo Sebastián.

"Eso había sospechado yo también. Una vez que contaste esa historia, casi no me quedó duda. Por un tiempo pensé que el viejito que me protegía podía ser Roberto, tal vez en el cuerpo de Camilo Ulloa, pero eso no tenía sentido. Ulloa nunca llegó a viejo."

Cuando miré nuevamente hacia el lugar donde vimos al viejito, este ya no estaba allí.

"¿Qué hacemos ahora?" - preguntó Sebastián.

"Ahora regresas a la casa y junto con Tito y Alex, se deshacen de los trofeos de Max" - respondí.

"¿Y tú qué harás?"

"Encargarme de cambiar las cosas que aseguren que todo no se vuelva a dar de la misma forma."

"¿Y estás seguro que podrás hacerlo?"

"Estoy seguro que haré mi mejor esfuerzo" - le respondí firmemente.

"Hay muchas cosas en juego, Fernando."

"Prometo buscar una forma de volver" - dije - "Tengo una vida entera del otro lado."

No estaba muy seguro de cuál podría ser la forma de volver, y creo que Sebastián lo intuía.

"Entonces, ¿no tengo forma de convencerte?"

"No mi amigo, te lo agradezco, pero no. Mi decisión está tomada."

"Alex no me va a perdonar que te haya dejado aquí."

"Estoy seguro que Alex entenderá. El sabe tan bien como tú lo que todo esto representa para mí."

Noté que Sebastián quería seguir hablando, pero también era claro que era consciente de mi resolución.

"¿Al menos quieres que te acompañe hasta tu casa?" - dijo Sebastián levantando las cejas en dirección al chico de la bicicleta.

"No, estaré bien. Ese es simplemente un matón. Un *bully* que cuando era chico podía asustarme, pero que ahora no tiene ningún poder sobre mí."

"Igual es bastante más grande que tú" - dijo Sebastián, ahora con una pequeña sonrisa.

"He aprendido un par de cosas con los años" - dije sonriendo también - "Si es que voy a manejar este tema, es mejor que lo haga desde ahora, y solo."

"¿Realmente estás seguro de todo esto?"

"Claro. Además como viste aún tengo a Rubén cuidándome" - dije guiñándole el ojo.

"Eso es bueno" - dijo Sebastián.

"Prométeme que se encargarán de las cosas de Max cuando regreses" - le dije.

"Te lo prometo" - dijo Sebastián.

"Hasta siempre mi amigo. Cuídate mucho."

"Hasta siempre Fernando. Tú también."

Nos dimos un abrazo.

Sin decir nada más, el por el momento hombre del saco gris, mi querido Sebastián, caminó calle arriba alejándose de la avenida.

Dobló hacia una de las puertas, miró una vez hacia donde me encontraba y cruzó el umbral.

V
"San Borja"

Nuevos comienzos

San Borja, Septiembre 1984

Una vez que Sebastián desapareció, caminé hacia la esquina, esperé a que no pasaran carros y crucé la pista.
Mi casa estaba aún a una cuadra, pero del otro lado de la avenida.
En esta cuadra, en donde no había negocios, casi no caminaba nadie. Salvo el ocasional transeúnte, sólo estaba yo, caminando con mi bolsa llena de útiles.
Unos segundos después, el chico de la bicicleta pasó a mi lado. Aplicó los frenos y paró unos metros delante mío. Cortándome el paso.
Sin prestarle ninguna atención, empecé a caminar como quien va a pasar por su lado.
Movió la bicicleta y me cortó el paso nuevamente.
"Hey. ¿A dónde crees que vas?"
"A mi casa" - le dije - "¿Me vas a acompañar?"
Mis palabras y sobre todo mi frescura parecieron confundirlo.
Como no dijo nada. Empecé a caminar nuevamente y pase por su lado. Inmediatamente empecé a caminar hacia el borde la avenida preparándome a cruzar.
Nuevamente me dio el alcance, pero ahora me dio un palmazo en la parte de atrás de la cabeza.
Volteé y lo miré a la cara, tratando de no mostrar que me había dolido. Lo miré a los ojos directamente.
"¿Te hace sentir bien pegarme?" - le dije - "¿Quieres pegarme de nuevo?"
Vi la duda en sus ojos.

Me percaté que no venían carros y empecé a cruzar la avenida aprovechando el momento.

No corrí, simplemente caminé un poco rápido. Llegué al jardín intermedio, lo crucé y viendo que no venían carros del otro lado, crucé también el último tramo. Cuando estaba llegando al otro lado, vi que el chico de la bicicleta había cruzado por el corte y ya estaba por darme el alcance. Ya sólo estaba a media cuadra de mi casa.

"Oye, tú estás bien huevón" - me dijo al parar nuevamente frente a mí.

Guardando la calma y tratando de no mostrar ninguna emoción le respondí.

"¿Yo estoy bien huevón? Déjame explicarte por qué estás equivocado. Yo vivo en esta cuadra. Mi casa está ahí nomás" - dije apuntando en la dirección de mi casa - "Para el otro lado aquí cerca, como tú sabes, viven todos mis amigos. Mis amigos tienen hermanos que son más grandes que tú. Tú y yo vamos a vivir en este barrio por mucho tiempo, y si crees que me vas a asustar dándome un golpe, estás super equivocado."

Ahora sí su cara de confusión y duda eran totales.

Empecé a caminar nuevamente.

"Ya nos vamos a encontrar de nuevo" - gritó a mis espaldas.

"Estoy seguro que sí" - respondí sin voltear - "Nos vemos."

Seguí caminando. Mi corazón latía a mil por hora, pero no hice ninguna seña para demostrarlo.

Cuando llegué a la altura de mi casa, antes de subir al caminito que daba a la puerta, miré para el lado del cual había venido.

Y vi al chico de la bicicleta, ya lejos, yéndose en dirección opuesta.

Deje salir un suspiro de alivio.

Caminé hacia la puerta y estaba a punto de tocar para que me abrieran, cuando me entró una duda.

¿Qué tal si el portal aún estaba activo? ¿Habrían tenido tiempo mis amigos de destruir los objetos de poder de Max? Si pasaba y regresaba, ¿lo que había hecho sería suficiente para haber cambiado las cosas?

No. No podía estar seguro. Tenía que asegurarme completamente.

Me senté en las gradas que daban a la puerta a dejar pasar el tiempo. Luego de un momento decidí que tal vez podría aprovechar el tiempo, trabajando en mi proyecto. Saqué las cosas de la bolsa pero no estaba seguro de cuál era la tarea, así que agarré un lápiz y un pedazo de cartulina y me puse a dibujar. No se me ocurrió otra cosa que dibujar la casa del malecón.

No sé cuánto tiempo habría pasado hasta el momento cuando el carro de mi papá se estacionó frente al garaje. Supuse que al menos una hora.

"¿Qué haces sentado afuera?" - me dijo al verme.

Tuve que hacer un esfuerzo para poder hablar. El ver a mi papá nuevamente, y más aún, verlo joven, hizo que me emocione.

"Hola papá. Acababa de llegar. Toqué pero nadie abrió" - dije mintiendo.

"Manuela debe haber estado ocupada con algo. Vamos" - dijo buscando entre sus llaves.

No pude aguantarme y le di un abrazo.

El me abrazó de regreso.

"¿Qué pasó? ¿Tanto me has extrañado?" - dijo riendo mientras abría la chapa.

Abrió la puerta y entró.

Yo me quedé parado en el umbral.

"¿Vienes?" - me dijo desde dentro - "Estás medio raro hoy día."

Sonreí y di un paso hacia adelante.

Y estaba dentro de mi casa. Todo se veía tal cual lo recordaba.

———◦———

La siguiente semana fue rarísima.

El poder recordar todo de mi futuro era muy útil para muchas cosas, pero nada útil para ciertas cosas del presente que no recordaba para nada.

Había detalles del colegio que tuve que aprender de nuevo, cosas que no recordaba de mis compañeros, de mis profesores, y de los cursos. Y en el barrio y en mi casa era lo mismo, habían detalles de mis amigos, y hasta de mi papá, cosas que habían pasado, que tuve que reaprender o simplemente hacerme el loco y que hacían que me comporte por momentos de una forma extraña.

Lo primero que hice a la hora de la salida del primer lunes fue pasar al lado del colegio de secundaria. Yo aún estaba del lado de primaria, y Alex y Roberto estaban del otro lado.

Fui a la zona que estaba del lado de la cancha de fútbol, y miré entre los alumnos que estaban ahí, pero no di con ninguno de los dos.

Regresé rápidamente a la salida de primaria, pues sino perdería la movilidad que me llevaba de vuelta a mi casa en San Borja.

Cada uno de los días era más extraño que el anterior, cada mañana tenía la sensación de que habían cosas que no podía recordar tan bien. Y cada noche antes de dormir repetía que tenía que encontrar a Alex y Roberto, para no olvidarme.

Todos los días a la hora de salida, repetí la misma operación, yendo al colegio grande y regresando corriendo para llegar a la movilidad. Siempre con el mismo resultado.

Hasta que llegó el día viernes.

Ese día tenía práctica de banda, así es que no me iría en la movilidad. Mi papá me vendría a recoger en un par de horas.

En lugar de ir a la sala de banda, fui a la zona de la salida, al lado de la cancha de fútbol y me senté en uno de los bancos de cemento, mirando a todos los que pasaban.

Al primero que vi fue a Alex.

Estaba con un grupo de patas, todos con el pelo largo. Lo seguí con la mirada hasta que se sentaron en uno de los círculos de cemento cerca de la cancha de fútbol.

Un momento después vi a Roberto.

Salía riéndose con otros dos chicos. Fue emocionante verlo, casi tal cual lo vi la última vez, todos esos años atrás.

Cuando estaba por pasar al lado mío, me paré e iba a acercarme a él, pero inmediatamente pensé que lo que estaba haciendo no tenía sentido. No tenía nada que decirle. Él no sabía quién era.

El debió haber visto mi movimiento pues se detuvo y me miró.

"¿Y este flaco de dónde salió?" - dijo apuntándome.
Él y sus dos amigos empezaron a reírse.
Me reí y no dije nada, simplemente volví a sentarme.
Ellos siguieron caminando y pasaron frente mío sin prestarme más atención.
Subí a la sala de banda, donde el hermano a cargo me llamó la atención por llegar tarde.
Esa semana Tito y Danilo me vinieron a buscar un par de veces, y pasé algo de tiempo con ellos, pero ambas veces les dije que tenía tareas y que no podía jugar mucho tiempo. Aún me sentía un poco raro estando con ellos y haciendo cosas de chicos.

Un día de la semana siguiente, regresaba de la casa de Tito cuando llegue a la altura de la bodega y la ferretería.
El chico de la bicicleta estaba allí con un amigo. Ambos sentados en los escalones tomando gaseosas y fumando.
Paré detrás del muro escondiéndome.
Volteé para regresar hacia la casa de Tito a pasar el rato. Además ahí estaba su hermano Gerardo.
Pero cuando empecé a caminar en esa dirección vi que a unos metros estaba parado un viejito. Vestía saco marrón y pantalones blancos. Me pareció conocido pero no supe de dónde.

No se por qué pero el verlo me dio valor, y me recordé a mi mismo que no podía dejarme asustar por un matoncito.

Así que di la vuelta, y empecé a caminar nuevamente hacia mi casa, pasando frente a la bodega.

"Hey flaquito" - me llamó una voz.

Volteé y miré al chico de la bicicleta.

"Hey" - respondí mirándolo directamente - "¿Qué hay?"

"Te estoy mirando" - dijo llevando dos dedos hacia sus ojos.

"Lo sé" - le dije - "Aquí en el barrio todos nos conocemos."

El se rio. Y su amigo también. Yo no. Simplemente seguí caminando a mi casa.

"Que raro ese chibolo" - dijo el amigo.

"Sí" - dijo el chico de la bicicleta - "Creo que está medio rayado."

Era un viernes de banda y ahora era el hermano encargado el que estaba tarde. Uno de los jefes de banda, un alumno de último año, estaba dando indicaciones.

Saqué mi tarola, y me fui a parar al lado del balcón del segundo piso. Desde ahí podía ver la cancha de fútbol. En la zona anterior a la misma, varios grupos de alumnos estaban conversando sobre las bancas de cemento.

No sé por qué pero de pronto una fuerte nostalgia me invadió. Sin saber realmente por qué, bajé las escaleras y empecé a caminar entre los grupitos de gente.

En uno de los grupos más pequeños, varios muchachos con el pelo largo miraban discos que parecían ser de rock pesado.
Me acerqué tímidamente.
Uno de ellos tenía un disco de Iron Maiden, un grupo que pasaban mucho en la radio. El pata tenía cara de ser buena gente y había algo respecto a él que me dio confianza. No sabía qué era exactamente, pero era como que emanaba una vibra positiva.
Noté que empezó a despedirse de sus amigos, así que me acerqué a él.
"Hola, ¿qué tal? Tienes muchos discos bacanes" - le dije.
"Gracias. ¿te vacila esta música?" - respondió sonriendo.
"Sí, siempre la escucho en la radio."
"¿Doble 9?" - preguntó.
"La misma" - respondí.
"Bien ahí brother. Tú sí sabes" - dijo riendo - "¿Tienes discos o casetes?"
"Sólo lo que puedo grabar de la radio."
"Si me traes unos casetes en blanco te puedo grabar canciones. Van a sonar mucho mejor que las grabaciones de la radio. Y sin la voz del locutor" - dijo riendo.
"Pucha, gracias. Sería muy bacán. Me llamo Fernando" - dije extendiendo la mano.
"Alex" - dijo él apretándola.
Terminó de guardar sus cosas en su mochila.
"Más bien, *sorry*, pero me tengo que ir. Hoy me voy con mi vieja y ya me debe estar esperando."
"Sí, claro" - le dije - "Yo tengo que regresar a la banda."

"Okay. Más bien toma" - dijo apuntando algo en una hoja de un cuaderno - "Este es mi fono."

Arrancó el papel y me lo dio.

"Eres lo máximo" - le dije.

"No hay problema. Llámame para coordinar. Y por ahí que alguna vez puedes ir a mi jato."

"¿Por dónde vives?" - le pregunté.

"Aquí en Miraflores más abajo. Cerca del malecón."

"Yo vivo lejos. Por San Borja" - le dije con un poco de pena.

"Ya figuramos algo. Entre metaleros hay que apoyarnos. Tú sólo llámame" - dijo sonriendo mientras se iba.

También sonreí.

"Bacán" - grité haciendole adiós.

Miraflores

Miraflores, Enero 1985

Bajamos del micro en una esquina de la Avenida del Ejército. Era la primera semana de las vacaciones en el nuevo año, y Tito y Danilo me estaban acompañando a visitar a mi nuevo amigo del colegio.

Alex me había invitado a su casa para grabar más música de la que ya me había dado con los casetes que le llevé al cole, y me había dicho que no había problema que vaya con mis amigos de San Borja, para conocer a su mancha del barrio.

Obviamente yo ya conocía Miraflores pues el colegio estaba en el centro del distrito, al cual también había ido algunas veces con mi papá en fines de semana, pero era la primera vez que estaba en esta otra zona. Y todo era más emocionante aún, pues lo estaba haciendo viajando en micro con amigos.

Cuando llegamos a la esquina de la calle en la que vivía Alex, no fue necesario buscar la numeración. Él y un grupo de chicos estaban con sus bicicletas y skateboards en la calle.

"Habla, brother" - dijo Alex al verme.

"Hola" - respondí dándole la mano.

Los demás se acercaron.

"Estos son Tito y Danilo" - dije presentándolos - "Son los patas que te dije de mi barrio de San Borja."

"Este es mi hermano Ricardo. Aquí está Enrique, más conocido como el Chato. Y este es Roberto. Ambos son de mi misma promo del cole."

Todos nos saludamos.

"Pero por si acaso Roberto va a estar en tu promo este año que viene. Al huevón se lo jalaron de año" - dijo el Chato Enrique riendo.

"Ya empezaste a joder, Chato" - dijo Roberto.

Todos se empezaron a reír a carcajadas.

"¿Oye y ustedes hacen skate?" - preguntó Ricardo.

"No" - respondí yo - "Nunca me he subido a uno".

"No te creo. Sal de acá" - dijo Alex.

"En serio" - dije - "En mi otro barrio todos tenemos bicis y patines solamente."

"A ver. ¿Quieres montar el mío?" - ofreció Ricardo, dándole un golpe a la parte de atrás de la tabla, haciéndolo saltar y cogiéndolo en el aire con mucha destreza.

Pensé en decir que no, pero inmediatamente pasó por mi cabeza que no quería quedar mal enfrente de todos si me chupaba. Lo peor que podía pasar es que me cayera un par de veces.

Cogí el skate, y empecé a tomar vuelo calle arriba, puse ambos pies sobre el mismo y avancé un poco, di la vuelta, y regresé a cierta velocidad pues la calle era un poco en bajada. Al llegar donde estaba el grupo, frené poniendo la tabla de lado.

"Oye, yo creo que nos estás hueveando, y tú ya has hecho skate varias veces. Todos acá estábamos esperando que te vayas de oreja" - dijo Roberto.

Todos se rieron.

"No, les juro que es primera vez. Debo tener buen equilibrio" - dije.

"Oye, si te vacila esta vaina, si quieres te vendo el mío. Mis viejos me compraron uno, pero no es mi nota" - dijo Enrique - "Yo paro en mi cleta."

"No es tu nota porque paras más en el piso que sobre la tabla" - dijo Alex, y todos se rieron a carcajadas.

Enrique le dio un empujón suave riendo.

"Pucha. No sé si podré pagarlo. Va a estar jodido convencer a mi viejo. Hace poco me compraron la bicicleta" - dije con un poco de pena.

"No te preocupes, me lo pagas como puedas" - dijo el Chato - "Yo ni lo uso, y está juntando polvo en una esquina del garaje de Alex."

Me dio un precio, y Alex comentó que era una ganga por el tipo de skate que era, y que lo tome de todas maneras. Así que acepté.

"Te doblaste" - me dijo Tito.

"Por qué más bien no vamos todos al malecón para que lo estrenes " - dijo Alex - "Déjame que lo saco."

Alex trajo el skate y realmente era mostro.

"¿Por dónde está el malecón del que hablan?" - preguntó Danilo.

"Aquí nomás a un par de cuadras" - dijo Roberto.

Todos nos dirigimos en mancha calle abajo en dirección a la avenida.

"¿Saben cuál es mi proyecto para este año?" - dijo Alex.

"¿Cuál?"

"Construir una rampita para hacer trucos con las ticlas y los skates."

"Uy, sería mostro" - dijo Ricardo.

Unos minutos después ya estábamos en el malecón.

El lugar era perfecto. Tenía bajadas y subidas para hacer saltos con las bicicletas, y una amplia vereda para montar los skates.

"Yo vivo por el lado de allá" - dijo Roberto apuntando hacia una curva del malecón.

"Podemos ir para allá para que conozcan. No está lejos" - dijo Alex.

"Vamos."

Mientras íbamos hacia allá vi que estábamos frente a una casa antigua que se encontraba del otro lado de la pista. Era muy grande. Estaba sucia y parecía estar abandonada.

Sin embargo, me pareció ver que había alguien en una de las ventanas del segundo piso.

"Te has quedado pegado" - dijo Roberto.

Sin darme cuenta me debí haber quedado parado mirándola, pues las palabras de Roberto me hicieron sobresaltar.

Roberto se rio.

Los demás también pararon y regresaron donde estábamos.

"Es la casa abandonada del malecón" - dijo Roberto.

"¿Estás seguro que está abandonada? Me pareció ver a alguien en el segundo piso" - dije.

"Has visto mal" - dijo Alex.

"O tal vez es verdad que está embrujada." - dijo el Chato Enrique.

Algo me llamaba tremendamente la atención de la casa.

"Tal vez deberíamos entrar a mirarla un día de estos que volvemos por acá" - dije.

"Tal vez. Pero no hoy día" - dijo Alex.

"Okay" - respondí.

Cuando todos los demás se voltearon, Roberto me guiñó el ojo.

"Uno de estos días" - me dijo en un susurro.

Made in the USA
Las Vegas, NV
18 August 2023